Stefan T. Gruner

Nie wieder Beethoven!

Stefan T. Gruner

Nie wieder Beethoven!

Roman

KLÖPFER&MEYER

Imitation, verschmäht als
die niederste Form des Schaffens,
ist die stärkste Form des Lernens.

Ich bin einer der Spätheimkehrer. Einer der letzten, die in Friedland eintreffen und als Opfer, als Helden begrüßt werden, obwohl wir genau das Gegenteil sind: Täter und Verlierer. Zwei Jahre Dienst an der Ostfront, danach zehn Jahre und sieben Monate in russischer Gefangenschaft haben mein Gesicht verwüstet. Meine Wangenknochen stechen hervor wie Zeltmasten. Meine Augen sind in die Höhlen gesunken. Mein Mund ist zertrümmert. Mein abgemagerter Körper ist in kratzende Stoffe von absurder Weite gewickelt. Die Schuhe lösen sich auf. Der Mantel scheint aus Teerpappe zu sein; sein Saum schlägt bei jedem Schritt an meine Waden. Ich gehöre nicht zu den Glücklichen, die eine Mütze auf dem Kopf haben. Meine Haare sind verfilzt, steif und durchgefroren. Ich hatte nicht die Kraft, mich zu rasieren. Auch nicht die Bereitschaft, mich von Helfern rasieren zu lassen, um einigermaßen menschenähnlich aus dem Zug zu steigen. Nein! Bloß keine Berührung! Keine Nähe! Als Arzt hatte ich mich der Heilung verpflichtet, nicht dem Zusammenflicken von Wahnsinnigen. Der Hohn ging noch tiefer. Ich war der jüngste Frauenarzt am Klinikum. Ein Forscher. Ein Wissensdurstiger. Frisch verliebt. Auf werdendes Leben eingeschworen. Unversehens zum organisierten Totschlag abkommandiert, seit es nur noch darum ging, das bestehende Material in die Endschlacht zu werfen. Die Heeresleitung konnte nicht mehr warten, bis Neugeborene kriegstauglich wurden. Nach Blitzsiegen und Vorstößen in alle Himmelsrichtungen aus allen Himmelsrichtungen Gegenschläge und Zusammenbrüche: Verwandlung eisenfressermutiger Truppenangehöriger in heulende Männer, unter Schlamm vergraben, eingekesselt, ausgehungert, verwundet, unterversorgt. Die Wehrtüchtigen einsatzfähig halten, möglichst viele Feinde mit in den Untergang reißen, mehr blieb nicht. Akuter Ärztemangel. Ich, Geburtsexperte, abgezogen, um im Leichenmatsch zu versinken. Unvorstellbare Szenen. Regelloses Abschlachten. Maschinengewehre in Sanitätsautos, Artillerie unter Rot-Kreuz-Zelten. Keine Rücksicht mehr, auf keiner Seite. Es geriet auch und gerade das unter Beschuss, was tatsächlich nur medizinisch war. Täuschung sorgte für Hemmungslosigkeit. Gemetzel egal unter welcher Tarnung. Ich war großbürgerlich aufgewachsen. Ein Schöngeist. Ich war auf diese Szenen nicht vorbereitet. Mir brachen die Sinne. Ich stieg aus meinem Körper und arbeitete wie an die Drähte in der Hand des Teufels gespannt. Ich arbeitete im Zentrum der Hölle, wo die Gesichter unter Eis am Weinen gehindert werden. Kalt, sinnlos, ohne Entkommen. Soldaten verstümmelten sich, Ärztekollegen begingen Selbstmord. Ich nicht. Ich hatte kein Selbst mehr. Ich arbeitete im Rausch. Taub. Eine Maschine. Wenn überhaupt Hoffnung, dann hoffte ich auf den erlösenden Einschlag einer Kugel, die mich von mir befreite. Ich hatte nicht die Kraft, selber ein Ende zu machen. Ich gehörte mir nicht mehr. Die erlösende Kugel traf nicht ein. Ich geriet als einer der letzten Überlebenden unserer Einheit in russische Gefangenschaft. Ich beobachtete mich seit Monaten nur noch aus zehn Metern Höhe. Dorthin hatten mich Ekel und Verzweiflung geschleudert. Sie trieben ein empfindungsloses Bündel weg, das ich früher einmal bewohnte. Dawai! Ich fragte mich, warum sie uns nicht wie Ungeziefer erschlugen. Wir waren Ungeziefer. Menschenschinder. Kriegstreiber. Schlächter. Wandelnde Pest mit dem Vernichtungsdrang von Größenwahnsinnigen. Alles beansprucht, alles verloren. Besonders den Anspruch auf Rücksichtnahme. Selbst wenn sie uns nur am Leben ließen, um Zwangsarbeiter zu haben, konnten wir nicht gutmachen, was wir ihnen angetan hatten.

Zehn Jahre und sieben Monate Gefangenschaft, Arbeitslager: Brüllorgien, Vergeltungsgelüste. Und dennoch für mich nie ein Gefühl von Wiedergutmachung. Für unsere Vergehen konnte es keine Buße geben. Die Arbeit war hart. Wer versagte, starb. Durchgefüttert wurde keiner. Das Erste, was ging, waren Gedanken. Ich funktionierte im Leerlauf, von Suppe zu Suppe. Ich hatte mich nicht eingemischt. Das kam mir inzwischen schlimmer vor als jedes Vergehen. Stumme Zuschauer oder Wegseher, angeblich Unbeteiligte wie ich waren die größeren Verbrecher. Ich glaubte, mich aus dem gesellschaftlichen Getöse heraushalten zu können. Schöngeist. Kammermusiker. Forscher. In diesen Zeiten die eigentlichen Ungeheuer. Ich hatte über zehn Jahre Zeit, den Verbrecher in mir anzunehmen, zwischen Selbstverwünschung und Reue zu wählen, beides Brände, die jeden Morgen neue Flammen aus meinem vom Vortag eingeäscherten Körper trieben. Ich weiß nicht, wodurch ich diesen Bränden immer wieder Nahrung bieten konnte. Hunger mochte die Gedärme zersetzen, doch es waren die Schuldgefühle, die den Leib im Wachen, im Schlaf und in den Dämmerzuständen dazwischen auseinanderrissen.

Ende Juni kommen wir mit einem Sonderzug zurück. Diese Szene. Der große Bahnhof. Menschenmassen. Frauen mit Blumensträußen. Kameraleute. Erregtes Gerenne, Geschiebe. Hochgereckte Plakate. Namen. Fotos. Erlösungsschreie. Umarmungen. Fremdelnde Kinder, die an abenteuerlich verwahrloste Männer hingedrückt werden und zu den Hungergestalten Vater, Vati, Papa sagen sollen. Tränen. Verwirrung. Das lebenspralle Gehabe. Alles wie hinter Panzerglas. Ich gehe den Bahnsteig entlang. Mein Blick ist erloschen. Mein Mantel schlappt um die Waden. Dann ereilt auch mich der Überfall der so genannten Lieben. Eine Frau wirft sich mir an den Hals, wimmert meinen Namen. Zwei Kinder haben sich zusätzlich an mich geklammert, heulen aus Sympathie mit … Vati, Vati … Ich sehe über sie weg, unfähig, mich mit ihrer Wärme zu belasten. Ich gehe weiter. Die so genannten Meinen laufen ratlos hinter mir her. Das von den Bomben verschonte Haus ist außen renoviert, weiß gestrichen, die Wohnung neu eingerichtet. Vor der Eingangstür wartet ein Begrüßungskuchen, den ich zu Klump trete. Ich schlafe. Ich esse. Ich rede kein Wort. Ich beantworte keinen Blick. Ich dulde keine Berührung. Ich ziehe mir den langen, um die Waden schlappenden Mantel über und laufe durch die Straßen.

Aus meiner Sicht passt auf alles, was mir begegnet, nur ein Wort: lächerlich. Die Aufbauwut, die Wiederaufrichtungshoffnung. Die bunten Auslagen in den Schaufenstern.

Die Lebensmitteltürme. Die Warenberge. Die ersten Luxusartikel. Der wiederentdeckte Unterhaltungstrieb: lächerlich.

Mein Soldatenblick, staatlich gezüchteter Mörderblick, schießt das alles nieder. Die jungen Männer, die sich aufgockeln. Die Mädchen, die sich zum Nahkampf schminken. Die Frauen, die ihre Schinken schwingen, ihre Köpfe in meine Richtung drehen. Bis zum Erbrechen fremd. Wollen sie nach dem gemeinsam verbockten Höllentanz wieder ihren Blumenkasten-Alltag anwerfen? Ich habe noch den Schlachtengeruch in der Nase. Ich unterscheide tausend Vernichtungsgeräusche der Kampfmaschinerie vom Boden und aus der Luft. Ich halte tausend mal tausend menschliche Todesartenschreie auseinander, die diese Vernichtungsgeräusche begleiten. Wollen sie das auslöschen, nur um in absehbarer Zeit den gleichen Wahnsinn zu wiederholen? Womöglich noch grausamer, noch gründlicher?

Ich begreife es nicht. Ich habe Asche im Mund. Ich bin ein Stimmungstöter. Ich spucke auf jede aufflammende Lust. Ich meide jede Beziehung. Mein Blick schwärzt den heitersten Tag, brennt jede Hoffnung nieder …

… ah, das jetzt! … dieser abgekämpfte, illusionslose Gang durch die Straßen! … diese kalte Unzugehörigkeit! … dieser gewehrschussklare Blick! …

… es beherrschte Daniels Tagträume seit den ersten Kinobesuchen. Nachdem sie aus der Eifel in die Stadt gezogen waren, hatte er die Kinos für sich entdeckt, nicht wegen der Filme, sondern wegen der Wochenschauen. Er saß auf dem Rasiersitz im abgedunkelten Kinosaal und sog die Bilder der »Fox tönenden Wochenschau« auf. Er bekam nicht genug davon. Er sprang mit der ganzen Wucht seiner

Fantasie in die Leinwand hinein, versengte mit seinem Blick das Begrüßungsspalier, spuckte in die Linsen der Kameras, schmückte seinen eisigen Gang durch die verblendete Meute wieder und wieder aus. Der ganz große Bahnhof! Die bewegte Reporterstimme! Die Ankunft der Aschengesichter! Friedland … Und dabei war er nicht irgendeiner, er war der einzig echte Heimkehrer, nämlich Zu-spät-in-kein-Heim-Einkehrer, ja, Auskehrer statt Heimkehrer, Vernichtungsbote. Nicht James Dean, der hohlwangige Mann am Bahnsteig verschlug ihm den Atem. Nicht das langatmige Gequassel über Sternenhimmel, die kostbare Minute am Bahnsteig fesselte ihn. Der einfahrende Zug. Die verstörten Gesichter. Die Begrüßung. Der Rausch. Hunderte stehen am Bahnhof, Namenstafeln in der einen, Blumen in der anderen Hand. Kameras suchen Bewegendes. Tränengesichter wollen Berührung. Fragen flitzen von Gestalt zu Gestalt. Schreie platzen in die Luft. Menschen klammern sich aneinander. Filzmützen rutschen den erlöst in die Arme eines Verwandten Sinkenden vom Kopf. Lachen. Rührung. Der echte Heimkehrer achtet nicht auf sie, er verachtet sie.

Versöhnte? Verräter!

Die sich treu bleiben, stehen da mit weiß gebissenen Lippen …

Daniel stapfte schockgefroren aus dem Kino auf die Straße, in die Haut dessen genäht, der zu viel gesehen hatte, um sich noch über irgendwas zu freuen, an irgendwas zu glauben. Zurück auf der Straße saß er immer noch in dem Zug, der die Kriegsgefangenen nach Hause brachte. Seine Standardfantasie. Er dehnte diese Momente, die Augen aufgerissen, wiederholte sie, änderte sie, kam immer wieder auf sie zurück, wurde nie müde, sie auszuspinnen. Er verfeinerte Einzelheiten, vertiefte sie, baute sie aus, bekam einfach nie genug, wurde süchtig danach, vollendete in sich den Fanatiker der Verachtung.

Am wichtigsten war ihm der Blick des Mannes, der einfach zu viel gelitten, Unerträgliches gesehen hatte. Daniel streifte sich in Gedanken den Soldatenmantel über. Er duldete nur noch das unbedingt Geschmacklose. Bloß keine hübschen Blumensträuße, farbenfrohen Balkonkästen, gepflegten Vorgärten, ordentlichen Kleider, gut sitzenden Anzüge ... Weg damit! Er misstraute jeder unbeschwerten Bewegung auf der Straße, verabscheute jede Gefälligkeit ...

Nach kurzer Zeit steckte der Heimkehrer so fest in Daniels Kopf, dass ihm sogar an den sonnigsten Tagen alles im Eiterlicht schwamm.

Der Nabel Bonns war eindeutig auszumachen – es war der Obelisk auf dem Marktplatz. Er bezeichnete den Mittelpunkt, den Bauch, das Zentrum aller Wohlgefühle und grimmigen Koliken der Stadt. Vom Markt aus erreichte er gleich schnell über den Münsterplatz den Bahnhof und durch die Rathausgasse den Rhein. Am Rathaus, der vergoldeten Gürtelschnalle des Stadtbauchs, lief er rechts vorbei zur Universität – dem ehemaligen kurfürstlichen Schloss – in den Hofgarten.

Der »Lehrkörper« der Uni, ein Ausdruck, den seine Mutter liebte und Daniel verabscheute, weil es wie ein gewaltiger, den gewöhnlichen Menschen bedrohender Klumpen zusammengepappter Besserwisser klang, der »Lehrkörper« Bonns war als extrem altbacken und hoffnungslos rückwärtsgewandt verschrien: Was als kurfürstliches Schloss begonnen hatte, sollte nach seiner Umwandlung nicht zum Hort für rebellische Ideen werden. Und wird es auch nie, sagten die Feinde, nicht, solange der Rhein noch einen Tropfen Wasser führt …

Der Hofgarten diente zwar zum bevorzugten Aufmarschplatz für überregionale Protestler, vor allem aber gab er die passende Kulisse für die Paraden studentischer Burschenschaften, von Schützenvereinen und ähnlich verstörten Gestalten ab. Dagegen fanden die lokalen Schlägereien – die einzigen Aufläufe, die wirklich zählten – auf dem Marktplatz statt.

Beim Anblick der weiß blühenden Kastanienbäume an der Poppelsdorfer Allee, ursprünglich mit dem kurfürstlichen Schloss verbunden, bis die Bahngleise der kilometerlangen Anlage einen Strich durch die Pracht machten, beim Anblick der Bäume, Gräser, Blumen und Seerosen versuchte Daniel, Natureindrücke aus seinen ersten Jahren auf dem Bauernhof in der Eifel aufleben zu lassen. Er brachte nicht viel zusammen. Die Parole der Mutter, »Genießt den Krieg, der Frieden wird fürchterlich«, bewahrheitete sich; die schlimmsten Entbehrungen setzten nach dem Zusammenbruch ein. In Zeiten des Naturalienhandels war der Bauer König. Prompt wurden Stammbäume bis in zurückliegende Jahrhunderte strapaziert, um bei den lieben Verwandten im Ländlichen unterzukommen.

Offenbar sehr dünne – zu dünne – Blutsbande mussten auch bei ihnen herhalten, damit sie »zu Eier und Speck« in die Eifel flüchten konnten. Die Mutter, das hätte der Hof noch abgenickt, aber eine dreijährige Tochter und ein nichtmal ganz einjähriger Windelscheißer von Sohn, da wurden

Bedenken laut. Noch Jahre später tobte und spuckte die Mutter bei der Erinnerung an die »Erniedrigungen« durch die »Schollensippe«.

Die satten Wiesen, in denen er angeblich nackt gelegen hatte, um gleich die volle Natur auf den Pelz gebrannt zu bekommen, die üblichen Hühner, Hunde, Schweine, Kühe, Körner, Salatköpfe und Heuberge mussten an ihm abgeglitten sein, umso deutlicher haftete das Gezeter der Erwachsenen, die sich vom Aufwachen bis zum Einschlafen anschrieen, rumschubsten, von den Stühlen stießen und mit erhobenen Gerätschaften bedrohten. Worum es ging und wer wem ernsthaft an den Kragen wollte, blieb undurchsichtig. Dies grundlose Lärmen aus dem Nichts, das ohne erkennbare Muster jederzeit losbrechen konnte, beeindruckte ihn. Es war näher und bedrückender als jedes Sommergewitter, furchteinflößender als jeder Hagelschauer. Die Bauernfamilie hielt nichts von der angerückten Verwandtschaft: die Frau von landwirtschaftlichem Tuten und Blasen keine Ahnung, die Kinder zu klein, um sich nützlich zu machen – Schmarotzer, sie alle, die besser heute als morgen dahin zurückkehrten, wo sie hergekommen waren, um den Staub ihrer Bücher zu fressen, statt ihnen die selbst geschlagene Butter vom selbst gebackenen Brot zu stehlen.

Daniel vermutete, dass ausgerechnet er, das um zwei erschrockene Augen herumgebaute, laufunfähige Menschenklümpchen, die entscheidende Beißsperre abgab, die die Landleute daran hinderte, mit ihnen, den »Durchzufütternden«, auf der Stelle kurzen Prozess zu machen.

Als die Schwester und er zumindest zum Kartoffelschälen und Zäuneflicken taugten, entspannte sich die Lage. Nur die Mutter blieb sperrig. Sie kultivierte ihre Unfähigkeit für alle Haus- und Hofarbeiten. »Noch zu dumm zum Hühner füttern« war das vernichtende Urteil. Sie hörte nichts lieber als das. Sie übertrieb auch ein bisschen, wenn sie abends statt am Küchentisch Karten zu spielen und Bier zu trinken, in der hintersten Zimmerecke – das Buch wie einen schützenden Fächer hoch vor ihr Gesicht haltend – Seneca las und begeistert zitierte: »Sei ständig darauf gefasst, dass ein Räuber, dass ein Feind dir das Schwert an die Gurgel setzt.«

Ihre Haltung lehrte Daniel nur eins: Auf dem Land war kein Leben.

Die erste Bonner Wohnung, die sie nach zehn Jahren Eifel bezogen, lag im Souterrain eines Neubaus in der Haydnstraße. Von der Altstadt her gesehen befand sich die Haydnstraße »hinter den Gleisen« – eine andere Sicht kam für den echten Bonner nicht in Frage. Zur Geschichte: Als Gnomen und Trolle die Gegend beherrschten, hob ein besonders gehässiger Riese seine Keule, zog dem gerade entstehenden Ort einen Mittelscheitel, tackerte Bahnschwellen nach und legte Schienen darüber, auf dass von nun an alle Züge durch die Innenstadt rauschten und Schranken im Minutentakt auf und nieder fuhren.

Zur Versöhnung erbarmte sich ein rivalisierender Titan und bog den Fluss besonders großzügig um den verschandelten Ort herum.

Aber jetzt die Einwohner! Einerseits bildeten sie nach und nach über die Schrankengrenze hinweg eine Leidensgemeinschaft, andererseits erklärten sie den Fluss, der Bonn von Beuel trennte, dauerhaft zur Lebensscheide: Wer rechtsrheinisch wohnte, zählte nicht zur Menschheit. Das Beueler Territorium betrat ein Bonner nur, weil ausgerechnet auf »de schäl sick« Pützchens Markt, der verkrachteste, dreckigste, herzaufreißendste Rummel der Welt, über die Bühne ging.

Im Souterrain kräuselten sich die Tapeten. Die Mauern schwitzten. Es schummerte trüb, roch faulig. Die Fenster glichen Schießscharten auf Bordsteinhöhe. Wäre die Wohnungsnot nicht so groß gewesen, hätte dieser Keller nie bezogen werden dürfen. Es spielte keine Rolle. Unterkunft war alles. Neubauten schossen aus jeder freien Lücke. Tapezierer und Möbeltransporteure begegneten sich im Treppenhaus, die einen abwärts, die anderen aufwärts, dazwischen die Mieter, Bettzeug unterm Arm, ungeduldig auf die Schlüsselübergabe wartend.

Immerhin betraten die Etagenmieter ihre Wohnungen noch durchs Treppenhaus. Zu ihrem Souterrain ging es dagegen vor dem Haus links eine betonierte Stiege hinab, derart steil gewunden, dass Daniel sie prompt von der ersten bis zur letzten Stufe runterpolterte und sich, unten angekommen, in einer Schlangengrube gelandet glaubte, wo aufgebrachte Nattern sich in sein Fleisch verbissen.

Auf dem Land war es laut gewesen – Tiergezeter, Maschinenlärm, Menschengebrüll – dafür gesund, im Souterrain herrschte Lungen reizende, Gelenke entzündende Grabesruhe.

Das Mietshaus gehörte einer Dame, deren Namen die Anwohner nur ängstlich aussprachen, obwohl er quietschkomisch klang: Maus. Frau Maus galt als neureiche Furie, die jede Unregelmäßigkeit ihrer Mieter augenblicklich abstrafte. Der geringste Zahlungsverzug – egal warum – und die Kündigung lag im Briefkasten. Zweifellos hatte sie ein Rad ab, zweifellos genoss sie aber auch den Schutz des Staates, der Eigentum von keinem angetastet wissen wollte, weil da sofort die Dämme zur roten Flut zu brechen drohten. So schwang Frau Maus bei ihren Wohnsklaven die Peitsche doppelt gnadenlos.

Um von der Haydnstraße aus die Altstadt zu erreichen, musste Daniel am Bahnhof vorbei durch eine Unterführung, die ihm das Gefühl gab, durch eine Darmschlinge zu wandern. Es stank und es war dunkel. Dafür entschädigte eine kleine Grünanlage vor der Straße, überwölbt von mächtigen Kronen alter Bäume, die Rasenfläche durch Kieswege zerstückelt. Wieso der Flecken »Baumschulwäldchen« hieß, musste das Geheimnis der Stadtväter bleiben. Immerhin ersetzte die rätselhafte Mischung aus Schule und Baum den Kindern des Viertels den Spielplatz, war Treffpunkt, Kletteranlage und Rennstrecke. Jeden Nachmittag saß Daniel mit Regine, Rolf, Martina, Lutz, Andrea, Doro und »Strunzer« Richard auf den rötlichen Steinstufen eines Ehrenmals, gewidmet »Den Söhnen der Stadt Bonn 1914 – 1918«. Ein steinerner Mann, stellvertretend für alle gefallenen Söhne, lag in einem faltenlosen Soldatenmantel unter einer von vier Adlern getragenen Platte. »Zur letzten Ruhe gebettet«, wie der schlaue Rolf meinte. Wenn die letzte Ruhe, dachte Daniel, mit einem derart kantigen Kinn erkauft werden muss, wollte er lieber für immer drauf verzichten.

Auf dem Sockel des Ehrenmals verhandelten sie so dringliche Dinge wie die Frage, ob die Macht der Frau Maus über den Papst hinausging oder warum Regines Mutter kein Maggi auf dem Frühstücksei duldete. Ihre Rücken berührten den ausgestreckten Soldaten, der sich – Helm auf dem Kopf, Hände an der Hosennaht – gegen ihr Geplapper nicht mal die Ohren zuhalten konnte.

Es ging nie um Antworten, nie um irgendwelche Ergebnisse, es ging ums Zusammenhocken.

Doro flüsterte Daniel zu, dass der steinerne Kerl noch weit Ungehörigeres ertragen musste, sobald es dämmerte und anständige Leute wie sie und er in den Wohnungen verschwanden. Daniel bestand auf Einzelheiten. Doro lieferte Ungefähres: Der Mann lag unter der Steinplatte ja immer trocken, nicht? Prima Versteck, oder? Aber auch, na ja, er wüsste schon, »Knutschkammer«, nur eben immer mit dem Reglosen dazwischen. Was wiederum zu Unfug reizte. Zu allerlei Schmierereien und Wäschestücken an den unmöglichsten Stellen des Wehrlosen. Er wüsste schon. Da müsste Daniel mal früh morgens vorbeigucken. Oder einfach Richie fragen, nein, halt, besser nicht »Strunzer« Richie ansprechen, den Berufslügner und Streithammel, der sei kein Umgang für ihn. Daniel wäre kein solcher. Das fände sie nebenbei auch gut und wollte es ihm längst mal gesagt haben!

Kaum gehört, brannte Daniel darauf, genau so ein Schuft wie Richie zu werden, aber nur heimlich, denn zuerst galt es, Doro zu gefallen. Sie war seine Vertraute, so klar und verständig, und irgendwie immer um ihn herum, mehr als die eigene Schwester.

Die Jungen verspotteten ihn, weil er sich an die Mädchen hielt. Dafür polierte er ihnen die Fresse. Dann ging er zu den Mädchen zurück. Die Mädchen waren weiter, gaben sich entspannter. Außerdem rochen sie interessanter. Sie sahen ihn aufmerksam an, und dann redeten sie über Dinge, mit denen er was anfangen konnte. Sein Wissensstand über die Schöpfungsgeschichte sah so aus, dass die Männer aus Schlamm geknetet wurden und entsprechend grob und stinkig daherkamen, während die Frauen Stück für Stück als Früchte vom Himmel zur Erde fielen, sobald Gott den Paradiesbaum schüttelte.

Doros Mund beschäftigte ihn. Was für ein Unterschied zu seinem herben Maul! Ihre Lippen waren seidig und voll, in der Mitte wie von einem aufschlagenden Wassertropfen geteilt und nach oben geschwungen. Kein Wort, das nicht noch extra zwischen Zähnen und Zunge poliert aus ihr herauskam, um ihn sprachlos zu machen. Das Wunder vollbrachte sie selbstvergessen, wie andere sich am Ohr kratzten. Er ertappte sich dabei, den Bewegungen ihrer Lippen nachzustaunen, ohne mitzubekommen, was sie sagte. Es lief auf eine flegelhafte Andächtigkeit hinaus, die er überspielte, indem er ständig nickte, sich dann aber doch von ihren Lippen losriss, um den Gesprächsfaden nicht zu verlieren, ihren Blick suchte, dabei nur eine Wonne mit der anderen tauschte, noch weiter wegtrieb, sich innerlich ohrfeigte und anschließend doppelt aufmerksam hinhörte, damit ihr nicht auffiel, wie er sich an ihr verging.

Kein Zweifel, ihr Gesicht kam aus einer besseren Welt. Sie bewegte ihn zu Geständnissen, die er – wieder allein – sich selbst nicht mehr eingestehen durfte, ohne vor Verlegenheit im Boden zu versinken.

Zum Beispiel das Geständnis, dass er sie eigentlich verabscheuen musste. Warum? Weil er angefangen hatte, in die Kinos am Markt zu gehen, durch die »Fox tönende Wochenschau« Bilder von Heimkehrern sah und sofort nicht einfach nur berührt, sondern völlig aufgewühlt war, in Flammen stand, die Bewegungen und Ausdrücke der Männer schon beim Verlassen des Kinos kopierte, zu Hause vor dem Spiegel weiterübte, ihr äußerliches Elend, ihre innerliche Zertrümmerung verfeinerte, endlos, zwanghaft. Und dann Doro damit überraschen, dass Teil der glaubhaften Übernahme darin bestand, jeden Anflug von Verständnis, Güte oder Zuneigung lächerlich zu finden.

Zärtlichkeiten? Betrug!

Lust? Verrat an den gebrochenen Gestalten, die aus Krieg und jahrelangem Lagerleben nach Hause wankten!

Je öfter er die Übertragungen sah, desto genauer nahm er auf, was er in der ersten Erregung von sich aus ergänzt und verzerrt hatte. Es schien sich eine Empfangsroutine zu entwickeln. Am Grenzbahnhof Herleshausen fuhren die Züge noch vergleichsweise unspektakulär ein. Die Begrüßung blieb schlicht, die Soldaten winkten nicht aus heruntergelassenen Zugabteilfenstern, wie er es sich immer wieder ausgemalt hatte, sie kamen oft in umgebauten Güterwagen, eine Eisenstange als Geländer an der Öffnung. Neben den wenigen Männern, die auf dem Bahnsteig auf die Heimkehrer warteten, standen Polizisten, die dafür sorgten, dass keiner behördlich undokumentiert abtauchte. Herleshausen also eine Schleuse, die jeder passieren musste, um erfasst, manchmal auch gefasst zu werden. Erst nach dem Bustransport zum Grenzdurchgangslager Friedland kam der große Bahnhof.

Von wegen raus aus dem Zug und rein ins Leben! Vielleicht eine vernachlässigbare Sache, aber ging nicht zwischen der Begrüßung am Zug und dem Empfang im Lager eine Verwandlung vor? Waren die Männer, die aus dem Zug stiegen, noch die gleichen, die aus den Bussen kletterten? Nein. Rituale, die sie selber nicht begriffen, hatten sie umgemodelt. Der Wiedereingliederungsplan sah vor, dass alle bitteren Regungen zwischen Herleshausen und Friedland auf der Strecke blieben – alle zersetzenden Impulse einer sonnigen Hoffnung wichen.

Zwei Klassen von Kopfbedeckungen stachen ins Auge: Käppis hier, Hüte da. Schwenkte die Kamera auf einen Heimkehrer, der von einem Hutträger in die Arme geschlossen wurden, tauchten neue Gegensätze auf: solide Lederhandschuhe gruben sich in wattierte Jacken, umgekehrt versanken kaputte Fäustlinge in weichen Tuchmänteln …

Unter dem Filzhut steckte der bekehrte Mensch, ein neuer Messdiener am Hochamt des freien Marktes, während die Feldmütze das Gespenst der Vergangenheit in seiner jämmerlichsten Form darstellte. Die sofortige Umerziehung der Geschundenen war staatsentscheidend! Aus dem Grund wurden die Männer, an denen noch die alten Lagerlumpen hingen, vor allem mit dem Wunsch begrüßt, sich möglichst rasch von den grässlichen Klamotten samt den darin verwobenen Erinnerungen zu verabschieden.

Einige hatten schnell begriffen, hatten sich schon zwischen Zug und Bus neu einkleiden lassen, Hemd und Krawatte angelegt, die Füße in Lederschuhe gesteckt. Als sie in Friedland aus dem Bus stiegen, kam der Rotkreuzkaffee, begannen weitere Jackenproben, Hosenprüfungen, war schon ein Stand mit Armbanduhren zur freien Wahl aufgebaut, damit sie sich wieder eintakten konnten. Armbanduhr, Wecker, Stechuhr – neues Tempo, neuer Takt. Und immer noch Pappschilder an Holzstangen: »Ich suche …« »Wer kennt …?« Und enttäuschte Gesichter. Weinende Frauen. Versteinert dastehende Männer. Und Kameraleute. Und

Adenauer, der feinste aller Tuchmäntel: »Nun nochmals: herzlich willkommen im deutschen Vaterland!«

Und der Auftritt einer dritten Klasse von Bedeckung, die Hüte wie Feldmützen gleichermaßen von den Köpfen zog – die Kardinalskappe. Es folgte die »betont nüchterne« Ansprache des katholischen Kirchenmannes. Nach dem Segnen der Kanonen nun mit den Resten des Kanonenfutters konfrontiert, schien Nüchternheit angebracht.

Wie gezielt auch immer die Kameras dankbare Gesichter in der Menge der Heimkehrer suchten – »in erfüllter Freude die einen, in nie verlöschender Hoffnung die anderen« – neben dem Lamm stand die angeekelte Gestalt, die nicht glauben mochte, was hier vor sich ging, den Kopf bedeckt hielt und Daniels Fantasie aufwühlte.

Bei Wochenschauen mit Heimkehrerbildern ließ Daniel keine Vorstellungen aus, bis auf die abends – die müsste er sich noch einige Jahre verkneifen, fand der Jugendschutz, und er tröstete sich mit umso intensiveren Kopierübungen über die Zerknirschung hinweg. Da er sich mit dem Kartenabreißer des »Metro« – einem Stalingrad-Veteran – angefreundet hatte, gab's die Filme für ihn kostenlos.

Daniel hatte so lange im Eingangsbereich des »Metro« herumgelungert, bis der Kartenabreißer begriff, welches vom bitteren Schicksal verfolgte Kind ihm da um die Füße strich, was ja auch, abgesehen davon, dass Daniel den vom bitteren Schicksal Verfolgten spielte, stimmte.

Sie kamen ins Reden. Der Mann, beim Kampf um Stalingrad Unteroffizier der Wehrmacht, konnte endlich noch einmal erzählen – und zwischen zwei Vorstellungen in einem Winkel der Garderobe zeigen – wie er sämtliche Zehen verlor. Stalingrad, das Schauerwort schlechthin! Wem um alles in der Welt verdankte er seine Rettung? Sich selbst. Sich selbst und gewissen »Eigenmächtigkeiten«, die er sich in Absprache mit seinen Männern geleistet hatte. »Befehl vom Hauptmann: ›Wer den Rückzug antritt, wird erschossen!‹ Zehn Minuten später war der Hauptmann erschossen und der Rückzug frei.«

Das Lächeln, das den Mann bei diesen Worten überkam, versuchte Daniel wochenlang vor dem Spiegel nachzumachen.

Die Kassenfrau des »Metro« hatte beobachtet, wer sich da an bestimmten Wochen täglich ohne Karte in den Kinosaal schlich und bis zur letzten Vorstellung nicht mehr rauskam, griff aber nicht ein, weil sie sich Hoffnungen auf den Kartenabreißer machte. Statt sich wegen Daniels Vergünstigung zu streiten, warf sie dem stattlichen Mann lieber verschwörerische Blicke zu, im Glauben, ein kleines gemeinsames Vergehen könnte sie beide verbinden, während der Veteran – im übrigen ein heftiger Trinker, was er mit der kalten Zugluft am Kinoeingang entschuldigte – die Kassiererin zu Daniels Verwunderung als blöde Kuh abtat. Noch mehr als dieses Urteil erstaunte Daniel, dass der Einlasser ihm, dem Knirps, derartig weltmännische Geständnisse machte.

Daniel hatte sich mit den Heimkehrerbildern infiziert, sofern sie Verachtung und Fremdheit wiedergaben. Er genoss das Fieber, das sie in ihm auslösten. Er kroch in die Köpfe der Erledigten, wie er sie verstand, begann, sich ihre Haltung, ihre ausgezehrten Blicke, ihre ungelenken Gesten zueigen zu machen. Seine Sucht bestand darin, unter ihre Haut zu kriechen. Die grausamen Bilder, die er sich dabei ausmalte, die hartherzigen Selbstgespräche, die er dabei führte, sogen ihm die letzte Kraft aus den Knochen, aber je matter und niedergeschlagener er wurde, desto besser fühlte er sich, desto näher drückte er den für die Welt Verlorenen an sich.

Wer hatte die Geschundenen aus den Klauen des Feindes befreit? Adenauer, der schlaue Fuchs von Rhöndorf. Er hatte den Sowjets die letzten Gefangenen abgehandelt. Unschlagbar, was das anging, der Alte. Ein Trickser, gerade deshalb idealer neuer Staatengründer.

Wer konnte, ergriff seine Hand und küsste sie.

Sommer 1957, die Republik feierte ihren achten Geburtstag, Daniel brachte seinen dreizehnten hinter sich, Sommer 1957 beschäftigte sich die »Fox tönende Wochenschau« nicht mehr mit solchen Trauergestalten, sondern mit Bubi Scholz bleibt ungeschlagen und Prinzessin Caroline wird geboren und Rocklänge und Hutbreite und Skisprungweite und Ledermoden auf dem Bauernhof und Bambi-Verleihung und Träume auf vier Rädern und O. W. Fischer aus Hollywood zurück und Albert Schweitzer wieder nach Afrika und Laika als erster Hund im All. Was hielt ihn gefangen? Warum benahm er sich, grade mal den kurzen Hosen entwachsen, wie ein verdrossener Veteran, der sich selbst überlebt hatte?

Eines Nachts fuhr er aus einem Heimkehrer-Traum hoch. Schweißnass. Herzrasen. Sein Kopf brach durch eine Tür. Er weinte Stunden und sah, was er sich nie eingestanden hatte: So hätte er heimkommen sollen. Der Vermisste. Der Vater. Das Ausfall-Wort. Ein immer weiter nach unten rückender Name auf der Rotkreuzliste.

Er kam die folgenden Tage nicht zu sich. Tagträumte. Halluzinierte. Spürte seine Füße nicht mehr auf dem Boden.

Und schwor sich: Sobald es sein Körper zuließ, wollte er sich den Vater auch äußerlich überstreifen. Bartstoppeln. Ausgebeulte Jacken. Schlurfgang. Er musste versuchen, die Welt mit verbrannten Sinnen zu sehen. Er musste, um den Vater nicht zu verlieren, dem Wirtschaftswundergetriebe gedanklich ständig in die Suppe spucken.

Solange er mit Abscheu im Blick herumlief, blieb er dem Vermissten treu. Die finstere Haltung erschien umso wichtiger, als die letzten Gefangenen angeblich vor zwei Jahren aus den sowjetischen Lagern eingetroffen waren. Da der Vater nicht dabei war, konnte es sich nur um Propaganda handeln. Man wollte mit dem Thema nichts mehr zu tun haben. Schändlich, also wahr. Der Blick ging in die rosige Zukunft. Selbst die Kleider, die Möbel, die Autos, die Kaugummis … alles kam in Pastell. Heinz Erhardt die Spaßfolter, Ludwig Erhard der Wohlstandseinpeitscher waren die aktuellen Orientierungsfiguren. Dagegen galt es sich mit ganzer Trümmerseele zu stemmen.

Sein Vater saß noch in Sibirien fest, vertraute auf den Sohn, schlug sich durch, hatte sich bestimmt schon vor Jahren auf den Weg gemacht. Nur solange Daniel ihm die Treue hielt, überwand der Vater alle Hindernisse. »Nur im Wissen, dass jemand auf ihn wartet, findet der Gefangene die Kraft zum Weitermachen.« Das berichteten sie alle. Vergesst mich nicht, wartet, wartet auf mich! Daniel wartete. Fieberhaft. Der Auftrag gab ihm Halt.

Der Auftrag hinderte ihn daran, Doro gut zu finden.

Für ihn war schon jetzt, so früh, alles zu spät. Das hatte ihm der Vermisste hinterlassen: Daniel konnte strampeln, wie er wollte, es reichte nie zur Zufriedenheit für irgendwen – bei Birke, der Mutter, angefangen, bei dem auf unbeschwerte Jugend lauernden Staat noch lange nicht aufgehört. Er hatte keinen goldenen Löffel im Mund. Und wäre er mit einem goldenen Löffel im Mund geboren worden, er hätte ihn, auf den Vermissten wartend, ausspucken müssen.

Der Vermisste war allgegenwärtig. Dann meldeten sich die Hormone. Ein neuer Körpergeruch. Fremde Gewalten, die ihn ummodelten. Daniel beging Verrat am Vater: Er versuchte zu lachen. Ausgerechnet in einer Zeit, wo er sich auch körperlich dem Vermissten zu nähern begann, wollte er ihn loswerden. Wie alle um ihn her. All diese Verräter.

Daniel schielte nach den Mädchen. Die Fantasien mit Ute in der Badewanne oder Doro am Kriegerdenkmal drohten, das Heimkehrerbild zu verdrängen. Ihm gingen zärtliche Szenen durch den Kopf, blieben störrisch haften. Er zog den kopfgeschneiderten Soldatenmantel aus und stellte schon mal probeweise seinen Hemdkragen hoch: sein neuer Hahnenkamm.

Ohne dass ihn die Einsicht verließ, sich als missraten zu durchschauen. Ihm fehlte das Entscheidende. Er wusste nicht was, aber es fehlte, obwohl er die Umwelt mit seinem Witz überraschte.

Geistreich ist Dreck.

Er schämte sich, an den Lippen der Mädchen zu hängen, ihr Lachen zu mögen, auf ihre interessanten Wölbungen zu schielen. Ihre Nähe zu suchen. Da war dieser kratzende Soldatenstoff, aus dem heraus er abfällig auf alles spuckte, was sich bewegte. Und da war diese warme Haut, die zu Lust und Hingabe einlud.

Er schämte sich, den Mädchen gefallen zu wollen. Dinge zu tun, die bei ihnen ankamen. Zum Beispiel schlagfertig und leicht verrückt und in entscheidenden Momenten sehr empfindsam zu sein. Gut auszusehen. Die richtige Kluft zu tragen. Er schämte sich, auf diese Weise seinem gegen Schnee und Hunger kämpfenden Vater in den Rücken zu fallen.

Egal wo der Vermisste sich aufhielt, er beobachtete Daniel, musste sich über seine Schwächen entrüsten, seinen Drang zu den billigen Vergnügen verachten.

Die Scham wuchs mit.

Ihn plagten Gewissensbisse? Mit Gewissensbissen fängt jede Gemeinheit an. Gewissensbisse leiteten Vergessen ein. In dem Moment, wo er den Finger hob, um sich als Unschuldiger zu melden, als Nachgeborener, Ahnungsloser, tauchte er in die Sippe der Verräter ab, keinen Deut besser als die Leugner um ihn her, die ihre Büßerhemden an extra eingerichteten Gedenktagen aus den Fenstern hängten, um den Rest der Zeit ungestört den alten Sünden nachzugehen.

Es gab nur eine Scham, die alle Verwirrung abdeckte – die Scham, Deutscher zu sein. Deutscher. Das reichte. Angehöriger einer Horde, die in der Kriminalgeschichte Einmaliges geleistet hatte. Täter konnten bereuen. Kinder von Tätern konnten sich nur schämen. Die Älteren zeigten Reue, aber nicht, weil sie einen Krieg angezettelt, sondern weil sie ihn verloren hatten. Die damals eingeschlagene Richtung stimmte, daran hielten sie fest – an der Ausführung hatte es gehapert.

Doppelte Schmach für Daniel: nicht nur zu den Verlierern, sondern zu den Verbohrten, den Unbelehrbaren zu gehören, die noch einen zweiten Krieg brauchten, um zu begreifen, dass sie den ersten verloren hatten. Und danach ihre Besieger auch noch als Befreier zu feiern hatten. Mit den Fäusten in der Tasche zusehen mussten, wie ihre Kinder deren Musik übernahmen, deren Filme sahen, deren Kleider trugen, deren Knusperfrühstücke löffelten, deren Limos tranken, deren Kaugummis kauten ... Was blieb ihnen? Sie hatten es ja nicht einmal fertig gebracht zu sterben. Was also? Ein verkniffenes Lächeln und überkreuzte Finger beim Schwur auf die neue Verfassung.

Das blieb. In ihrer Verwirrung gaben sie jeden Tag eine neue Losung aus: Sonntag Rückbesinnung auf Jesus, Goethe, Bach und die deutsche Kartoffel. Montag flächendeckende menschliche Neubesamung. Dienstag existenzieller Ekel. Mittwoch Amerika, wir kommen, für alle Fälle auch die Polka an der Wolga. Donnerstag Hochwuchten mietgünstiger Bauten statt Graben im Vergangenen. Freitag dann doch Gott endgültig tot. Samstag ein Volk, das nicht zu seiner Vergangenheit steht, ohne Zukunft. Was denn nun? Zoff im Parlament, Richtungszank im Zeitungswald.

Die »Davongekommenen«, um die man sich stritt, hatten von vornherein die Nase voll, verweigerten jede weitere Parteinahme und möblierten ihre Niederlage mit Schweigen.

Daniels Scham wuchs bis zu dem Gefühl, im Grunde nicht da sein zu dürfen: eine Fehlgeburt, weil er es gewagt hatte, seine Augen zur falschen Zeit aufzuschlagen, den Kopf zu heben und mitleben zu wollen.

Unbeeindruckt von Zweiflern wie Daniel, die man sich später vorknöpfen konnte, blähte Bonn sein kurfürstliches Herz weiter auf, überdehnte sich zur Nutzbau-Hauptstadt, wollte in die Liga von Hamburg, Köln, München hineinwachsen und setzte doch nur Geschwüre an. Über den rheinischen Charme, mit dem der rheinwassergetaufte Kanzler die rheinseligen Alliierten in die Falle gelockt hatte, wucherte das von eisernen Krampfadern durchzogene Mörtelmonster.

Beamtensiedlungen, Parlamentsgebäude, Regierungshochhäuser, Verwaltungstürme stopften jede linksrheinische Lücke von der Altstadt bis Bad Godesberg zu. Die kurfürstliche Perle verhässlichte. Die Bewohner und ihre Bausünden wurden zum Gespött der Beobachter, Zwangsversetzten und Gastarbeiter: Treibhaus, hieß es, Nebelsuppenloch, katholisches Klüngelheim, Diplomatensumpf, Vorposten der neuen Spießerkultur, Popanzien, Deutschlands Affenfels, Hochburg der Kleinkrauter … Entweder die Bahnschranken sind geschlossen, hieß es, oder es regnet: sonntags beides …

Es stimmte, aber Städte sind innere Zustände. Je nach Erleben färben sie sich golden oder erscheinen grau und abstoßend. Wer sich in eine Person verliebt, verliebt sich in ihre Umgebung, der er sich nicht mehr ohne Herzklopfen nähert. Leidet er, beginnt er auch den Ort, in dem er leidet, zu hassen.

Bonn ein verschlafenes Nest? Nicht für den, der sich in diesem Nest geprügelt, gefürchtet und gefreut hat, der vor Abscheu erstarrt, vor Sehnsucht umgekommen ist.

Die finstere Seite seines Gemüts musste natürlich vor Doro verborgen werden wie ein Furunkel im Nacken. Umgekehrt musste bei dem Vermissten, der sich in seinem Kopf durch Eisschnee und peitschende Stürme zu ihm heimkämpfte, jede Bewunderung für Doro geleugnet, ihre Anziehung heruntergespielt werden.

Als ob einer mit Tonnen von Untergangsbildern auf der Seele Gefallen an so einer süßen Nase finden könnte! Obacht! Hitzige Geständnisse im »Baumschulwäldchen«? Puls beschleunigende Versuche, ihren Ellenbogen zu berühren? Flirre Blicke? Das konnte, das durfte sein Sohn nicht sein!

So blieb Daniel nur, ehrlich entrüstet zu tun, wenn ihn der Blick des abwesenden Vaters bei einer seiner Doro-Anschmachtungen ertappte: Nichts war, wie es aussah!

Und wie war es?

Beides echt; beides unvereinbar. Kaum stapfte er als angewiderter Soldat im kratzenden Wehrmachtsmantel umher, fand er sich bei Doros Reizen in seiner weltumgreifenden Verachtung gestört, läppischen Genüssen hingegeben. Kaum erzählte sie ihm von einem Schulausflug – Zahnradbahn zum Drachenfels, einmalige Aussicht, Vanilleeis, schade, hätte er dabei sein sollen – schüttelte er den Soldaten ab und wollte für sie ganz Ohr sein.

Egal, welche Seite er bediente, er stand vor Gericht: Der Vermisste forschte nach, wie lange er sich den Ausflug-Schwachsinn noch anhören wollte, Doro brach mitten im Erzählen ab, weil er so abwesend aus der Wäsche guckte.

Er faselte was von ganz im Gegenteil, Zahnradbahn, Drachenfels, Kaiserwetter … wunderbar. Und was weiter?

Sie nahm den Faden wieder auf, fragte, ob er die Namen der sieben Berge des Siebengebirges zusammenkriegte. Sie grade mal drei. Ihr Blick! Die von ihrem Finger gedrehte, übers Ohr springende Locke! Fort war der Soldat, ausgeblendet sein tragisches Wissen.

Nur nie ganz. Eher wie hinter einer halb zugezogenen Tür, die den grauen Mahner zwar verbarg, aber seinen Atem hörbar durch den Spalt schickte.

Die Kinder der Nachbarschaften jammerten über ihre Eltern, die sie fertigmachten. Die Mutter putzsüchtig, der Vater zu Schlägen berechtigter Tyrann. Beide vereint in dem Kampf, ihre Blagen dahin zu bringen, wo sie nie hinwollten. Daniel hörte bei solchen Klagen weg. Er wusste nicht, wie er ihnen erklären konnte, dass er durch einen Abwesenden den größten Lebensverhinderer von allen mit sich herumschleppte.

Der Abend, an dem Frau Maus mit einer Schar Rechtsanwälte in das Souterrain stürmte, war das Nächstbeste zum Weltuntergang. Eine Frau Maus klingelte nicht, eine Frau Maus wartete nicht ab, bis jemand sich bequemte zu öffnen, eine Frau Maus schloss die Tür mit dem eigenen Schlüssel auf, schob Martina und Daniel beiseite und begann zu toben. Sie schrie, was die Lunge hergab. Pack! Gesocks! Vernichter ihres Eigentums! Es war Februar. Sie riss die Fenster auf. Sehen Sie sich das an, meine Herren! Alles nass. Kein Wunder. Lüften kennt diese Bagage nicht. Sehen sie hier rüber! Riesen Flecken. Schimmel. Sehen Sie? Sogar das Bettzeug modert. Schweinerei. Wo ist eure Mutter? Sagt bloß nicht arbeiten! Das kenn ich. Richtet ihr gleich mal schöne Grüße aus. Das kostet! Sagt ihr das. Das kostet! Da kann sie sich schon mal auf was gefasst machen. Für die Schäden kommt ihr mir alle auf. Alle. Für alles. Sehen Sie mal bitte, was die mit dem Boden gemacht haben, meine Herren! Notieren Sie! Haben Sie? Halten Sie fest. Nein, ah, halt, lassen Sie den Boden Boden sein, gucken Sie sich den Schrank an! Um Himmels Willen, was ist denn mit meinem guten Schrank passiert?! Sehen Sie! Sie können das alles bezeugen. Alles total verbogen, das ganze Holz. Die Tür schließt nicht! Ha, hab ich's mir doch gedacht, die Schublade klemmt ebenfalls, versuchen Sie's selbst, nicht mal zu zweit kriegen Sie die auf, überzeugen Sie sich! Großer Gott. Der Schaden. Der Schaden. Haben Sie's? Halten Sie fest … So wütete sie eine halbe Stunde, schmiss die Sachen aus dem Schrank, warf das Bettzeug durch den Raum, um die Matratzen zu untersuchen, zerrte an jeder Schublade, auch an denen in der Küche, die wirklich nur durch spezielle Technik zu öffnen waren, zerrte an ihnen, bis sie aufflogen und der Inhalt über den Boden streute. Ein Höhepunkt war das Herausfliegen des Besteckkastens, wobei das Scheppern der herabstürzenden Metallteile mit ihrem schrillen Kreischen zu einem Alarm verschmolz, der es mit den Luftschutzsirenen verflossener Tage aufnehmen konnte.

Die Hausbewohner liefen im Treppenhaus zusammen und lauschten den Drohungen der Furie aus dem Kellergeschoss. Immerhin besaß der fauchende Drachen auch ihre Wohnungen; man musste hören, was Frau Maus derart aufbrachte und mit welchen Folgen man zu rechnen hatte, wenn ihr wer quer stand. Es ging um nichts weniger, als die Mutter samt Kind und Kegel ins Gefängnis werfen zu lassen, falls der angerichtete Schaden nicht bis zur letzten Mark beglichen würde. »Und glaubt nur nicht, dass ich zusehe, wie ihr hier weiter meine Sachen ruiniert! Ihr könnt packen! Her mit den Schlüsseln!«

Frau Maus hatte ihren Ruf weg. Vom Hören zum Weitersagen wuchs ihre Gemeinheit, wuchs aber auch ihr Einfluss auf Stadträte, Baubehörde, Presse, Rundfunk, Politiker, Gesetzgeber, den Präsidenten von Amerika und Gott im

Himmel. Daniel zitterte. Er hätte sich ihr gern vor die Füße geworfen und alle Sünden auf sich genommen, hätte er nur gewusst, was genau er beichten sollte. Ihm fielen die Wörter nicht ein, die zu ihren Verfehlungen passten. Er wäre augenblicklich ins Stottern gekommen. Die allmächtige Frau Maus konnte dagegen jedes Vergehen auf den Punkt bringen. Mit dem Finger konnte sie drauf zeigen und ihre Anwälte zum Mitschreiben bewegen. Sie schwelgte in Tatsachen. Sie hatte die Wörter. Sie war im Recht. Verteidigung zwecklos. Schimmel, Flecken, Verfall: alles stimmte. Daniel sah das Wohnloch mit ihren Augen und erkannte sich als Teil eines Sauhaufens. Sie zeigte ihm, wohin er gehörte. Zum Dreck. Sie fuchtelte, sie brüllte, ein Kloß schwitzender Empörung, Haare an die Stirn gekleistert, zweifellos in der Lage, über ihre Anwälte lebenslängliche Haftstrafen zu erwirken.

Als Martina zu schluchzen begann, fühlte sich Daniel zu ähnlichen Schwächebekundungen berechtigt, brach aber übers Schluchzen weg gleich ins entfesselte Heulen aus. Wasser schoss ihm aus den Augen, sein Körper zuckte unkontrolliert, Angst, Ohnmacht, Verzweiflung, sicher, doch vor allem die heiße Scham, von der alten Fleischtonne durchschaut worden zu sein. Was stellten sie dar? Nichts. Noch im billigsten Mietshaus das Unterste. Mit dem dreistöckigen Henkelmann am Lenker zur Caritaskantine radeln, Suppe oben, Kartoffelbrei in der Mitte, Gemüse unten laden, im Eiltempo zurückstrampeln, damit das Zeug noch halbwegs warm auf die Teller kam. Stippvisiten von der Sozialfürsorge. Mit feuerroter Birne bei der Frage melden, wer in der Klasse Bedarf an gebrauchten Schulbüchern hatte. Solche Sachen. Ja, Gesocks, das anderer Leute Sachen ruinierte. Was sonst. Unter Pflasterhöhe gebracht, mussten sie froh sein, wenn man sie nicht einfach ausräucherte.

Bei allem Keifen hier und Heulen da bemerkte Daniel, dass die Anwälte die Seiten zu wechseln begannen. Waren sie zunächst ihrer Auftraggeberin folgsam hinterhergeschwänzelt, hatten die Schimmelleiste an der Badewanne, die geplatzte Türzarge am Eingang zum Teil amüsiert, zum Teil gelangweilt notiert, wurde ihnen der eigene Auftritt von Minute zu Minute unangenehmer. Sie versuchten, die erboste Eigentümerin zu besänftigen, den Schaden abzuwiegeln, vor allem die Ursachen für einzelne Missstände besser zu bedenken, damit »der Schuss nicht nach hinten« losginge.

Daniel begriff diese Warnungen nicht, fand sie sogar verfehlt angesichts der aufgedeckten Übel und bewunderte die Kühnheit der Männer umso mehr. Besonders, als sie Frau Maus schon eher im Befehlston baten, auf dem Teppich zu bleiben. Diese Forderung schien ihnen besonders zu gefallen. »Nun bleiben Sie mal auf dem Teppich!« Womit sie nur den Teppich in Frau Maus' Wohnung meinen konnten, denn hier lag Stragula.

Schließlich gingen sie dazu über, Frau Maus das eine oder andere juristische Bedenken vorzuhalten. Auf dem Ohr war sie taub. Wer zahlte, hatte Recht. Sie zahlte, sie hatte Recht. Und eine Frau Maus musste vor keiner Rechtsprechung der Welt hinnehmen, wie Leute ihr Hab und Gut demolierten. Wehe, wenn einer der Herren das anzuzweifeln wagte! Der konnte sich gleich verabschieden. Es blieben genug, die ihr aus der Hand fraßen. Die Drohung wirkte nur kurz. Die Anwälte tauschten Blicke. Sie fielen ihrer Geldgeberin immer häufiger ins Wort, wurden sogar ihrerseits laut. Am Ende zwangen sie – Daniel blieben vor Staunen die Tränen weg – Frau Maus im offenen Handgemenge zur Aufgabe, drängten sie im Pulk aus der Tür, die Treppe hoch und ins Freie, wo die Abgewiesene derart tobte, dass Zeugen des Geschehens schon ahnten, was Wochen später eintrat: Frau Maus landete in den Bonner Heil- und Pflegeanstalten, um dort künftig statt ihres Geldes die anstaltseigenen Handtücher zu zählen.

Ihr Auftritt hatte auf Daniel eine so niederschmetternde Wirkung, dass er sich bedenkenlos in Doros Hand begab und die Treppen hoch in ihre Wohnung flüchtete.

Doro hatte mit dem Rest der Hausbewohner im Treppenhaus gestanden, Teil der Versammlung, die den Tumult aus dem Souterrain angestrengt lauschte und schüchtern kommentierte; sie nahm seine Hand und führte ihn weg, einfach so, und er folgte, verheult, erleichtert. Doro wohnte mit ihrer Mutter im dritten Stock. Sie setzte Daniel an den Küchentisch, legte seine noch immer zitternden Arme auf die Tischplatte, legte seinen Kopf auf seine Arme, setzte sich über Eck, streichelte ihn mit einer Hand, ließ die Finger der anderen in seinem Haar. Er brachte kein Wort heraus, brannte vor Glück. Frau Maus' Überfall hatte sie endlich zusammengebracht. Das niederträchtige Treiben der alten Schachtel musste nicht mehr im Einzelnen beredet werden. Doros Atem wärmte seine Wange, ihr Verständnis war so wortlos gut, dass alles außer ihrer Nähe versank.

Dann ging das Schloss, die Tür sprang auf, die Mutter stand im Raum, sah ihre Tochter mit dem Souterrainjungen zusammensitzen – eine Wohnung in Flammen hätte sie nicht weniger entsetzt aussehen lassen. Sie fuhr ihre Tochter an, wie sie dazu käme, mit Daniel in ihrer Abwesenheit hier zu sitzen? Ob sie noch ganz bei Trost wäre? Ob das ab jetzt bedeutete, nicht mehr in Ruhe aus dem Haus gehen zu können, ohne das Schlimmste befürchten zu müssen? Und zu Daniel: Das wäre das letzte Mal, dass er sich hier so unangemeldet breit machte, so allein mit ... als gäbe es nicht sowas wie ...

Daniel trottete ab. Doros Mutter konnte ihn vor die Tür setzen, nicht die Stimmung nehmen. Was warf sie ihm vor? Das Schlimmste? Das wäre? Sie hob ihren Zeigefinger drohend: Jetzt sollte er sich bloß nicht dumm stellen! Er war noch dümmer. Ihn erreichte lediglich das Gift ihrer Verdächtigung. Augen auf! schrie sie gegen seine Dummheit an, jede Situation hat doppelten Boden! Du bildest dir ein, das ist gut – das ist erst recht schlecht.

Welche Sicht galt? Er musste seine Fähigkeit zu zweifeln ausbauen, wie er manchmal argwöhnte, dass eine Fliege auf der Tischplatte, die er mit einem Schlag vernichten konnte, in Wahrheit über ihn lachte, weil ihresgleichen noch leben würde, wenn seinesgleichen schon wieder Geschichte wäre. Hinter Tröstung lauerte Schuld, Zuneigung verbarg Schändung.

Er fühlte Glück – Doros Mutter sah Unheil.

Nicht umsonst hatte der Mensch zwei Augen, zwei Ohren, zwei Nasenlöcher, zwei Hände, um hier die eine, da die entgegengesetzte Wahrheit zu begreifen.

Ich lebe nicht mehr, ich kann nur nichts gegen das stur pumpende Herz machen. Es funktioniert ungefragt weiter. Es profitiert davon, dass ich aufgehört habe zu denken. Ich arbeite, um aus dem besten Kessel Essen zu bekommen. Ich esse, um schlafen zu können. Darüber hinaus zählt nichts. Man behauptet, das Lagerleben vertiert, falsch, der Gefangene sinkt tiefer, hört auf zu kämpfen, sich um Nachwuchs zu kümmern oder auch nur aufmerksam die Gegend zu überwachen. Warum auch? Er wird selber rund um die Uhr überwacht und versorgt. Er ist in einen ausgeklügelten Ablauf gestanzt, der das Letzte aus ihm rausholt, ihn enthirnt, entmannt.

Wieso ich nicht mit den letzten russischen Gefangenen zurückgekommen bin? Weil ich zu der Zeit schon Richtung Heimat unterwegs war. Geflohen? Nein, nicht geflohen, sondern wortwörtlich weggetrieben, als mich beim Abladen von Holz Baumstämme in den Fluss rissen, zusammen mit einem blutig geschlagenen Pferd und einem Transportschlitten. Ich galt nicht als geflohen, ich galt als verunfallt, üblicher Ausfall, wurde nicht verfolgt.

Jetzt ziehen die Transportzüge an mir vorbei Richtung Heimat. Es ist verrückt. Wir hatten die Hoffnung aufgegeben, das Lager lebend zu verlassen, doch wenige Wochen nach meiner Flucht wurden die im Lager Gebliebenen von der Rückkehr in die Heimat überrascht und in Züge gesetzt, die nun in langen Ketten an mir vorbeirollen. Im Vergleich zu ihnen gerate ich ins Hintertreffen und kann sehen, wie ich als offiziell für tot Erklärter weiterkomme.

Ich habe unterwegs wieder zu denken angefangen. Was mich auf den Beinen hält, ist der Drang, die zu Hause an einem neuen Alltag zu hindern. Ausschließlich das. Der Auftrag brennt in mir – der Auftrag, alle Botschaften zu vernichten. Seither kämpfe ich mich zu Fuß, in Bussen, auf Puffern von Zügen durch diese endlosen Tundras und Taigas und was nicht noch, schleiche über Warschau und Berlin nach Bonn, oder durch Ungarn und Österreich, womöglich auf einer noch komplizierteren Route, die an List alles übertrifft, was meine Verfolger sich ausdenken können.

Ich scheue mich nicht, unterwegs Scheinehen einzugehen, mir Tarnnamen zuzulegen, Titel und Berufsbezeichnungen zu erfinden, so wenig wie mein Sohn sich scheut, jede »Auferstehung aus der Asche« anzuprangern, unbeeindruckt vom plötzlichen Fußballweltmeisterfieber und Wir-sind-wieder-wer-Geprahle … Ein inneres Bündnis, das ich ihm nie danke, sondern selbstverständlich einfordere, bis ich zurück bin. Dann werde ich wieder eigenhändig die Illusionen von Neubeginn und Schuldentilgung in den Hals ihrer Verkünder zurückstopfen …

Und so weiter.

Und weiter.

Weiter.

Das Mühlrad der Sich-nach-Hause-Kämpfer-Fantasien, das sich immer schwerfälliger in Bewegung setzte. Es zerrieb Daniel. Mit angelesenen Grausamkeiten und Hörensagen stopfte er die Lücke »Vater«, den Totalverlust. War es möglich, dass er am meisten an etwas nicht Vorhandenem litt? Wie konnte er einen vermissen, den er nie gesehen hatte? Er verstand es nicht. Der Ausfall sog ihn weg. Die Bilder, die er dagegenstemmte, zerbrachen. Irgendwann schob sich der Kopf des Vaters durch Daniels Kopf, übernahm seine Augen und sah ihn aus dem Spiegel heraus an:

Weißt du überhaupt, wo ich bin? Was ich durchmache? Woran ich denke? Wie ich lebe? Ob ich lebe? Nichts von allem. Wach auf! Du spinnst dir eine Figur zurecht, die mich am Ende auslöscht. Mich, wie ich wirklich bin. Gefährlich für uns beide. Unfug sowieso.

Sieh mich an. Du kniest dich in eingebildete Leiden, die nicht deine sind. Beschwörst fremde Schmerzen unter dem Vorwand, mir näherzukommen. Möchtest einen von Wanzenbissen übersäten Körper zur Schau stellen und weißt nicht mal, wie Wanzen aussehen. Lass es.

Warte einfach auf mich. Warte ab. Du möchtest mich tausend Kilometer entfernt durch Eiszapfen behangene Lärchenwälder stapfen sehen, im Arbeitslager gegen Banditen, Ratten, Läuse, Kälte und Hunger kämpfen lassen. Zone des Grauens. Zuchtlosigkeit. Verfall. Du malst dir Gemeinheiten aus. Wer mit einem versteckten Metallstück erwischt wird, gilt als bewaffnet, wird erschossen. »Ihr verreckt hier bei ehrlicher Arbeit«, begrüßt dich der Lagerleiter. Steppjacken, Fußlumpen, Mützen verschwinden im Laufe der Nacht. Im Schlaf gestohlen. Streit. Morde. Gestank von zerknackten Wanzen, Kopf- und Kleiderläusen. Armeen von Wanzen fallen nachts aus den Ritzen der Holzdecken wie Fallschirmspringer auf dich, kriechen unter deine Kleider. Ihren Biss spürst du erst, wenn das Blut schon ausgesaugt ist. In der Folge Juckreiz, Kratzen, Schlagen. Ein Maler aus Leningrad knackt die Wanzen mit dem Fingernagel, verteilt das Blut an der Barackenwand, nennt sein Kunstwerk »russische Rosen«. Am nächsten Morgen ist dein Körper wie von der Schlachtbank. Jeder sieht im andern das eigene blutverschmierte Ekel vor sich. Nach wenigen Tagen erreicht auch dich die Gnade der absoluten Gleichgültigkeit. Alles wird egal. Für die draußen gehörst du zur Unterwelt.

Aufgeschnapptes:

Verbrecher, die das Todesurteil erwarten, lassen sich auf der Brust und auf dem Rücken in der Herzgegend einmal Stalin und einmal Lenin tätowieren. So bleiben sie am Leben. Kein Mensch in Russland wagt, auf diese Bilder zu schießen; er würde sofort selber erschossen.

Schauerschöne Einfälle.

Und dann die Selbstverstümmelungen, um an leichtere Arbeit zu kommen. Axthiebe. Das Leben ist wichtiger als die linke Hand. Ein ausgeklügeltes System sorgt dafür, das Letzte an Arbeitskraft aus jedem herauszupressen. Höchstes Ziel der Lagerleitung ist die Zerstörung allen Vertrauens. Jeder eines jeden Feind. Spitzel überall. »Klopfer«, weil sie nachts an die Tür des Politoffiziers klopfen, um ihre Berichte abzuliefern. Kein Zusammenhalt. Verlust jeder Scham. Im Zentrum der Qualen Hunger. Sein oder Nichtsein entscheidet sich an der Rangordnung der Suppenkessel. Um sie dreht sich alles. Gott wird verflucht, die Mutter gerufen.

Schauderhaft schön, wenn du nicht selber drin steckst.

Wach auf! Lass mich sein! Warte ab, bis ich wieder da bin, und such dir inzwischen keinen Ersatz. Ertrag die Lücke. Das wäre die eigentliche Leistung. Warte ab und ertrag die Lücke!

Aber ich weiß doch einiges von dir, rief Daniel in die Spiegelaugen zurück: Operieren ohne Narkosemittel, Erschöpfung, Hunger …

Hunger?

Ja, Hunger.

Du bildest dir ein zu wissen, was Hunger ist?

Ja! Wenn der Magen schmerzt und krampft. Wenn alle Gedanken ums Essen kreisen. Wenn man vom Kochen träumt. Wenn einem jeder Gedanke an zu Hause vor dem Warten auf die nächste Suppenration verschwindet. Wenn man für eine Brotkante bereit ist, den Nachbarn umzubringen. Kurz, wenn man zum Magen verkümmert.

Zum Magen? Warum zum Magen?

Du kannst fragen! Weil man nichts zu essen hat!

Nein, Junge, nichts zu essen verursacht keinen Hunger. Ohne Essen flammt ein Schmerz auf, aber nach wenigen Tagen schweigt der Körper, wird fühllos. Du verlierst Kraft. Gibt es immer noch nichts, beginnst du zu verdämmern. Du stirbst, während körpereigene Betäubungsstoffe dir den Übergang erleichtern, dich in ein Delirium schicken und ein Lächeln in dein Gesicht zaubern, weil du glaubst, die Tore des Himmels öffneten sich vor deiner Nase. Nein. Wirklicher Hunger entsteht, wenn der Magen über Jahre durch zu geringe Nahrung immer neu gereizt wird. Erst dann schreit jede Zelle. Erst dann wird jedes Brotkrümelchen zur

Hostie. Durch das Wasser aus dem eigenen Körper aufgeschwemmt, wölbt sich der Bauch. Alles in dir ist abgetötet, aber du kannst nicht sterben. Über Jahre. Das ist Hunger. Den wirst du nie mehr los. Ein Zellenhunger, durch keine spätere Völlerei mehr aus den Adern zu waschen. Ein Wahn. Ein Hunger-Spleen. Du kannst kein Brot mehr verkommen lassen, auch wenn mehr als genug da ist. Deine Kinder schütteln den Kopf. Sie nennen dich »Krümelsammler«, »Schimmelkantenfresser«, unterstellen dir einen Dachschaden. Das ist es. Du hast einen Dachschaden.

Da läuft ein Hunger-Programm, eine untervernünftige Aufnahmegier, wie bei denen, die nach dem Lagerleben an keinem verrosteten Stück Schraube auf der Straße vorbeikommen, obwohl sie inzwischen wieder kistenweise neue Schrauben kaufen könnten. Das ist Hunger. Aber erklär das einem, der in seinem Leben höchstens mal unter Appetitlosigkeit gelitten hat. Da schwillt die Zunge zum Knebel. Du kannst dich nicht mehr verständlich machen. Das ist das eigentliche Kreuz der Heimkehrer. Sie verstehen ihre eigenen Leute nicht mehr und können umgekehrt nicht loswerden, was sich in ihnen angestaut hat. Sie fühlen sich von einem anderen Stern. Sie begehen Selbstmord.

Wie sich bleibender körperlicher Hunger erst durch jahrelangen Mangel einstellt, entsteht auch der andere Hunger, der nach Vergeltung, nicht durch einen einzigen Wutanfall. Das zu begreifen ist noch wichtiger, Junge. Da berührst du den Kern der Vernichtung, Der Vergeltungshunger wächst langsam, wächst durch einen Dauermangel an Gefühlen, die schändlichste Nebenwirkung der Unterernährung. Du kannst nicht mehr lieben, du kannst nicht mehr hassen, du kannst weder bewundern noch verachten, du verlierst die Fähigkeit zu Schmerz und Freude, du spürst keine Regung mehr, in keinem deiner Sinne, alles fühlt sich dumpf, grau, gleich an, und genau da, aus dem empfindungslosen Klumpen in der Brust, frisst sich etwas in deine Seele, das du niemandem mehr verzeihst, dir selbst nicht, anderen nicht. Die Demütigung, bis zu dieser Stufe gedrückt worden zu sein, kennt keine Wiedergutmachung. Wer diesen Vergeltungshunger in sich hat, kann sich nicht mehr eingliedern; du handelst jenseits von Koller, Aufstand, Auflehnung.

Am Ende erträgst du dich in Kleidung, vor der selbst Flöhe ausreißen.

Erst wenn Sauberkeit und Zuneigung wiederkehren, entdeckst du das Gift im Kopf. Das Lagerleben hat enteignet. Du bist zwischenmenschlich unbrauchbar, nicht mehr familientauglich, nicht mehr gesellschaftsfähig ... Was immer an Freundlichkeiten über den Heimkehrer ausgeschüttet wird – der Empfang beim Bürgermeister, Bratwurst und Freibier – der Abstand zu den früher Vertrauten will sich nicht verringern. Der Vergeltungshunger nagt. Er lässt sich in einem Schrei zusammenfassen: Nie wieder! Wobei alles um dich her schon wieder genauso läuft. Einschließlich neuer Soldaten, neuer Feindbilder, die sogar das eigene Volk spalten. Unverständnis ist nicht das Wort für diesen Schock. Der Heimkehrer ist in Wahrheit eine Störgröße.

Ich weiß. Deine Störung ist meine Störung.

Du weißt nichts.

Ich rede mit dir.

Du redest mit einem zusammengeflickten Gesicht. Du weißt nicht mal, ob ich je in einem Lager war. Ob ich je

Hunger geschoben habe. Du weißt nicht mal, wo ich abgeblieben bin. Was soll das? Lass mich in Ruhe. Warte ab, bis ich dir alles erzählen kann. Wenn ich es dann noch will. Warte einfach. Erfinde mich nicht ständig aus den Lebensflicken anderer Leute …

Der Vater zog die Augen von Daniels Spiegel-Blick zurück, verließ seinen Kopf, verschwand aus seinem Körper. Es fühlte sich an, als habe Daniel sich heftig erbrochen und sei doch nichts losgeworden …

… Ich habe meiner Frau den Begrüßungsstrauß aus den Händen gerissen. Ich bin kein Mann mehr, für niemanden. Ich habe die Kinder weggestoßen. Wie sollte ich noch Vater sein! Mein Auftrag ist unwiderruflich: wandelnder Vorwurf für eine Familie, die Liebe sucht, atmende Vernichtung für einen Staat, der vergessen möchte. Meine Augen sind Sauglöcher für jeden Hoffnungsschimmer. Vor mir mag sich die Sonne noch so prächtig erheben, wenn ich auftauche, wird sie zur Pechfackel und räuchert die Erde aus …

Zwei Wochen nach dem Maus'schen Auftritt zogen sie aus dem Keller der Haydnstraße in ein Dachzimmer an der Goebenstraße, Ecke Moltkestraße. Dort ragte ein Erker in die Kreuzung wie eine Kommandobrücke. Im Souterrain sind sie per du mit den Beinen der Passanten gewesen – die neue Sicht auf Fußgängerköpfe, Autodächer und Baumkronen wirkte umso erhebender. Sie fühlten sich ins Luftige, Helle versetzt, noch dazu in einem Haus mit soliden Fundamenten, die Fassade eine ehrliche Haut voller Warzen und Falten, am Eingang ein Vorgarten, bewehrt mit mannshohen Speeren, deren eine Spitze Daniel sich gleich vor Freude in die linke Achselhöhle rammte, als er – die Arme vogelartig ausgebreitet – über die Außentreppe auf den Bürgersteig zu segeln versuchte.

Der Nachteil? Nur ein Zimmer. Das bedeutete, an jeder Wand ein hochklappbares Bett, außer an der Wand mit der Eingangstür, wo sich über dem Türrahmen ein Bord von der Oberkante des einen Kleiderschranks zur Oberkante seines Zwillings spannte: die Schuh- und Mützenablage.

Den Erker erklärte die Mutter, noch bevor Martina und Daniel sich dort ausbreiten konnten, zu ihrem Arbeitsplatz. Mist.

Um das Sozialamt loszuwerden, hatte sich Birke entschlossen, als Selbstständige im Haus zu bleiben, sich »besser einzuteilen«. Ab sofort wollte sie für Martina und Daniel nach der Schule da sein. Schluss mit dem Schlüsselkinderschicksal! Hinsichtlich der Finanzen würde sie »unterm Strich sogar noch mehr rausholen«. Bislang hatte sie sich in einer Kanzlei, die den heimischen Limonadenherstellern gegen das Coca-Cola-Imperium rechtlichen Beistand leisten sollte, die Finger wund getippt, ohne auf einen grünen Zweig zu kommen. Nun verlegte sie sich aufs Abtippen von Manuskripten, Diplom- und Promotionsarbeiten, da konnte sie wenigstens auch ihren brachliegenden Fremdwörterschatz nutzen.

Die Familie rückte enger zusammen, schon rein räumlich, durch Birkes Anwesenheit tagsüber auch im Umgang. Daniel begann sich genauer mit seiner Mutter zu beschäftigen. Wie sah er Birke? Vor allem sah er an ihr vorbei. Mütter gehörten zum Inventar, vertraut, aber nicht weiter bemerkenswert. Einmal erschreckte sie Daniel mit der Frage: »Liebst du mich eigentlich?« Liebt man, was man seit je selbstverständlich hat? Sie war mehr und weniger. Er empfand sie wie seine Beine, die ihn trugen, die er für diese Unterstützung aber nicht liebte, höchstens bei Verweigerung ihrer Dienste beachtet hätte – um sie zu beschimpfen. Zugehörigkeit ja. Möglicherweise entwickelte er Liebe zu ihr erst als nachgereichte Fälschung, wenn sie unter der Erde lag.

Es gab noch einen Grund, warum er gern an ihr vorbei sah: Ihr Anblick tat ihm weh. Sie war eine Gebrochene. Eine Leidensfigur. Von irgendwelchen Höhen ins Elend gestürzt, Höhen des Wohlstands, von denen er keine Ahnung hatte.

Das Paradies ihrer Jugend! Er konnte es, fand sie, in der vollen Pracht sowieso nicht fassen. Also auch nicht ihren Verlust. Ihm fehlte der Vergleich. Die aktuelle Not stand ihm vor Augen, schön, aber doch nicht mit der Erfahrung ihres Absturzes aus dem allerverschwenderischsten Wohlstand! Er wiederum fand, dass es der Armut gut gelang, ihn auch ohne Vergleiche ausreichend hart zu beißen. Allerdings wollte er nicht ums Verrecken in einen Leidenswettstreit mit ihr treten, am Ende hätten sich ihre verbitterten Züge in sein Gesicht gegraben.

Im Halbschlaf beobachtete er eine Frau im Rollstuhl, die so lange jammerte, bis sich ihr Sohn ein Herz fasste und sie über die Balkonbrüstung auf die Straße kippte, wobei ihr Gejammer erst im Moment ihres Aufschlags abbrach. Dann wandte sich der Sohn zu ihm, Daniel, und wollte sein Urteil hören. Gegen jede Sitte und Überzeugung spürte Daniel, wie er freundlich nickte und sagte: Es geht nicht anders, kein Kummer rechtfertigt das ewige Genöle. Darauf setzte sich der Mann in den gerade leer gewordenen Rollstuhl und forderte Daniel auf, ihn ebenfalls über die Balkonbrüstung zu kippen.

Birke war eine große Frau. Ihr dunkelbraunes, an den Spitzen rötliches Haar – als glühte es bei Luftberührung auf – trug sie glatt nach hinten, zu einem Knoten gebunden, was ihr zusammen mit dem schmalen Mund, den hohen Wangenknochen und der gebogenen Nase in seiner Vorstellung etwas Indianerhaftes gab. Indianer, hieß es, benannten sich erst nach langjähriger Beobachtung, damit der Name etwas über die Person aussagte, statt sich gleich ein Hänsel oder eine Gretel anpappen zu lassen. Birke erschien in der Hinsicht speziell. Womöglich gehörte sie zu einem geheimen, mit Blümchenkleid und Stöckelschuhen getarnten Kottenforster Indianerstamm? Die Namen der Eltern ließen jedenfalls aufhorchen: Birke sie, die Weißhäutige, Hohe, Biegsame – Wolfgang er, der mit dem Gang eines Wolfes, verschwiegen, klug, aus Sorge für die seinen zu jeder Grausamkeit fähig.

Birke wuchs in einer Fabrikantenvilla auf. Ihre Familie besaß in zweiter Generation eine Konservenfabrik, die Birkes Vater zu einem überregionalen Betrieb ausgebaut hatte. Ihren Andeutungen entnahm Daniel, dass es alles gab, womit sich reich gewordene Bürger dekorierten, um unter ihresgleichen nicht aufzufallen: Personal, Tafelsilber, Perserteppiche, Mahagonimöbel, Ölgemälde, Brokatvorhänge … »den ganzen irgendwie doch herzigen Luxusplunder«. Rückblickend sah sie natürlich die Nichtigkeit solcher Ausstattung, wobei sich ihre Züge noch im heftigsten Beschimpfen des Blendwerks verklärten.

Was wusste Daniel von Hauslehrern, Pferdekoppeln, Konzertflügeln, Raucherzimmern, Bibliotheken, gekachelten Kaminen, Großküchen, Wintergärten, Innenhöfen, von in Brunnen speienden Marmorfaunen, schimmernden Kleidern und einem Park, in den »das so genannte Wäldchen an der Haydnstraße hundert Mal reingepasst hätte«? Richtig: nichts. Daher könnte er ihre Schmerzen nie begreifen.

»Es ist die Fallhöhe, Daniel, die den Unterschied macht, die Fallhöhe!«

All der Zauber – oder Zinnober? – ließ die Frage nach einem Broterwerb für die vier Töchter nie aufkommen. Die Töchter waren für den alten Herrn wandelnder Familienschmuck, »gute Partien«, später auch Enkelproduktionsmaschinen. Der Sohn durfte Medizin studieren. Als Birke ihrem Bruder nacheifern wollte, wetterte der Vater: Ob das heißen sollte, dass er seine Töchter nicht ernähren konnte? Ob sie hier den Rollenaufstand proben wollte? Ob sie Haushaltslehre, Klavierspiel, Theater- und Konzertbesuch nicht genügend ausfüllten?

Der Beginn eines Jahre dauernden Kleinkriegs. Nur durch mal schmeichelnde, mal schmollende Zermürbungstaktik setzte Birke beim Vater eine Ausbildung als Hebamme durch. Hebamme: das konnte er gerade noch im Sinne einer erweiterten Ehevorbereitung hinnehmen.

Sie fand ihre Liebe im Kreißsaal, Wolfgang, Frauenarzt »mit dem seidigsten Schlafzimmerblick der Welt«, im Kopf umso wacher, ehrgeizig und erfolgreich, selbst für den kritischen alten Herrn eine passable Wahl. Wie Dominosteine fielen danach die anderen Schwestern am Arm eines Bräutigams in gut gepolsterte Nester. Die Älteste heiratete einen Sauerkrauthersteller, was zur Konservenfertigung der eigenen Familie passte, die Zweitälteste einen Rechtsanwalt, der zum innigsten Berater und Lieblings-Schwiegersohn des Vaters aufstieg, die Jüngste aber »schoss den Vogel ab«, verguckte sich in einen Schauspieler und musste hinnehmen, dass das Oberhaupt der Familie nur widerwillig zur Trauung erschien. Er befürchtete für seine Tochter ein Hungerleiderleben, Mansardenromantik, begleitet von der Musik tropfender Wasserhähne, kannte man ja, doch dann wurde ausgerechnet der misstrauisch beäugte Schauspieler berühmt und reich, sehr berühmt und sehr reich, bezog nach wenigen Jahren – aus Rache? – ein Anwesen in Südfrankreich und beehrte die Familie nur noch, wenn Weihnachten in einem Schaltjahr auf den Sonntag fiel. Er starb bei dem Versuch, ein Feuer im Nachbardorf löschen zu helfen. An dem Unglücksabend stand er in der Kette der Wassereimerreicher zu nah an einer Scheune, deren lodernde Balken explosionsartig in die Tiefe sausten und ihn erschlugen, »auf dem bisherigen Höhepunkt, längst nicht am Ende seiner Karriere – was für ein Mann!«

Erfuhr Daniel Einzelheiten über den Vater? Nein. Es blieb bei Halbsätzen, Seufzern hier, Stoßgebeten da. Fragte er nach? Forschte er die Mutter aus? Nein. Verbat sich die Mutter solche Fragen? Nein. Er selbst war es, der sich zurücknahm. Wie gelähmt. Unerklärlich. Dem gleichen Schweigen verpflichtet, das auch allen anderen die Köpfe zwischen die Schultern drückte, das Atmen schwer machte …

Bei der Frage nach den Vätern fuhr jeder Deutsche mit geistigem Abblendlicht.

Ein gegenseitiges Verschonen, aus dem Aufbauwut und krachende Heiterkeit zwanghaft hervorbrach.

Ein kleines, braunstichiges Foto gab es vom Vater: Junger Mann im Profil, weiche Züge, hängende Lider, die seinen Augen einen schwermütigen Ausdruck gaben, lange Wimpern, mädchenhaft voller Mund, die Haare in einer straffen Welle übers Ohr gelegt, wie angebügelt. Das kleine Foto – Daniels Daumenkuppe reichte, das Gesicht des Vaters abzudecken – besaß für ihn wahrsagerische Züge: der Vater sah am Betrachter vorbei in eine höllische Zukunft. Birkes Handschrift unter dem Foto: »Wolfgang 1942«.

Beliebter Arzt, ehrgeiziger Wissenschaftler, Beginn einer fulminanten Karriere … immer mal wieder von der

Mutter geseufzt, dieser Tatbestand, geseufzt wie in einem verkorksten Theaterstück, über dem sich der Vorhang einfach nicht senken will. Was stimmte? Die Frage beschäftigte alle Gleichaltrigen, Vaterlosen, mit denen Daniel darüber sprach. Ach! Was man Birke alles genommen, versagt, verboten, von der Seite gerissen hatte! Ihr Gesicht verkapselte sich in untröstlicher Verbitterung, ihr Körper faltete sich um einen durch nichts zu mildernden Schmerz wie bei jenen geknickten Gestalten, denen man eröffnet, jahrelang die falschen Medikamente geschluckt zu haben und die daraufhin weniger an der Krankheit als an der Kränkung durch die Fehlbehandlung leiden.

Nebenbei eine Forderung an den Sohn, auch sie nie direkt angesprochen: Vergeltung für den geraubten Mann! Daniel hatte den Ausfall zu ersetzen, möglichst noch zu überbieten. Ein viel zu gewaltiger Brocken; er rührte nicht daran. Stattdessen versprach er ihr, was Söhne ihren verzagten Müttern gern versprechen: eine in den Himmel ragende Villa, Prunkzimmer, Marmorböden … die grandiose Steinigung. Ernsthaft legte er sich auf keine Karriere fest, mied den aussichtslosen Wettkampf gegen ein über die Jahre immer verklärteres Gespenst. Mütter tricksen, fand Daniel, auch ohne es zu wollen: Sie träumen sich ihre Söhne so groß, bis diese durch keine Tür mehr passen, um fliehen zu können.

Ein Trost: Bei aller Kopflastigkeit hatte sich der Vater – nach einer von Birke nebenbei hingeworfenen Bemerkung – aus unterschiedlichen Bauteilen ein Auto gebastelt, das zum Stadtgespräch wurde. Der Mann bewies also handwerkliches Geschick, worin sich Daniel eher wiedererkannte.

Von Birkes Geschwistern, Nichten und Neffen tauchte nie jemand auf; es kamen auch keine Briefe. Warum sah und hörte man nichts von ihnen? Unglück schweißt doch angeblich zusammen. »Mag sein«, sagte sie, »uns hat der Krieg auseinandergebracht.« Am Ende fehlten bei drei Schwestern die Männer: verunfallt, gefallen, vermisst. Lediglich der Sauerkrautproduzent kam nach kurzer Gefangenschaft frei, nur um am gleichen Abend mit Sack und Pack Richtung Venezuela auszuwandern – nähere Begründungen fehlten.

Was undenkbar schien, traf ein: Vom Familienbesitz kein Knopf geblieben, die Eltern gestorben ... nur Wolfgangs Mutter verdämmerte in einem Heim. Partnerverluste und finanzielle Abstürze verfeindeten die Geschwister. Wo vorher eine von Zuneigung gemilderte Konkurrenz schwelte, folgten dem wirtschaftlichen Aus immer umfassendere Schuldzuweisungen. Ein Vorwurf übertraf an Schärfe den anderen, schließlich regierte nur noch der durch Telefone gebrüllte, in Briefen ausgewalzte Hass.

Der Bruder, der im Alleingang das Familienunternehmen verscherbelt hatte, um in Dresden eine geriatrische Klinik zu eröffnen, fand sich vom neuen Regime enteignet und auf der für seine Vorstellungen falschen Seite des eisernen Vorhangs gelandet. Er floh mit einem Seesack voller Seidenhemden nach Baden-Baden, gebrochen und abgebrannt. Die Schwestern wurden nicht müde, ihn zu verdammen. Er verlegte sich aufs Jammern. In dem Maß, in dem sich die neuen politischen Fronten aufbauten, verfestigte sich auch zwischen den Geschwistern der kalte Krieg; es endete in gegenseitiger Funkstille. Sollte jeder sehen, wie er sich durchschlug. Ansonsten wünschte man sich von Herzen die Pest an den Hals.

Nur wenn er sich ihre Kindheit ausmalte, konnte Daniel sich den Widerspruch zwischen Birkes hochfahrendem Gehabe und ihrem aktuellen Elend erklären. Für ihn grenzte Birkes Wüten gegen Häkeldeckchen und geputzte Fenster an Traumtänzerei. Hätte Daniel sich etwas wünschen dürfen, dann Häkeldeckchen, saubere Fenster, unverklebte Teller und eine Badewanne, in der zur Abwechslung mal keine eingetunkte Wäsche schwamm.

Birke haderte jedoch, sozial am Boden, mit jedem Filzpantoffel, jedem Gummibaum in Nachbars Wohnung, mit jeder Tütenlampe und blümchenverzierten Fußmatte, die ihr die Umwelt zumutete. Nie lautstark. Das waren die Spießer nicht wert. Ihre Verachtung kerbte sich vielmehr tief an ihre Mundwinkel und spuckte die Geschmacksverirrten wortlos an.

Einen Haushalt auf Vordermann bringen? Mit ihren eigenen Händen einen Besen schwingen, ins Spülwasser greifen? Wo käme sie da hin! Dralon-Gardinen an den Fenstern? Lieber ungeschützt dem Pöbel Einblick geben. Schirmlampen im Wohnzimmer? Lieber nackte Birnen von der Decke. Trinkgläser aus dem Kaufhaus? Lieber gleich vom Wasserkran saufen! Kunstdrucke an den Wänden? Diese ordinären Anwandlungen durften erst gar nicht um sich greifen! Feindbild: Kleinkrauter, Gartenzwergnaturen und Türschwellenputzer. Obacht! Wie tief sie auch sank, wie heftig es um sie her auch stank, waschen, bügeln, kochen, spülen, bohnern durften ihr nicht zugemutet werden. Das blieb Sache des Personals. Und wo Personal fehlte, mussten die Kinder ran. Wenn sie es schön haben wollten – was an sich schon verwerflich war – bitte, dann sollten sie auch dafür schuften.

Birke: Bis zum Hals im Elend, aber Kopf über den Wolken. Auch beeindruckend, ihre Allüren; halb außer der Welt und vielleicht nur deshalb überhaupt noch in der Welt zu halten …

Daniel nahm Birkes Hochmut im Wechsel mit ihren Verkriechungssüchten nicht immer gelassen hin. Ab und zu brach es aus ihm heraus: »Hör doch auf! Wir haben ein Dach über dem Kopf, einen Ofen und Essen!« Um sie wieder zu erden. In solchen Momenten staunte sie über seine Wut, gab sich getröstet und ging zur Tagesordnung über.

Tagesordnung hieß: An die Schreibmaschine setzen und den Erker mit Tastengeklapper füllen. Es hatte sich herumgesprochen, dass Birke medizinische Wörter richtig schreiben konnte, die formalen Vorgaben für Promotionsarbeiten kannte, vor allem aber für »Feuerwehraktionen« zur Verfügung stand. Das brachte den Durchbruch.

»Feuerwehraktionen« begannen damit, dass ein Student in den oberen Semestern mit einem Packen Unterlagen ankam, sich auf einen Kollegen berief, dem sie auch schon aus der Patsche geholfen hatte, um dann zu schwören, sein Fall stelle sich noch unvergleichlich dramatischer dar; es ging um Sein oder Nichtsein. Wie bei den Vorgängern. Abgabetermin in drei Tagen. Sein oder Nichtsein. Schuld hatten grundsätzlich falsch reagierende Labortiere, verschlampte Petrigläser, streikende Instrumente oder abgesprungene Patienten. Das Ganze sei schon fünf Monate über dem vereinbarten Termin. Der zur Weißglut getriebene Doktorvater dulde keinerlei Ausreden mehr. Was bedeute, dass sie, Birke, koste es, was es wolle, alle anderen Arbeiten beiseitelegen sollte, um ihn zu retten, wofür er ihr lebenslänglich dankbar wäre. Wie bei den Vorgängern, die sich danach nie mehr blicken ließen.

Birke wusste, was es hieß, wenn sie zustimmte: Es hieß Tag- und Nachtarbeit, keine Pause, kein vernünftiges Essen, an ihrer Seite ein aufgelöster, kettenrauchender, Kaffee trinkender Mann, der jede getippte Seite fieberhaft durchlas, erschrak, alles anders haben wollte, aus Zeitgründen nichts mehr ändern konnte, schließlich zum freien Diktieren überging. Die Nächte durch lesen, hinhören, tippen ... tippen, hinhören, lesen ... tippen ... tippen ...

Ging's zur Nachtarbeit, zog Birke eine Stoffbahn mit Schlaufen über einen am Erkereingang montierten Besenstiel, damit Martina und Daniel zwei Meter entfernt »in Ruhe schlafen« konnten. Schlafen war nach kurzer Gewöhnung auch möglich, doch Daniel hielt sich gern wach, um dem geheimnisvollen Geschehen hinter dem angeleuchteten Stoff zu lauschen. Für ihn kam es dort zu musikalischen Aufführungen. Birke hatte das Klavier aus ihrer Jugendzeit mit der Schreibmaschine getauscht. War sie damals eine brauchbare Pianistin, war sie nun eine begnadete Tippse. Das gleichförmige Auf- und Abschwellen ihres Geklimpers verwandelte sich für Daniel in Musik. Ihre Finger flogen so flüssig über die Tasten der schwarzen »Triumph«, dass Melodien entstanden.

Zunächst unterschied Daniel nur eine Art gedämpft rasselndes Atmen als Grundrhythmus, doch bei genauem Hinhören hatte jeder Buchstabe je nach Entfernung und Aufschlagrichtung einen eigenen Ton, der über diesen Rhythmus so viele Melodien legte, wie es Wörter gab. Dazwischen immer wiederkehrende Elemente durch Standards wie »und«, »der«, »die«, »das«, »hat«, »will«, »ist« …

Eine Strophe war zu Ende, wenn Birke den Zeilenschalter schob: ein zügiger Ruck, von einem Klingelton begleitet, dem ein metallisches Schnarren folgte, als schnappe die Maschine Luft, um die nächste Strophe zu beginnen. Was Martina als »ärgerliches Geklapper« abtat, hatte für Daniel einen wilden Zauber. Ihm war es Radioersatz. Sie hatten kein Radio, hörten keine Musik – in der Not schufen sich seine Ohren, was der Haushalt nicht hergab.

Noch eindringlicher wurde die Aufführung hinter dem Vorhang, wenn die Stimme des diktierenden Mannes sich an ihr flüssiges Klappern schmiegte. Zunächst passte nichts zusammen. Sie legte los, er unterbrach, sie fiel ihm nachfragend ins Wort, tippte weiter, er fiel ihr in die Tasten, sie unterbrach, besprach sich mit ihm, klärte dies und das, begann wieder zu tippen, aber zögerlich, als lauerte sie auf weitere Einwände. So schleppte sich das Stunden hin. Doch nach und nach hatten sie sich aufeinander eingespielt, lösten sich Stimme und Tippen, Vorgabe und Aufnahme bruchlos ab, wusste der Mann genau, wie viele Wörter er ihr zumuten konnte, ohne dass sie ins Hintertreffen geriet, und wann sein nächster Einsatz kam. Sie hatte ihn endlich in der Spur. Danach begann das eigentliche Spiel. Ein Liederabend am Klavier. Mal ein Tenor, mal ein Bariton oder Bass, mal laut knarrend, mal verzagt flüsternd, ein halb gespuckter, halb verschluckter Vortrag, Pausen dazwischen, Feuerzeugklickgeräusche, Kaffeeschlürfen, leise gemurmelte Kommentare, das nächste Lied …

Daniel bewunderte Birke. Abgesehen vom Haushalt, dem Betätigungsfeld unter ihrer Würde, war sie ein Arbeitstier, das niemand antreiben oder bei Laune halten musste, eher umgekehrt: Birke war es, die den einen oder anderen Zusammenbruch verhinderte, den einen oder anderen unrasierten, Haare raufenden Kerl über die Ziellinie zog, in Nächten, in denen er sich und seine Zukunft schon aufgegeben hatte.

Birke rackerte. Martina machte sich Sorgen: »Eines Tages tut's einen Knall und Mutti fällt vom Stuhl. Herzversagen. Das hält keine durch!« Birke hielt durch. Sie begann gut zu verdienen. »Im Vergleich zu den üblichen Vorzimmergehältern ein Vermögen!« Sie machte sich einen Namen. Nach den Studenten wurden die Professoren auf sie aufmerksam. Professoren müssen veröffentlichen. Professoren verfassen Beurteilungen.

So kam der Tag, an dem sie auf ihre »Goldader« stieß: Der Leiter der Bonner Heil- und Pflegeanstalten, Doktor Gell, sprach forensische Gutachten ins Diktaphon, übergab ihr die Bänder, sie tippte die Bänder über Nacht ab, wobei sie das Start-und-Stopp-Pedal ihres Abspielgeräts wie die Pedale eines Klaviers benutzte, was Daniels Illusion einer musikalischen Darbietung vervollständigte.

Pro Seite soundso viel Mark, pro Stunde soundso viel Seiten, pro Tag soundso viel Stunden, machte bei achtundzwanzig Tagen im Monat unterm Strich mehr als der Referent für die arabischen Länder im Auswärtigen Amt verdiente, der seidene Fliegenbinden tragende Schnösel, der sie unbedingt als seine Sekretärin anwerben wollte, nicht ahnend, dass sie ihn inzwischen eher als ihren Postboten hätte einstellen können.

Doktor Gell (schon vom Namen her für Daniel ein lautstarker Mensch, der in der Tat alles zudröhnte, was seine Wege kreuzte) diktierte zunächst mit »Punkt« und »Komma«, »Absatz« und »nächste Seite«, buchstabierte nicht nur die Namen der Personen, sondern auch alle Fachwörter. Er wusste: drei Mal vertippt und sie konnte gleich neue Blätter – Deckblatt und zwei Durchschläge, dazwischen Kohlepapier – einlegen. Über die Monate wurden seine Anweisungen immer spärlicher, bis sie stolz bemerkte, dass er die Rechtschreibung und Satzzeichensetzung völlig ihr überließ, »und weiß Gott nicht zum Nachteil der von ihm zu genüge geschundenen Sprache!«

Der Aufbau der Gutachten blieb immer gleich – Fallbericht, Gesprächsprotokoll, Beurteilung, Entscheidung der Schuldfähigkeit: »Manchmal bräuchte ich nur andere Namen einzusetzen.« Sie hatte das Muster schnell raus und Doktor Gell fühlte sich entlastet. Er vertraute ihr nicht nur den »formellen Kram« an, er beendete Sätze, später sogar Absätze nicht mehr, sondern ersetzte sie durch ein »wie gehabt« und bekam, was er wollte.

Obwohl es klinikeigene Schreibkräfte gab, wickelte Doktor Gell nach einem halben Jahr seine Gutachten nur noch über Birke ab.

Seit dem Auftritt von Doros Mutter hatte Daniels Hang zu Verdächtigungen krankhafte Züge angenommen. Alles hatte einen doppelten Boden! Nichts war, was es schien! Täglich neu konstruierte Zweifel verlangten täglich neue Klärung. Je öfter er klärte, desto mehr sah er sich in seinem Argwohn bestätigt. Ein interessanter Effekt.

Natürlich löste sich die eine oder andere Unterstellung

in Luft auf, aber nur, um einer noch ungeheuerlicheren Einsicht zu weichen.

Besonders die angenehmen Momente waren eine Verdächtigung wert. Momente wie diese: wenn er verklärt in dem Erker auf dem Boden hockte und Birke beim Tippen zusah. Sie hatte zwei Ohrstöpsel wie bei einem Stethoskop in die Ohren gesteckt, hörte damit die Stimme aus dem Inneren des Diktiergeräts ab, tippte konzentriert, wirkte elegant. Ihr Schreibrhythmus floss ungebrochen, als besäße sie eine direkte Ohr-zu-Hand-Verbindung, die ohne Umwege die richtigen Tasten drückte. Seite für Seite. Makellos. Dieser Zauber. Ihr Gesicht in der Sonne. Ihre hellen Augen, die ihn ab und zu streiften. Ihre Finger, die über die Tasten flogen. Ihr Fuß, der das Tonträgerpedal bediente. Ihr Ernst. Und dann ihr Lächeln – selten wie ein Schmetterling im Winter – das plötzlich aufbrach und wärmend an ihn hinglitt.

Feierliche Stunden. In halbbewussten Momenten seiner Andacht glaubte er zu hören, was die Maschine sang: »Das tu ich für dich ... Das tu ich für dich ...« Er hätte sich keine bessere Frau vorstellen können. Er saß mit ihr in dem Erker, in einer lichten Glückskugel, und ihre Schönheit war so einzig wie ihre Gelassenheit unüberbietbar.

Aber eben deshalb auch verdächtig. Was genau hörte sie, wenn sie derart sicher in die Tasten griff? Nichts vom Abgehörten schien sie zu beeindrucken. Als tippte sie Zahlenkolonnen. Doch der Leiter einer geschlossenen Anstalt, zur Beurteilung von Verbrechen aufgefordert, hatte anderes zu verhandeln. Nur was? Sie schob ihr freundliches Gesicht vor dieses Geheimnis. Er musste es aufdecken.

Musste wissen, was sie auf den Bändern hörte und in die Maschine gab. Eins passierte nämlich nie – dass Blätter liegen blieben. Da war sie hinterher. Warum? »Vertrauliche Unterlagen«. Eben. Nicht zu trauende Unterlagen. Die getippten Gutachten wurden gelocht, geheftet und im Rollladenschrank ihres Schreibtischs eingeschlossen, der wie ein Altar im Erker prunkte. Er beobachtete immer wieder ihre Handhabung des Abspielgeräts, eine Grundig-Stenorette, in die man keine Bänderspulen, sondern Kassetten einlegte. Ein hinter der linken Kassette angebrachter Zähler ermöglichte die Markierung der Stelle, wo Birgit angehalten hatte. Ein kritischer Punkt, da sie bei der geringsten Abweichung – wenn der nächste diktierte Satz nicht mehr zum bisher Getippten passte – sofort merkte, dass er sich an dem Gerät zu schaffen gemacht hatte. Er musste sich die ersten Worte anhören, notieren und wiederfinden, sonst war er aufgeschmissen.

Er ließ sich Zeit. Er bedachte jeden Schritt. Als Birke zu einer längeren Zahnbehandlung ging, die mit Wegstrecke hin und zurück nicht unter zwei Stunden zu machen war, Martina ihrerseits mit Freundinnen zum Brühler Schloss radelte, schien der ideale Moment gekommen. Er wartete, bis sein Herz aufhörte, im Hals zu klopfen, näherte sich dem Gerät, steckte sich die Hörstöpsel in die Ohren, stellte das Gerät an, merkte sich den Bandstand und drückte auf die Start-Taste.

Zunächst konzentrierte er sich darauf, die ersten Worte aufzunehmen und auf einem Zettel zu notieren. Dann hörte er zu. Nach einigen Worten wünschte er sich, das Teufelsgerät nie angefasst zu haben. Ein Axthieb zwischen die Schultern hätte ihn nicht härter treffen können als diese Berichte, die der Doktor gleichförmig schnarrend von sich gab. Da wurde ein Kinderbauch aufgeschnitten, ein männliches Glied in die Wunde gesenkt, da wurde gequält, verstümmelt, wurden Körperteile abgehackt, es schoss Blut und Sperma ... geschockt wischte er sich eingebildete Säfte vom Gesicht. In wenigen Minuten hörte er mehr Abartigkeiten als er sich all die Jahre für seine Kriegsfantasien hatte ausdenken können.

Er war so aufgewühlt, dass er die Stopp-Taste mehrfach verfehlte. Sein Puls hämmerte gegen die Schläfen. Durch seine Brust fraßen sich Säuren. Überbelichtete Bilder von schäumender Gewalt flirrten vor seinen Augen. Kalter Wahn. Foltergier. Sie hinderten ihn, die Außenwelt unversehrt wahrzunehmen. Alles schien besudelt, verschmiert, aus einem Blutbad ins weinende Licht gehoben. Als sei er minutenlang auf einem Drehstuhl herumgewirbelt und sollte nun durch die Tür gehen, die unentwegt an ihm vorbeischoss.

Die Grausamkeiten verdunkelten sich noch weiter durch die mitgelieferten Bekenntnisse der Täter, die sich im Nachhinein selber über die Schulter sahen, von einem Vorgang berichteten, den einer in ihrem Namen begangen hatte. Nicht dass sie die Täterschaft leugneten, sie beschrieben lediglich den Antrieb zu ihren Schlächtereien unter dem Zwang einer Macht, die sich durch sie hindurch austobte. Es packte sie. Es schlug durch sie auf die Opfer ein. Das machte den Hergang endgültig unerträglich. Daniels Arme brachten nur noch Gefuchtel zustande. Er hielt sich an einem Fenstergriff des Erkers fest, kämpfte gegen einen Brechreiz, dem er Minuten später, als er ihn schon besiegt glaubte, nachgab. Er erbrach sich ins Handwaschbecken neben seinem Bett. Zum Klo hatte es nicht mehr gereicht.

Er säuberte das Becken, öffnete alle Fenster. Die schlimmsten Szenen drehten sich noch immer in seinem Kopf. Ohnmächtig werden hätte geholfen. Hauptsache, dieser pelzige Ekel verschwand aus seinem Hals. Es ging nicht. Es wurde ihm weder schwarz vor Augen noch taub im Kopf, im Gegenteil, Einzelheiten der Untaten gewannen Kontur, schärften sich wie Mauerkörner im Abendlicht und ließen vorher übersehene Dinge erkennen.

Er wollte weg. Raus aus diesen Bildern. Das Einzige, was ihn hielt, war der Zwang, das Band in die Ausgangsposition zurückzubringen. Er schrie sich diese Aufgabe zu. Schrie seine Schwäche zusammen. Wenn du's nicht aushältst, hättest du die Finger davon lassen sollen! Er spaltete sich in einen Feldwebel und eine Memme. Der eine schrie, die andere zerfloss. Lebensnäher war die Memme. Die Befehlsstimme wirkte unzugehörig. Aber sie hatte recht. Versagte er jetzt, würde ihn die Scham durchs Fenster treiben. Der Aufschlag auf dem Pflaster wäre weniger schmerzhaft als Birkes Blick, wenn sie sich von ihm hintergangen sah.

Er versuchte sich so weit zu beruhigen, dass er das Band zurückspulen konnte. Dieses vorher so harmlos in der Kassette ruhende Band – jetzt mit allen Giften der Welt getränkt.

Wie die Ausgangsstelle finden, ohne eine der Abartigkeiten noch einmal hören zu müssen? Über der linken Kassette die Strichskala. Der Zeiger hatte auf 24 gestanden. Er spulte bis 23 zurück. Hörte rein. Wartete auf das notierte Stichwort. Drückte die Stopp-Taste. Spulte vorsichtig zurück.

Drückte bei dem letzten Wort vor dem notierten Stichwort auf die Stopp-Taste. Schaltete das Gerät aus. Geschafft.

Als die Konzentration nachließ, überschwemmte ihn ein neuer Brechreiz. Um sich abzulenken, putzte er die Schreibtischplatte. Es löste nichts, aber er machte weiter, wischte den Boden, scheuerte danach die Fenstersimse, reinigte das schon zwei Mal gereinigte Handwaschbecken. Und zwischendurch: Was machst du? Lass das! Er ließ es nicht. Er räumte die Schuhe in den Schrank. Die Bilder bluteten weiter in seinem Kopf. Wasser schoss aus seinen Augen. Er schluchzte. Er spülte das Geschirr. Er trocknete ab. Erst dann fühlte er sich berechtigt zusammenzubrechen.

Er fand keine Ruhe. Schließlich ging er zum Waschbecken und hielt seinen Kopf unter den laufenden Kran. Das half. Seine Erregung wich einer Müdigkeit, als hingen Felsen an seinen Augenlidern. Birkes Gesicht schob sich vor die Höllenszenen. Ihr unergriffener Ausdruck, während sie solche Ungeheuerlichkeiten anhörte und eintippte! Und sogar noch fähig war, ihn zwischen einer aufgeschnittenen Kehle und einem zerstochenen Auge anzulächeln. »Das tu ich für dich … Das tu ich für dich …«

Wenn sie dazu imstande war, wozu noch?

Er hatte sich überfordert. Nie hätte er solche Dinge für möglich gehalten. Niemals. Wie konnte er sich einbilden, das Ausmaß dessen, was sich Leute antun, zu kennen? Einfaltspinsel im Vorhof des Lebens! Sein Verdacht hatte sich bestätigt. Er saß Attrappen auf, die nicht nur Birke, die jeder in seiner Nähe aufbaute, um ihn für dumm zu verkaufen.

Wach auf! In allem die doppelte Belichtung. Das nicht mehr abzuschüttelnde Kulissengefühl. Masken. Drehbühnen. Im Kern der Sonne Finsternis. Im Kopf der Nachbarn Schändung. Unter den hausbackenen Betonfrisuren der Frauen Raserei. Hinter den seriösen Hornbrillen der Männer der feste Vorsatz zum Amoklauf, sollten die Folterungen an der eigenen Familie nicht restlos befriedigen …

Das galt es im Auge zu behalten, die zweite Wirklichkeit in allem, besonders, wenn eine treuherzig lächelte.

Birke merkte nichts. Daniel beobachtete sie nie wieder bei ihrer Arbeit. Er mied sogar den Erker. Tabuzone. Die fünf braunen Tasten der Stenorette grinsten ihn jedes Mal, wenn er im Vorübergehen hinsah, höhnisch verdorben an.

Es war Enno, ein Schulfreund, der Daniel mit Eli bekannt machte, es war Eli, die Daniel zu einem Plattenspieler verhalf, und es war Elvis, der von diesem Plattenspieler aus Daniel eine tröstliche Wut bescherte – kann einer mehr vom neuen Jahr verlangen?

Das Schreibmaschinenklappern hatte einen verletzenden Klang bekommen. Der Zauber dieser »Musik« war nicht nur verflogen, er war durch hämmernde Stiche ins Herz ersetzt. Eine andere Musik musste her. Etwas wie ein Hörschutz, eine zimmergroße Tonhaube, die das krank machende Schweigen unter sich begrub.

Zwar hatte Birke ein Radio angeschafft, einen wuchtigen Kasten voller Röhren und grüner, von silbernen Fäden durchzogener Platten, ein Lautsprecher hinter beigefarbenem Stoff, fünf weiße Tasten, darüber eine Frequenz-Skala mit einem roten Zeiger, alles in allem ein imposantes Trumm, aber Birke stellte das wertvolle Stück auf WDR 2 ein, wo Klassisches kam, und daran durfte nicht gedreht werden.

»Finger weg von den Knöpfen! Ich find dann nichts mehr wieder!«

»Wir könnten doch Markierungen kleben.«

»Da steh Gott vor!«

Tja, mit dem wollte man sich nicht gleich anlegen.

Ralf kannte sich aus. »Konzertsoße« war Folter für Ralf. Da gab's in den Eisdielen und erst recht auf dem Rummel was anderes auf die Ohren.

»Sag mal, Ralf, dies Lied, weißt schon, *Kamm Mister Dallimann, Dallimi Banana*, wer singt das?«

Ralf setzte sein Geheimagentengesicht auf: »Harry Belafonte.«

»Hast du das?«

»Nein, ich hab nicht mal'n Plattenspieler.«

»Ich auch nicht.«

»Musst du halt am Musikautomaten hörn.«

»Nö, du, Ralf, Jukebox. Juckbox. Scheiße.«

»Mach was.«

»Ich stell manchmal heimlich Luxemburg ein. Aber da sitz ich auf glühenden Kohlen, dass bloß nicht wer unerwartet reinkommt.«

»Heimlich macht keine Laune, Danny, bastel dir dein eignes Radio mit Kopfhörer, störst du keinen und wirst von keinem mehr gestört.«

»Geht das?«

Es ging. Ralf lieferte den Bauplan, Daniel besorgte sich die Teile. Dann bastelte er sich einen Kristallempfänger zusammen – Drähte, Reißzwecken, ein Bleiglanz-Kristall und Kopfhörer – schon empfing er England, Holland, Luxemburg, vorausgesetzt, er traf mit der blanken Kupferdrahtspitze die richtige Stelle des Kristalls. Schlichte Physik, blankes Wunder. Umwerfend. Als steckten in dem Glitzerklümpchen Armeen von winzigen Ansagern, die er mit der Drahtspitze aus ihrem Schlummer wecken und zum eifrigen Auflegen und Anpreisen ihrer fetzigen Musik hochkitzeln konnte.

Die meiste Zeit stocherte er sich durch ein Klanggestrüpp aus Pfeifen, Knacken und Rauschen. Es störte ihn nicht, es gehörte sogar zu der Pöbelmusik, die zu ihm vordringen wollte. Da kämpfte sich eine unbekümmerte fremde Meute von jenseits des Ozeans ihren Weg frei, durch brüllende Stürme und klatschende Wellen zu ihm hin, und sangen und trommelten und vermischten ihre Klänge mit den knatternden Segeln, was dann noch abenteuerlicher an sein Ohr schlug, und er lag da, starrte zur Decke und merkte, wie das akustische Gebräu ihm die Krusten von der Seele hämmerte.

Er schnappte Namen auf, notierte sich Lieder. Unglücklicherweise hatte Birke darauf bestanden, dass er in das – für sie! – beste Gymnasium ging, das »Beethoven«, wo die erste Fremdsprache Latein war, das Große Latinum Pflicht, Basis der Menschwerdung, mit anderen Worten eine weitere Hürde, die ihn daran hinderte, zum Leben Kontakt aufzunehmen. Die Leute, die ihn durch den Kristall ansprangen – die lebten! Also galt es, seine notierte Lautschrift in englische Wörter zu übertragen und anschließend einigermaßen sinnvoll zu übersetzen, was ein glühendes, die offizielle Welt untergrabendes Selbststudium auslöste. Wobei immer deutlicher wurde, dass Inhalte hier keine Rolle spielten. Bis auf wenige kostbare Ausnahmen. Wenn zum Beispiel einer wie aus Versehen »Beethoven« rief. Tatsächlich. Nach wiederholtem Hören kein Zweifel. Roll over Beethoven! Eine Kampfansage wie allein für ihn erfunden. Ein Schlachtruf, der ihn passgenau traf und aus dem bedrückenden Schweigen hebelte.

Ein Plattenspieler musste her. Kein geringer Wunsch in einem Haushalt ohne Telefon, Fernseher, Waschmaschine, Eisschrank – in einem Haushalt, wo an Sommertagen der Rama-Würfel im Waschbecken unterm laufenden Kaltwasserkran schwamm, damit er sich nicht auflöste. Durfte Daniel ernsthaft von einem Plattenspieler träumen, wo sich Birke noch immer auf der alten »Triumph« die Finger taub hackte, sich eine »Matura electric« verkniff, auf der sie die Tasten nur noch anzustreicheln brauchte, wie sie sagte, um fünf Durchschläge »in gleichmäßiger Druckqualität« zu bekommen?

Niemals.

Schon gar nicht, wenn Birke bedachte, dass mit dem Plattenspieler die eigentliche Unkostenlawine erst ins Rollen kam: »Dann liegt ihr mir jede Woche mit einer neuen Platte in den Ohren!«

Daniel suchte eine Lösung. Zu der Zeit hatte er begonnen, lange Nachmittage bei Enno zu hocken, um die Zeit mit düsteren Betrachtungen ihrer Lage totzuschlagen, Schule, Lehrer, Dienstleistungen fürs Taschengeld … alles ausgemachte Freudenverhinderer.

An einem dieser Nachmittage störte ein unreifes Ding ihre Tiefenbohrung ins gemeinsame Elend, und das, wie Enno betonte, nicht zum ersten Mal. Es war Eli, die Nervensäge, in Enno verschossen und nicht davon abzubringen, ihm bewusst zu machen, wie verknallt er seinerseits in sie war, wenn er nur endlich zu seinen Gefühlen stünde!

Eli wohnte jenseits der Bahnschranke am Anfang der Godesberger Straße, in einem Einzelhaus unmittelbar an den Gleisen, wo nachts »die Güterzüge an deiner Bettkante vorbei durchs Zimmer rollen«, außerdem keinen Steinwurf von der Elisabethkirche entfernt, wo tagsüber zusätzlich die Glocken »Gott für jede Viertelstunde danken«.

Vielleicht war es diese Dauerbeschallung, die ihr eine so markante Stimme bescherte.

Sie verliebte sich mit der ganzen Inbrunst ihrer dreizehn Jahre in den ein Jahr älteren Enno. Enno mied sie, so gut er konnte. Er klärte sie rücksichtsvoll – später auch ruppig – darüber auf, dass er sich nichts aus ihr mache. Als das nicht half, begann er, sie bei jeder Gelegenheit vor den Kopf zu stoßen. Gerade diese Ablehnung gehörte für Eli zur Romantik mit allen Schikanen. Erst durch sein schroffes Nein konnte sie sämtliche Belagerungsfinten ausprobieren: das Haus des Verstockten bewachen, erschütternde Briefe an ihn verfassen, Geschenke basteln, Taschentücher in seinen Briefkasten stopfen, ihn rund um die Uhr antelefonieren, ihm nachspionieren und auflauern …

Eine ihrer Spezialitäten: Eine Szene machen, fünf Stunden später klingeln, um sich für die Szene zu entschuldigen, sich absolut untröstlich gebärden, auch wenn ihr Enno schon nach dem ersten Halbsatz alles verzieh. Nichts da! Ihre Sünden verdienten die umständlichste Abstrafung, und die hatte er, sofern er sie überhaupt wieder von seiner Tür wegkriegen wollte, unbedingt zu erfüllen.

Enno fühlte sich keineswegs geschmeichelt: »Eins ist mal sicher, wenn mich die Bardot verfolgte, da könnt ich mir was drauf einbilden, aber von Eli angeschmachtet zu werden, nö, Danny, das grenzt an Körperverletzung.«

»Was stört dich denn an ihr?«, erkundigte sich Daniel.

»Zu lärmig, zu wenig Mädchen.«

Hier spielte Enno auf die unleugbare Wahrheit an, dass Elis Liebesverlangen ihrer körperlichen Ausstattung entschieden vorauseilte.

Es konnte eben, fand Daniel, nicht alles gleichzeitig fertig sein.

Das meinte Enno nicht:

»Sieh sie dir genau an. Ist einfach alles zu kastig.«

»Kastig?«

»Ich meine kantig. Kastenförmig. Verstehst du?«

»Das schleift sich noch ab.«

»Wohin denn ab, meine Güte!?«

»Ich wollte sagen, das rundet sich noch auf.«

»Kann sein, aber es löst ihr Grundproblem nicht. Das Basisgestell, ja? Und dazu die Stimme! Für mich muss ein Mädchen nicht reich sein, aber weich, Danny, weich.«

»Enno, du reimst ja! Vielleicht bist du doch verknallt.«

»Reime sind kein Zeichen von Liebe, sondern Signale des Entsetzens.«

»Du bist der Experte.«

Am weitesten hatte sich Elis stimmliches Organ entwickelt. Ihr »Reibeisen« tönte schon in Ennos Zimmer, wenn sie noch auf der Straße stand.

»Hörst du die Trompete?«, sagte er, »Deckung!«

Ihre Stimme, für Enno quälend, für Daniel angenehm, als kröchen Massagehandschuhe durch seine Ohren abwärts und rieben ihm den Unterleib von innen warm. Im Übrigen bildete die mehrfach geraute Stimme Elis einen gelungenen Kontrast zu ihrer glatten Haut, nicht einmal an den Armen die Spur von Flaum; Daniel war beeindruckt.

Enno hängte die Bilder von den Wänden, bevor er Eli in sein Zimmer ließ: »Die blökt mir den Putz von der Decke.«

Dann kam Eli, erkannte die Vorsichtsmaßnahme, lachte Tränen. Bei ihr floss das Wasser nicht, bei ihr spritzte es aus den Augen. Enno schielte nachdenklich zur Decke. Würde die Lampe das »Gewieher« überstehen?

Für Enno wurde es zum rituellen Gehabe, Eli mit der Bemerkung zu empfangen, sie käme gerade recht, um ihm auf Wiedersehn zu sagen.

Eli pfiff auf den Spott. Sie nistete sich in den Haushalt des zu Erobernden ein, half Ennos Mutter in der Küche, machte sich nützlich, nein, unentbehrlich, umarmte jeden, der hereinschaute. Das gelang umso besser, als Ennos Mutter und Elis Eltern sich herzlich verbunden waren, sich »praktisch seit den gemeinsamen Zeiten im Sandkasten« kannten, später auch beruflich immer wieder miteinander zu tun hatten und schließlich beschlossen, dass dies alles kein Zufall sein konnte und man, in unterschiedlichen Häusern gelandet, dennoch eine Schicksalsgemeinschaft bildete.

Traute sich »der liebe Herr Reißaus« wieder heim, hatte Eli Ennos Mutter, Schwester, Bruder und sämtliche Poltergeister des Hauses auf ihre Seite gebracht.

»Endlich mal eine Nette, die einem auch zur Hand geht!« So die Hausgemeinschaft.

Auf die Art umzingelte Eli ihr Opfer, Enno, der sich lieber mit Pflanzenbestimmungsbüchern und Universallexika umzingelte. Auf die Art verlor Enno allerdings auch zusehends seine ihm eigene Sanftmut, sobald Eli in seine Nähe kam.

Sie erschien sogar sonntags, mitten in der heiligsten aller Stunden, wenn die Fußballergebnisse übertragen wurden und Enno, der bis zu den Amateurligen alle Vereine verfolgte, mit dem Ohr am Radio klebte. Oder sie überraschte Enno, versteckt hinter einem der Kastanienbäume vor dem Haus, durch ein herzhaftes »Kuckuck«, sobald er in aller Unschuld vor die Tür trat, um die Abendluft zu genießen.

Eli fand es gut, wenn sich die Jungen über sie lustig machten. Es hieß in ihrer Deutung, sie machte den Jungen Lust – eine Lust, die Kerle, verklemmt wie sie waren, bloß nie zugeben wollten.

»Ihr lacht, wenn ich komme, also mögt ihr mich.«

Wer hätte da noch gewagt zu lachen?

Elis Eroberungsversuche sollten sich noch über zwei Jahre hinziehen. Enno verweigerte Geschenke, erteilte Hausverbot und Daniel verlor sie aus den Augen.

Im Moment aber saß sie noch auf Ennos Schreibtisch, wippte mit den Beinen und versuchte ihn mit der Bemerkung zu beeindrucken, eines Tages würde er sich »die Finger bis zu den Ellenbogen« nach ihr lecken, aber dann sei es vielleicht zu spät, der Tod lauerte ja doch besonders gern vergeblich Liebenden auf.

Solche Scherze stießen bei Enno, der bevorzugt im gedanklichen Urschlamm wühlte, auf taube Ohren – er zeigte ihr derart deutlich die kalte Schulter, dass sie sich widerstrebend auf Daniels Sorgen einließ, um nicht mit der Wand reden zu müssen. Solange sie sich mit irgendwas einbringen konnte, gab es wenigstens Vorwände, in Ennos Nähe zu bleiben.

Wenn es weiter nichts wäre, meinte sie, dann löste die »Mignon« Daniels Problem, ein Gerät exklusiv zum Abspielen von 45er Singles.

Ein brauchbarer Tipp, den Daniel gierig aufnahm, was Enno schon wieder beunruhigte, denn wie schroff er Eli auch abwies, sie fand immer jemanden aus seiner Umgebung, an den sie sich hängen konnte, um ihr Bleiben – an ihm vorbei und doch um ihn herum – zu rechtfertigen. Sie störte, fand Enno, wenn stören überhaupt das Wort war; er sprach von vorsätzlichem Hausfriedensbruch.

Sei's drum, ihr Tipp mit der – oder hieß es dem? – »Mignon« blieb trotzdem wertvoll. Sie hatte selber eine, beschrieb sie als billig, klein, robust und um die Singles rumgebaut wie ein Boxhandschuh um die Faust. Damit nicht genug: »Was die Platten angeht, da gehst du zu Leppkes, Ende Argelanderstraße, der verkauft billiger.«

Eli, der Findefuchs.

Daniel strich tagelang um »Elektro Leppkes« herum. Der Inhaber galt als gemeingefährlicher Wettbewerbsverzerrer, weil er die Singles für dreiachtzig statt vier Mark zu verkaufen wagte. Diese Kühnheit machte den Preisbrecher im Laufe der Zeit so reich wie größenwahnsinnig. Später eröffnete er Filialen, baute Motels und endete im Ruin, doch nicht bevor er Daniel sämtliche Singles verkauft hatte, an die die Welt nie mehr erinnert werden wollte.

Drei Tage vor seinem vierzehnten Geburtstag wusste Daniel, Birke hatte sich zur »Mignon« bekehren lassen, eine gekauft und im Wäscheschrank versteckt. Er hielt es nicht aus, kramte den Karton hervor und öffnete ihn: Eine schimmernde »Mignon« lag wie eine große Muschel in seiner Hand, die untere Schale altrot, die obere cremeweiß, vorn von einer Ecke zur anderen der Einschubschlitz – das breite Maul, das die 45er-Platten millimetergenau schluckte.

Hinten steckten die Kabel, die mit dem Radio verbunden wurden. Daniel scheute den Anschluss ans Radio; womöglich ging was kaputt oder die Musik dröhnte – wie alles Verbotene – so unkontrolliert laut los, dass es sich die unter ihnen wohnende Frau Landwehr nicht würde verkneifen können, Birke im Treppenhaus abzufangen und mit einem »Na, Frau Gabler, auch auf die Negermusik umgestiegen?« zu begrüßen.

Unter dem »Mignon«-Karton lag eine einzige 45er, Elvis Presleys *Hound dog / Don't be cruel*, silberne Schrift auf schwarzem Etikett. Die Schutzhülle ähnelte der Fahne einer asiatischen Insel, in der Mitte ein breiter roter, oben und unten ein schmalerer weißer Streifen, das Zentrum kreisförmig offen, wodurch die eingetütete Platte wie die Schmauchspur einer durch die Fahne geschossenen Kanonenkugel aussah.

Sein Puls kam auf Touren. Er stöpselte den Stromstecker der »Mignon« ein; nichts regte sich, kein Lämpchen leuchtete auf. Die »Mignon« wartete muschelseelenruhig, wartete auf Presley, doch dafür musste der sternförmige Einsatz im Plattenloch rausgebrochen werden – vernünftige Plattenspieler hatten einen schmalen Stift fürs Mittelloch, die »Mignon« aber brauchte das schnapsglasbreite Plattenloch ohne Einsatz. Damit stand Daniel vor der Frage, ob er den Einsatz wieder so zurückstecken konnte, dass kein Verdacht aufkam.

Vielleicht doch besser abwarten? Was waren schon drei Tage? Er starrte auf die Platte. Im Etikett oben eingerahmt

RCA, wobei aus dem linken Schenkel des A's noch ein warnender Blitz schlug. Sollte ihm zu denken geben.

Er überlegte nicht zu lange, brach den Stern aus der Mitte, schob die Platte in den Schlitz, irgendwelche Greifer in dem Bauch der »Mignon« zogen das Ding an sich, und dann war die Scheibe weg – spurlos weg! Er schluckte bei dem Gedanken, dass sich Presley nie mehr oder nur zu Brei verdaut aus dem Gehäuse befreien konnte. Foltermomente, weil nichts geschah. Dann drang nach einigem Klicken und Schnurren der »Mignon« Presleys Stimme aus dem Schlitz und riss für Daniel die Mauern zum Garten der Lüste nieder.

Die nur am Schlitz offene Muschelform der »Mignon« verstärkte den Schall auf wunderbare Weise: Sobald Daniel sein Ohr an diese Öffnung hielt, hörte er *Hound Dog* in Rohfassung, direkt von der Nadel geritzt. So mäusepiepsig sich Presleys Stimme auch aus der Plastikmuschel herausquälte, sie zerpulverte Daniel. Schon in der ersten Anprallung, als die Stimme wie eine öltriefende, von Deck rasselnde Ankerkette in ihm einschlug, wusste er, er würde nie mehr etwas Vergleichbares hören, nie mehr, von niemandem.

Diese Stimme war einzig. Das Universum hatte Jahrmilliarden gebraucht, sie hervorzubringen, und würde es in Jahrmilliarden nicht mehr schaffen, sie zu wiederholen. Dieser Presley, Gottes Kind und Satans Braten: Daniel wortwörtlich bewegt, sprang vor Glück. Der sang seine Welt. Der fegte die Grübelmilben von seinem Gemüt. Der ließ seine zweite Fruchtblase platzen, nicht die im Mutterbauch, sondern die andere, härtere, im Innenraum des Vaterlandes, die die meisten gar nicht mehr verlassen.

Die Wände des Zimmers fuhren auseinander. Er hielt es

nicht aus. Er tanzte. Er wimmerte. Durch den Gitarrenlärm hindurch hörte er das Zerknacken und Auseinanderklirren eines inneren Glaspanzers. Elvis Presley war keine Sekunde zu spät gekommen, um Daniels Kopf wieder mit Bauch und Beinen zu verbinden.

Jetzt endlich begriff er, ja, für die Proteste der sinfonischen Gemüter gegen den Krach des Rock'n'Roll gab es gute Gründe! Jetzt, Ohr am Schlitz der »Mignon«, wurde ihm klar, warum. Scham ließ sich nicht gedanklich lösen, Scham musste weggetanzt, fortgeheult, in möglichst krassen Bewegungen aus dem Leib geschleudert, in möglichst fremden Lauten abgebrüllt werden. Gegen das Schweigen der Älteren halfen nur die *Hound Dog*-Hiebe aus einer wütend angekratzten Kehle, half nur der Sinne zerschmetternde, Knochen durchrüttelnde Lärm, um endlich das allgegenwärtige Heitschi Bumbeitschi zu löschen.

Bei der Hochmusik aus Birkes Radiotruhe mochten geschulte Orchester und trainierte Stimmen in wechselseitiger Virtuosität die ganz große Kunstsoße anrühren, aber es blieben Spülwasserharmonien und entsprechende, in Klavierlack ertränkte Gefühle.

Unerträglich.

Bei Presley hingegen bogen sich Daniels Nervenäste schon, bevor das eigentliche Rockgewitter losbrach, noch dazu in einem Tempo, dass er erstmal glaubte, die »Mignon« sei auf falsche Geschwindigkeit eingestellt.

Und die so genannten Musiker? Sie verwandelten die Zupfgitarren in Schlagwerkzeuge, hackten Ruhe und Ordnung, Sitte und Anstand auseinander. Ihre Rhythmen wuchsen sich in Daniel zu einem bleibenden Schüttelfieber aus.

Es schepperte wie die Kirmesraupe, bevor sich das Verdeck schloss. Am Ende schlug Elvis nochmal auf den akustischen Lukas, wie er begonnen hatte,

you ain't nothin' but a hound dog

and you ain't no friend of mine!

Prompt bestätigte die Glocke oben im Gebälk den »Weltmeister« und Presley durfte mit einer weiteren Plastikblume für seine *they-said-you-was-high-classed*-Herzkirsche nach Hause wackeln.

Und die »Mignon« spuckte *Hound Dog* aus und Daniel schob die Platte ins Schlitzmaul zurück und Elvis legte wieder los, schon ein Verbündeter, raus und wieder rein, raus und wieder rein, das allein der passende Klang für sein scheißegales Lebensgefühl.

Roh.

Ruppig.

Direkt.

Neu.

Anders.

Endlich!

Als er an seinem Geburtstag die von ihm sorgfältig eingepackte »Mignon« wieder auspackte, bereute er keinen Moment seinen Betrug. Drei Nächte hämmerte *Hound Dog* schon in ihm nach. Drei Nächte malte er sich schon eine zur Stimme passende Figur aus: ein sauwütiger Fetzer, Chrom an den Stiefelspitzen, Jeans mit Schlag, Hemdkragen hoch, schwarze Blitze aus den Augen, spiegelglattes Haar, das bei jedem *Hound* und *Dog* hin und her flog.

Je länger er an der Figur feilte, desto mehr ähnelte sie ihm.

Als die »Mignon« am Radio angeschlossen war, Elvis röhrenverstärkt durchs Zimmer lärmen durfte, tat Daniel extra überrascht, umarmte Birke, klopfte Martina ab, spielte wieder und wieder, was vor drei Tagen noch geheimer, noch wüster geklungen hatte, dafür jetzt in voller Dröhnung kam. Auch die Rückseite, *Don't be cruel*, ein flüssiger Fingerschnipper, wieder und wieder durchgenudelt.

Der himmlische Mist schepperte von nun ab süchtig machend in seinem Kopf; er bog sich bis in den Halbschlaf hinein unter dem Pochen und Pulsen der Rock'n'Roll-Seligkeiten, weinte sich – *don't be cruel to a heart that's true* kreischend – in den Schlaf.

Er wusste nicht, wie ihm geschah. Rock'n'Roll war Droge, Nervenfieber, war Befreiung, Enthemmung, Heilung und Krankheit in einem. Musik, die irgendwie gleich an den Ohren vorbei in den Bauch schlug. Neben Elvis tauchte die Armee ähnlicher Wüstlinge auf, Gitarren umgeschnallt, Ellbogen und Stiefel auf Klaviere hackend, Chuck Berry, Eddie Cochran, Buddy Holly, Little Richard, Jerry Lee Lewis, Lichtbringer, Rotzlöffel, Störenfriede, Aufschneider, ernsthaft Wahnsinnige … Daniel hatte keine weiteren Bilder vor Augen, wenn er mit ihren Stücken im Leib seine Tänze aufführte, außer dass es sich hier um eine über die Meere gespülte Brut handelte, die das alte Europa an die Außenbande der Welt schwemmte.

Es war nicht nur das rebellische Pöbeln einer selbstbewussten Jugend gegen die allzu enge Erziehung im eigenen Land, das inzwischen zum Traumland für viele aufstieg, es war auch – eine Etage tiefer – das nachgeholte Freudengeheul der Sieger gegen den verbrauchten Kontinent, ein grelles Prahlen und Triumphieren. Daniel verstand sie wie nur wer. Die Rock'n'Roller verjagten die Anbetung von Truthahn und Preiselbeertorte aus Gottes eigenem Land, wohl wahr, sie stampften aber auch die unterlegenen Gegner in den Staub. Und das, fand Daniel, war genau, wo er hingehörte. In den Staub. Unter die trappelnden Stiefel der neuen Musiker.

Endlich gelandet in einer ungeheuchelten Wirklichkeit.

Die doppelte Botschaft aus ein und derselben Protestschnute traf ins Mark. Nun tauchten sie also doch noch auf, die Racheengel, aber hüpfend und trällernd, schnarrend, klatschend, statt Schwerter Musikinstrumente in den Händen, um nicht die Häuser, sondern den Geist der Verlierer in Schutt und Asche zu legen.

Doppelte Erlösung.

Sie krempelten die ausgedienten Werte um, bliesen vor allem auch die Überheblichkeit fort, die Daniel immer noch aus jeder Ecke der Stadt anwehte, beendeten die eingeborene Großmannssucht radikaler, unwiderstehlicher, nachhaltiger, als es jeder weitere Waffengang hätte leisten können.

Im Rüttel- und Schütteltakt über den Ozean hergeritten und die Herzen der Gleichaltrigen gewonnen. Wer da vor Freude keine Stühle zerdrosch, Ordnungshüter vermöbelte, Kinosäle zerlegte, Verwandte von sich stieß und Fremde umarmte, hatte nichts begriffen.

Es waren simple Rock'n'Roller, Egomanen, die an ihr Haar nur Kämme aus Gold ließen, und doch auch eine neue Schuldlosigkeit verkündeten. Insofern Wüstlinge und Pastoren, Schreihälse und Wunderheiler in einer Person.

Daniel tanzte mit ihnen, gegen sie, in einer Art Mimikry vor den Übermächtigen, kopierte, was ihn erlöste, äffte nach, was ihn entsetzte.

Er sah Elvis im Gegenlicht die Straße runterkommen, Gewehr in der Armbeuge, über der Brust die Patronengürtel gekreuzt, die Jackentaschen ausgebeult von Handgranaten, die Hüften schaukelnd, den Helm in den Nacken geschoben, sah seinen Atem in der Winterkälte stoßweise aus dem Mund fahren, sah ihn die Straße runterkommen, wiegender Schritt, bis er so nah war, dass sich seine Atemfahne mit der von Daniel vermischte, und dann legte er lächelnd auf Daniel an, ging spielerisch in die Knie und drückte ab, und es war kein Gewehr, sondern seine Gitarre, die Daniel mit ihren Klängen durchbohrte … *you ain't nothin' but … let your hair down … shake it free … it's one for the money two for the show …*

Es ging nichts zusammen.

Es passte alles.

Ende des Jahres – in der Wochenschau nachdrücklich bejubelt – genau am 1. Oktober 1958, sieben Monate seit Daniels musikalischem Erleuchtungs-Geburtstag, kam Elvis als Soldat nach Deutschland:

»they said attention!

i kept playing the rifle«

und die Jugend stand Kopf und küsste seinen Abzugsfinger.

Birke hatte nichts gegen Elvis Presley, und sei es nur, weil ihn alle rechtschaffenen Nachbarn verabscheuten. Wo es den Spießern wehtat, war sie dabei, ob von oben, wie sie's lieber hatte, oder von unten, von diesem Blue-Suede-Shoeputzer-Elvis, auch recht.

Ausgerechnet Martina weigerte sich, Daniels Leidenschaft zu teilen. Presley? Zu zappelig. Nichts für sie. Sie wippte lieber zum morgenfrischen Gute-Laune-Takt von *When*, dem Mist der Kalin Twins, Daniels Erzfeinden, oder lief gemessenen Schritts neben Johnnie Ray durch den Regen. Da galt es zu verhandeln: Welche Platte als nächstes? Für wessen Sammlung? Wo zog wer die Schmerzgrenze? Bill Haley zum Beispiel, aus der Riege der Rock'n'Roller von Martina grade noch gelitten, ein dicklicher Mensch mit dünner Stimme, eingerahmt von einer Riege herzensguter Boogie-Woogie-Spezialisten, die konnten ihn mal – und trotzdem musste *Skinny Minnie* gekauft werden.

Um nur ein Unglück zu nennen.

Dafür hatte sie dann Presleys *Jailhouse Rock* hinzunehmen. Als sie sich eines Tages bis zu Tommy Dorsey verirrte – Blechbläser sollten doch bitte, rief Daniel, bis zum Jüngsten Gericht auf ihren Einsatz warten! – stimmte er

Martina zu, um Little Richards *Jenny* durchzudrücken. Alles in allem klappte es gut: Wo er sich die Pickelprobleme Paul Ankas anzuhören hatte, musste sie Eddie Cochran in seinem Sommer-Trübsinn ertragen, wo sie bei Richards *Good golly Miss Molly* aus dem Zimmer lief, floss er bei Sinatras *Come fly with me* hohngerührt vom Sessel …

Sobald Daniel allerdings selber in die Luftgitarre griff und seinen Kreischgesang mit fließenden Übergängen zum Kriegsgeheul zum Besten gab, Knie abgewinkelt, Gesicht zur Decke gedreht, bremste ihn Martina:

»So singt kein Mensch – wirklich!«

»Wie denn?«

»So … so überzogen.«

»Überzogen?«

»Ja. Gar nicht wie singen. Wie Babies plärren.«

»Wie Babies plärren!?«

»Ja, Babies. Nach dem Stimmbruch. Wirklich.«

Es stimmte. Er übertrieb. Er schrie sich in seine Elvis-Imitationen hinein, wütete umso angestrengter herum, je deutlicher er die Vergeblichkeit dieser Annäherung spürte.

Obwohl – Urplärre? Neugeborenenkreische?

Richtig.

War was dran. Vom Gefühl her. Nur eben auch abgekupfert, übergestülpt. Umso energischer vorgebracht: Raubkopie.

Was wusste er von diesen Göttern jenseits des Ozeans? Was von ihren Heimatkäffern, ihren Apfelstrudelsehnsüchten, ihren *Blue-Moon-of-Kentucky*-Leben, die sie besangen? Nichts. Was wussten sie von ihm? Noch weniger. Sie blieben für ihn Stimmen ohne Leib. Und er? Ein Leib ohne eigene

Stimme? Einer, der mit geliehener Wut aus seiner Haut fahren wollte? Der täuschend echt nachbellte, wovon er keine Ahnung hatte?

Auf jeden Fall ein Rappelkopf, tief beleidigt, nicht auf der richtigen Seite des Ozeans geboren zu sein.

Februar. Schneefreie Straßen, von geflecktem Licht überzogen. Das Spalier der Baumriesen einzeln ins Pflaster geblockt, oben ineinander verkrallt. Die Gitter der Vorgärten wie Korsettstangen ums Häuserfleisch. Vereinzelt geparkte Autos, zwei Räder auf dem Bordstein, zwei auf der Straße. Was wollte ihm die Gegend flüstern? Birke hatte den Karren aus dem Dreck gezogen. Nach zwei Jahren konnten sie aus dem Dachzimmer Goebenstraße in eine Etagenwohnung an der Niebuhrstraße umziehen. Echter Aufstieg! Zwei große Zimmer, durch eine Schiebetür getrennt, dunkelrote Parkettbohlen, wöchentlich einzuwachsen und mit einem schweren Bohnermopp auf Hochglanz zu bringen. Am Ende des hinteren Zimmers eine Glastür zu einem Anbau, Art Wintergarten, dessen Fensterfront den Blick auf die ummauerten Gärten frei gab, Gärten, die von hier oben an grün gestrichene Schuhkartons erinnerten.

Eine eigene Küche, ein getrenntes Bad, ein Wahnsinn. Vor der Küche ein Balkon, die Brüstung von dickbauchigen Steinsäulen gehalten. Auf Zehenspitzen mit langem Hals über die Brüstung gelehnt, hatten sie eine perfekte Sicht über die Straße, kein geringer Vorteil, denn so konnten sie Freund und Feind beobachten, die Kinder zählen und danach beratschlagen, ob es sich lohnte, runterzugehen.

Geräumig war das Wort. Gediegen. Das Treppenhaus ausladend, breite Holzstufen, ein handpolierter Holzlauf, fette, dunkel glänzende Geländerpfosten, nur sparsamstes Licht, pro Etagenabsatz eine matte Birne in einer bernsteinfarbenen Glaslampe, was die getäfelte Pracht zusätzlich in einen edlen Dauerschummer tauchte. Ein solches Treppenhaus machte jeden Bewohner erhaben, bildete sich Daniel ein, und vor allem jeden Besucher demütig.

Im Grunde ging die Botschaft, dass sich Glückspilz nennen konnte, wer ein solches Haus bewohnte, schon an der überdachten Steintreppe los, die von der Straße weg zu einer Eingangstür hinaufführte, die Daniel nur noch als Portal anzureden wagte. Ein Ereignis aus massivem, dunklem, reich verziertem Holz. Er war hingerissen. Natürlich hatte er die Dinge wieder nicht aus der Fallhöhe einer Birke betrachtet. »Die Fallhöhe macht den Unterschied, Daniel!« Immer noch. Für sie blieb selbst diese großartige Behausung ein weiteres Elendsquartier. »Allein die Zumutung eines Kohleofens, Daniel! Jeden Tag, den Gott werden lässt, Eierbriketts aus dem Keller zur Wohnung hochschleppen, die Asche beseitigen, sich dabei die Kleider versauen, ich bitte dich …«

Vier Monate später gelang es Birke, zusätzlich eine Dachkammer anzumieten. Daniel bekam dort sein eigenes Zimmer, vom Boden bis zum Giebel eine schräge Wand, an der geraden Wand ein Bett, hinten ein Kanonenofen, fertig, herrlich. Auf die schräge Wand pinselte er flächendeckend Afrika, umspült von einem tintenblauen Ozean, der sich über die Restfläche ergoss, Weltkarte hin oder her. Sein

Afrika bestand sowieso nur aus einem gelben Batzen Land, grober Gebirgsklumpen im Norden, weißer Strom längs der Ostküste, ansonsten keine Lebenszeichen.

Das aufgemalte Meer schwieg ihn streng an. Verfiel er in Halbschlaf, begannen die Wassergeister zu reden – liederlich schäumendes Zeug, was sonst. Schuld klopfte an seine Brust, aus gutem Grund. Mädchen fluteten heran, feuchte Lippen, Angelhakenblicke. Wegweiser zum eigentlichen Glück. Scheiße. Er war mit dem sexuellen Zeug allein. Nichts weiter. Grundgütiger. Einfach nur scheißallein. Die verklemmte Einstellung zu den Themen unter der Gürtellinie hatte ihn am Wickel. Sex machte gemein, das stand fest. Zwar stemmte sich Birke gegen diese Botschaft der Zeit, konnte dem »ganzen Getue« um Nacktheit und Sex nichts abgewinnen, ein weiteres Signal ihrer Verachtung bürgerlicher Vorgaben, aber es half Daniel, von Kopf bis Fuß in eine leibfeindliche Umgebung getunkt, wenig.

Birke lief nackt herum. Sie hatte ihre Männer, unter anderem Doktor Gell, neben ihrer beständigen Liebe, dem klügsten, sanftmütigsten Mann auf Erden, einem verheirateten Anwalt aus Bad Honnef, der sich sogar um Daniels mögliche Gefühlsstürze sorgte, was Daniel erst auf die Idee brachte, über Kränkungen nachzudenken.

Solche Skrupel kannte Doktor Gell nicht; er hinterließ in der Wohnung seinen Zigarrengeruch – er rauchte merkwürdig verzwirbelte Zigarren mit einem Halm als Mundstück – und sprach Daniel immer bestens gelaunt an, die eine Hand auf Daniels Schulter, die andere am Türgriff.

Birke verzichtete auf jede Aufklärung, so selbstverständlich nahm sie an, dass Daniel Bescheid wusste. Ein

Irrtum. Er wollte auch weder von ihr noch sonst wem aufgeklärt werden, um nicht bei der Eröffnung – womöglich doch himmlischer? – Geheimnisse den Dreck fremder Erfahrung mitgeliefert zu bekommen. Verklemmte Bilder halfen ihm so wenig wie Birkes Draufgängertum. Aus dem Grund hoffte er auch, nicht richtig verstanden zu haben, als sie ihn, seine Blicke falsch deutend, aufforderte, ihren BH zu lösen, damit er schon mal wüsste, wie das ginge. Um dann zu sagen: Bei Mangel an anderen Möglichkeiten stünde sie ihm »eben auch zur Verfügung«. In einem Ton, als erinnerte sie ihn nur daran, beim nächsten Einkauf in Martins Lebensmittelladen die Rabattmarken nicht zu vergessen.

Er behielt die Geistesgegenwart, noch im gleichen Geschäftston »lass lieber« zu sagen, bevor sich ihm die Kehle zuschnürte.

Die Szene verfolgte ihn wochenlang. Irgendwie beeindruckend, ihr Angebot, und auf eine für ihn nicht zu enträtselnde Weise erbarmungslos.

Ein Schulfreund hatte Daniel ein Buch – in Zeitungspacken eingeschlagen – zugesteckt. Als Daniel es in seinem Dachverhau aufschlug, die medizinische Beschreibung neben den technischen Illustrationen überflog, ließ er es fallen, um es danach wie einen verseuchten Rattenkadaver mit den Fußspitzen durchs Zimmer zu schieben. Der Freund wollte das Giftwerk unter keinen Umständen zurück; er ähnelte in seiner Erleichterung einem, dem es gelungen war, einem Trottel einen heißen Teller in die Hand zu drücken, den der Unselige nun weder halten konnte noch fallen lassen durfte.

Sex. Je energischer Daniel das Gebräu missachtete, das seinen Leib umwälzte, desto drängender kochte es in ihm hoch. Am Ende bekam noch der unverdächtigste Pudding die Farbe von hitzigem Fleisch; durch die Luft flogen Geschlechtsteile und verhagelten ihm den Verstand.

Bei seiner ersten Erkundung der neuen Nachbarschaft in der Niebuhrstraße saß ein Mädchen auf der obersten Stufe einer abgetretenen Steintreppe neben Martins Lebensmittelladen. Wo kommst du her, seit wann hier, wen kennst du sonst …? Das übliche Geplänkel. Plötzlich gingen ihre Knie auseinander und unter dem Rock blitzte Daniel ihr blasses Geschlecht entgegen. Sie wusste nicht nur, was sie ihm zeigte, sie kam auch darauf zu sprechen. Ob's ihm gefiele? Ober er einen Namen dafür hätte? Möse? Pflaume? Ritze? Na los. Sag schon. Ist nur ein Zeitvertreib. Er nickte und ging seiner Wege. Sie sahen sich noch öfter. Grüßten sich. Sprachen sich nie mehr an. Die forsche Gelassenheit, mit der sie ihm ihr gespaltenes Stempelkissen hingehalten hatte, gefiel ihm, ihr dazugehöriger Blick weniger.

Bonn ist stolz auf seine Viertel mit Häusern aus der Gründerzeit. Die Gegend um die Niebuhrstraße gehörte zu diesen Vierteln, doch endete mit dem Haus, in dem sie wohnten, die Reihe der denkmalswürdigen Altbauten. Der Rest hatte den Krieg nicht überstanden. Stadteinwärts und auf der anderen Straßenseite standen teils grau gestrichene Mietskasernen, teils kühn eingefärbte Schachtelbauten einer zukunftsweisenden Architektur. Eines dieser modernen, auf der mittleren Fensterbreite vom Dach bis zum Boden schockrot gestreiften Häuser forderte den Spott der Anlieger besonders heraus. Es glänzte durch eine »größenwahnsinnige« Eigenheit: Garagen im Erdgeschoss. Garagentüren statt Wohnungsfenster im Erdgeschoss! Und das bei dem Bedarf an Menschenunterkünften. Bekloppt.

Für die Kinder gaben die beiden Garagentüren allerdings ideale Fußballtore ab. Mannschaft A spielte auf Garagentür B und umgekehrt, das Spielfeld bog sich entsprechend in einem Halbkreis über die Straße bis zur gegenüberliegenden Häuserzeile. Der von keinem Schiedsrichter gezügelte Kampflärm trieb nicht nur die Garagenbesitzer auf die Barrikaden. Wo das Mauern erschütternde Wummen die Garagenbesitzer um ihr Eigentum bangen ließ, fühlten sich die übrigen Anwohner um ihre wohlverdiente Ruhe gebracht. Schließlich flogen die Fenster im Minutentakt auf, um die Blagen namentlich zur Schnecke zu machen. Dabei teilte sich die Erwachsenenwelt selber in eine Fraktion, die »Das ist doch hier kein Spielplatz!« kreischte, und eine, die mit »Wo solln sie denn sonst hin?« die Aufgebrachten niederschrie.

Im Schutz dieses Streits ließ sich umso besser weiterbolzen.

»Hier wimmelts vor Kindern«, verkündete Martina, kaum dass sie eingezogen waren. Eine wichtige Nachricht. Vier Mädchen und drei Jungen allein in ihrem Haus! In der Erdgeschosswohnung, zu der der ummauerte Garten gehörte, Elfi und ihr Bruder Paul. In der ersten Etage Harald und Sofie – für Martina »der Blöde und das Lämmchen«: Harald blöde, weil in Martina verschossen, Sofie Lämmchen, weil sie das romantisch fand. In der Anliegerwohnung des eigenen Stockwerks Helga, Tochter eines Bäckermeisters, der um drei Uhr morgens das Haus verließ und entsprechend Achtung gebietende Augenringe zur Schau stellen durfte.

Elfis Vater, ein Offizier der neu gegründeten Bundeswehr, höheres Tier dort, Ausbilder, Geheimagent oder Waffenbeschaffer, wer wagte, näher zu fragen, trat wochenlange Dienstreisen ohne Angabe von wohin warum wie lange an. Kontakt hielt die Amtsleitung auf der Hardthöhe. Eine Rätselfigur, schon äußerlich: Der Mann hatte eine Schranktür verschluckt, ging hochkant, bolzengerade. Durch seine taubengraue, eng geknöpfte und leicht taillierte Jacke, das weiße Hemd, die schwarze Krawatte und die dunkle Hose ähnelte er eher dem Chauffeur Adenauers als dessen Krieger. Ein gelungenes Manöver, denn in derart adretten Klamotten verschreckte der Offizier die militärgeschädigte, wo nicht gar wiederbewaffnungsfeindliche Nachbarschaft am wenigsten.

Elfis Vater ließ sich selten blicken, aber wenn, dann tanzten Frau und Kinder, Katze und Kanarie nach seiner Pfeife.

In der Anliegerwohnung neben Elfis Familie wohnte Frau Rachmut. Frau Rachmut genoss das Mitleid aller, weil sie ihren Kopf auf Grund eines Tics in ständiger Verneinung schütteln musste. Nur die Kinder, die im Beisein von Erwachsenen betreten mitlitten, erfanden, sobald sie sich unbeobachtet glaubten, Tränen treibende Spottszenen.

Die beklagenswerte Dame kam ihnen als alte »Schüttelschachtel« grade recht, um piepskomische Stücke aufzuführen. Zum Beispiel in Lubigs Bäckerei (die Verkaufstheke durch ein Brett nachgestellt):

Schüttelschachtel Rachmut: »Drei Brötchen bitte.«

Lubigs Verkaufsknecht: »Hier bitte.«

Pause.

Blick des Verkaufsknechts auf die heftig verneinenden Kopfbewegungen von Schüttelschachtel Rachmut.

»Oder doch nicht drei?«

Schüttelschachtel: »Doch, doch!«

»Aber keine Brötchen?«

Schüttelschachtel: »Doch, doch!«

»Aber dann lieber die mit Mohn?«

Schüttelschachtel: »Nein, nein, alles in Ordnung.«

Pause.

Schüttelschachtel macht ihrem Namen alle Ehre und schüttelte unentwegt den Kopf.

»Ja was nun, alles in Ordnung? Dann nicken Sie doch wenigstens!«

Schüttelschachtel: »Flegel. Her mit den Brötchen!«

Verkaufsknecht: »Haben Sie Flegel gesagt?«

Schüttelschachtel zeigt nochmal extra gesteigertes Kopfschütteln.

»Ist auch besser so, meine Liebe, dann will ich mal nichts gehört haben.«

Schüttelschachtel: »Flegel hab ich gesagt und dabei bleibt's.«

Dem Verkaufsknecht springt der Draht aus der Mütze: »Falsche Hexe!«

Handgemenge. Brötchenwürfe. Brotlaibgeschosse …

Was nicht im Tumult endete, war wertlos. Am besten hagelte es Schläge von allen Seiten auf alles, was da hochrot kreischte. Mit Abstand das Meiste bekam natürlich Frau Rachmut ab, die vom Schicksal Geplagte, allseits Bedauerte – eben deshalb.

Die Aufführung eines Straßenverhörs zwischen Frau Rachmut und Layana war noch beliebter. Sie ging so:

Layana, wildester Schläger der Stadt, stellte Schüttelschachtel Rachmut Ecke Weberstraße.

Layana: »Siehst du diese Faust, Omi?«

Schüttelschachtel: Verneinendes Kopfschütteln.

»Hältst du diese Faust für fähig, dir ne Dampfhammer-Kopfnuss zu verpassen?«

Kopfschütteln.

Erste Kopfnuss.

»Und jetzt? Na? Überzeugt?«

Kopfschütteln.

Zweite Kopfnuss.

»Hast du die wenigstens gespürt, Mütterchen?«

Kopfschütteln. Obwohl Mütterchen schwer angezählt durchs Gelände taumelte.

Dritte Kopfnuss.

»Und jetzt was geschmeckt, Klapperknochen? Doch nicht etwa weh getan?«

Kopfschütteln.

Vierte Kopfnuss.

»Spürst immer noch nichts?«

Kopfschütteln (inzwischen ohne Gebiss auf allen Vieren, Brille, Hut, Rosenkranz, Handtasche suchend).

Hemmungsloser Kopfnusshagel von Layana.

»Auch die nicht? Und das? Und die? Und das?«

Bis alles im Gejohle und Gehaue versank. Jeder wollte mal Schüttelschachtel Rachmut, mal Schüttelschachtel Rachmuts Verbimser sein, um rauszukriegen, was mehr Spaß machte. Letztlich blieb's unentschieden, denn Unbelehrbare verprügeln tat gut, aber mit seinem unbelehrbaren Tic jeden Prügler zur Verzweiflung treiben, war fast noch besser.

Harald von der Familie im ersten Stock kam Martina gern zweideutig. Er probierte, wo sie noch mitging oder schon zur Ohrfeige ansetzte. Martina konnte nicht genug von Haralds Anstößigkeiten in ihr Anklageheft notieren. Sofie verriet Martina, dass die Türglocke seit Neuestem für Harald »Mar-ti-na« rief, »Mar-ti-na« und nichts als »Mar-ti-na«. Ob das nicht wundervoll sei? Martina zeigte sich unbeeindruckt. Da brach Sofie in Tränen aus. Sofie weinte viel, meist aus persönlichem Mitgefühl, ansonsten vor Weltschmerz, was sie zur Zielscheibe für Foppereien machte: »Bei der Sofie ein Fenster einwerfen«, hieß das Spiel. Weil sie dann so zersplittert guckte.

An der Eingangsklingel der mittleren Anliegerwohnung stand »S. & P. Conradi«. Mehr erfuhr Daniel von den Bewohnern nie. Einige behaupteten, das Pärchen im mittleren Alter – er Schnauzer, sie Doppelkinn – ab und zu gesehen zu haben, andere glaubten doch mehr dem Gerücht, es handle sich bei »S. & P. Conradi« um die Briefkastenadresse einer Geldwäscherbande.

Helga, blitzsaubere Erscheinung, vierzehn Jahre, vorne blonde Ponymatte, hinten Pferdeschwanz, bergbachhelle Augen, halbes Dutzend Petticoats zum Aufplustern der Hüften und gleichzeitigem Verstecken der Figur, pastellfarbene Ballerina Schuhe, war Daniel zugetan, nur eins passte nicht: In ihrem Zimmer hing die Illustrierte Film-Bühne von »Bonjour, Kathrin« überm Bett. Trotzdem träumte er ausgerechnet mit Helga gewagtes Zeug, das er weder verstand noch sich am Morgen selber glauben wollte.

Martina und er durften öfter zu Helgas Familie, einer der ersten, die einen Fernseher hatten. Bäckermeister verdienten ja mehr als Minister! Der Fernseher, ein lackiertes Möbelstück auf eigenen Beinen, in der Mitte eine grüngraue Glasscheibe wie ein schlecht geputztes Bullauge, aus dem aber doch, eingeschaltet, die Welt in Schwarzweiß auftauchte. Pure Magie, keine Frage, obwohl jeder in der Runde ein technikkundiges Gesicht aufsetzte.

Es gab Nachrichten, Kulturhappen, Schmachtfilme, Theaterstücke mit Tiefgang, Sport, Unterhaltungssendungen, Ratespiele, vor allem erste Karnevalsübertragungen. Die Beinwerferparaden der Funkenmariechen blieben nicht ohne Wirkung auf Daniel. All dies Fleisch, die Rüschenhöschen, und das neben Helga auf dem genoppten Sofa, auf Tuchfühlung, es durfte nicht sein, aber er suhlte sich im Schlamm ungenauer Lüste, bei deren Entdeckung Helga ihn entsetzt von sich stoßen, durch die Tür jagen und auf ewig verfluchen musste. Himmel, was setzte er da aufs Spiel! Umschmolzen vom Duft eines gerade dem Tannennadelschaumbad entstiegenen Engels, Helga, ihr Körper in eine knisternde Verpackung neben ihn aufs Sofa gezaubert, ein Sofa, das vier nach unten verjüngte Holzbeine wie ein im Stehen pissendes Kamel abspreizte.

Es gab noch eine Wohnung neben Daniels Dachbude, die eigentlich verboten gehörte, wenn man die übrigen Hausbewohner fragte, doch seit den Zeiten der größten Wohnungsnot besetzt war und nun hingenommen werden musste. In dem Schlafwohnküchenbadklo lebte die Familie Nessel.

Kaum griffen die ordentlich Untergebrachten beim Thema Nessel zu Bildern wie »Läuse im Pelz«, legte sich Birke quer und verteidigte sie, eben weil sie stanken, soffen, den ehrlichen Steuerzahlern auf der Tasche lagen, einfach ungewöhnlich waren. Das reichte. Birke verachtete das Bürgerliche gerne von oben herab, verbündete sich aber auch mit ganz unten, wenn nur die Kleinkarierten dabei ihr Fett abbekamen.

Familie Nessel bestand im Kern aus Mutter, Vater und Tochter Nessel. Obwohl sie sich die meiste Zeit bekämpften, gegenseitig vor die Tür setzten – beziehungsweise einem einmal vor die Tür Gesetzten die Rückkehr verweigerten – hielten sie zusammen, sobald ein Außenstehender ihnen ans Leder wollte, was nicht selten geschah. Das bei ihren Streitereien entstehende Gezeter stempelte Familie Nessel zur Schande der Nachbarschaft. Die »Läuse« wussten es, drückten sich möglichst an den Bewohnern vorbei durchs Treppenhaus auf die Straße und noch vorsichtiger von der Straße nach oben zurück.

Vater Nessel, Gesicht von Porenkratern zersiebt, Ende sechzig, ehemaliger Schreiner, Haar von weitem eine Wolke aus weißgelben Holzspänen, die auf seinem mit Leim bestrichenen Schädel hängen geblieben war, Zigarette am Ohr, lederne Schirmmütze, verschlissener Anzug, Säbelbeine, geschwollene Pranken – ein versoffener Tyrann. Ein Wrack. Eine Zumutung. Elfis Vater nannte ihn allerdings auch einen tragischen Hund, denn wer wie Nessel zu lange im Feld gestanden hatte, wäre besser nie ins Zivilleben zurückgekehrt. Der sah doch in jedem Schrank, den er noch hätte zimmern sollen, den Sarg, in dem er eigentlich liegen müsste!

Der Zecher ruinierte seine Familie. Dafür funktionierte Mutter Nessel für zwei. Mutter Nessel, kaum jünger als ihr Mann, übertraf ihn an Breite ums Fünffache, dass er neben ihr wie ein zerkauter Zahnstocher neben einem Rollbraten wirkte. Sie schien gehbehindert. Jedenfalls sah Daniel sie nie außerhalb der Wohnung. Wenn die Tür zu Nessels halb offen stand – was die Regel war – sah er auf dem Weg zu seiner Dachbude die Matrone in dem Ohrensessel in der Zimmermitte als unverrückbaren Albtraum sitzen.

Um diesen Fleischberg, sommers wie winters von teppichsteifen Stolen umwickelt, wuselte die Tochter, selber schon grauhaarig, wie eine Wespe um ihr Nest.

Die Tochter hielt den Laden in Schuss, kaufte ein, kochte, putzte, stauchte den Vater zusammen, gab den Ton an – bis die Alte den Mund aufmachte. Mutter Nessel hatte das letzte Wort; im Wissen ihrer Macht begnügte sie sich damit, alles, was die Tochter von sich gab, noch einmal zu bestätigen, sogar bei dem Wunsch, den Vater eigenhändig über die Brüstung ins Treppenhaus zu stürzen, wo ihn wer immer von den Steinen kratzen mochte.

Die Tochter weigerte sich, den Vater ins Haus zu lassen, wenn er nachts besoffen aus der Kneipe kam. Daran entzündeten sich die wildesten Kämpfe. Der bekennende Zecher hatte schon so viele Schlüssel verloren, dass sie ihm keine mehr gaben; er musste klingeln. Sternhagelvoll wie er war, musste er erst einmal im Dunkeln die richtige Klingel finden, und hätte er sie gefunden, mit der Fingerspitze treffen. Aussichtslos. So griff er zur Taktik der Müllmänner, die, um ins Haus zu kommen, ihre gebogenen Rücken gegen den kompletten Klingelblock lehnten, alle Parteien auf einmal alarmierten und wussten: Einer würde schon öffnen.

Genau das passierte bei dem schwankenden Trickser nicht.

Die Bewohner kannten das nächtliche Spiel vom »Drecksack Nessel«. Höchstens, dass Elfis Vater, wenn er schon mal da war, befehlsgewaltig durch den Hausflur schmetterte: »Frau Nessel, ihr Vater!« Und die Tochter des Ruhestörers ebenso energisch vom obersten Treppenabsatz zurück: »Nichts da!«

Der Ausgeschlossene tobte auf dem Bürgersteig weiter, verwünschte seine Sippe, schwor, jeden einzeln zum Krüppel zu schlagen, sobald er sie zu packen bekäme, was die Bedrohten nicht gerade zum Nachgeben ermunterte. Dann der nächste Sturm auf sämtliche Hausklingeln. Warten. Fluchen. Runter auf den Bürgersteig. Neue Verwünschungen. Jetzt in einer die ganze Länge der Straße beschallenden Lautstärke. Dazwischen, wie vom Heiligen Geist niedergestreckt, Anfälle weinerlicher Selbstbezichtigung, die ihn selber am meisten – und als einzigen – rührten.

Er seufzte. Er bettelte. Seine Lieben sollten ihn nur noch dies eine allerletzte Mal reinlassen. Ja, er wusste, was er war. Ein Hund. Ein Dieb, der alles versoff. All ihr sauer Verdientes. Sie hatten ja so recht! Er trieb sie in den Ruin. Ja. Ja doch. Vorbei! Endgültig vorbei! Wenn sie ihm jetzt die Tür aufmachten … Stille. Warten. Nichts. Ungläubiges Rütteln an der Tür. Die nächste Klingelattacke. Der nächste Gang auf die Straße. Hasserfülltes Hochgucken. Die nächsten Unflätigkeiten in den Himmel gedonnert …

Endlich öffnete sich die Dachluke zur Straße, der Kopf der Tochter erschien, sie erwiderte das Feuer: Er solle ihr und allen Leuten hier den Gefallen tun und verrecken. Wie oft hatte sie ihm schon gesagt, dass er in dem Zustand draußen bleiben müsse, bis er schwarz werde? Wie oft solle sie es ihm noch sagen! Da könnte er das ganze Viertel zusammenlärmen, da könnten die Leute die Polizei alarmieren, das ginge Mutti und ihr am Arsch vorbei.

Und er von unten, ein dröhnender, verlallter Bass: Wie komme sie ihm vor? Sei sie was Besseres? Sie undankbares Blag. Sie missratene Kanalratte. Sie … Immerhin sei er ihr … Noch habe er im eignen Haus das …

In der Nachbarschaft flogen Fenster auf. Ruhe! Jedes Wochenende dasselbe! Zumutung! Eimer Wasser über den Wüstling! So eine versoffene Kreatur musste man doch in den Griff kriegen!

Jetzt lief die vom Vater auf der einen und vom genervten Umfeld auf der anderen Seite in die Zange genommene Tochter zur Höchstform auf. Sie funktionierte die Straße zum öffentlichen Gerichtssaal um: »Ja bitte, Herrschaften«, kreischte sie in die Runde, »was würdet ihr denn mit einem solchen Lumpen machen? Der bringt uns noch an den Bettelstab. Seid froh, dass ihr euch nicht mit einem solchen Kotzbrocken plagen müsst. Aber wenn ihr meint, ihn nicht mehr ertragen zu können, schlagt ihn doch tot, den Sack, meinen Segen habt ihr!«

Da ging dann doch dieses oder jenes Fenster wieder zu. Andere riefen noch was von »Schande!« oder »Mach deine Probleme nicht zu unsren!«, bevor sie mit Karacho ihre Rollläden runterrasseln ließen – die Rollläden, das Markenzeichen der neueren Häuser, Art Augenklappe, um vom weiteren Elend des Pöbels verschont zu bleiben.

Vater Nessel durfte tatsächlich erst in der Morgendämmerung hoch, aber auch nur, wenn er tief geduckt angewinselt kam und sich ohne weiteren Mucks ins Bett legte. Die Frauen waren gewappnet. Der geringste Anflug von Auflehnung oder auch nur ein Murren von wegen Saukälte, Scheißregen, volle Hosen, schwerer Kopf und sie droschen ihn mit Besen und Blechschaufel nieder.

Noch verzwickter schien das Verhältnis der beiden Frauen zu einem bulligen Mann, angeblich ein Vetter der Tochter, ein Vetter entfernten Grades, dann wieder nur ein Neffe um vier Ecken, das wechselte, schließlich waren sie keinem Auskünfte schuldig. Dieser Mann flitzte zwei Mal im Monat durchs Treppenhaus und schlug oben als menschlicher Vorbote des Teufels ein. Als Daniel ihn zum ersten Mal durchs Treppenhaus hochjagen sah, versuchte er ihn zu grüßen, wurde aber beiseitegefegt und in dem Gefühl zurückgelassen, einem Stier ausgewichen zu sein. Unmittelbar danach krachte die Mansardentür zu und eine undurchsichtige Aufführung begann.

Der in viel zu enge Kunstfaseranzüge gezwängte, nach Kölnisch Wasser stinkende Lackaffe war offenbar ernsthaft bescheuert, grinste erregt, wenn er kam, lachte blödselig, wenn er ging. Ein Untier: das Gesicht eines Boxerhundes, nur halb so edel, dazu Stiernacken, Schweineschenkel, Pferdehintern ... Das Ritual, das Daniel unter dem Vorwand, in sein Zimmer zu gehen, ausspähte, begann mit einem Begrüßungsröhren, noch während der Mann die Tür zuknallte. Eine Mischung aus Brunftschrei und Kinderjuchzen. Noch nie hatte Daniel einen Menschen beobachtet, dessen Triebe sich so unverblümt austobten. Daniel zitterte vor Abscheu und Bewunderung. Ihm war übel. Ihn durchblitzten dunkle Wonnen.

Da die Frauen nur für den stürmischen Besuch Augen und Ohren hatten, fiel ihnen nicht auf, dass Vater Nessel jedes Mal die Gelegenheit nutzte und sich zum Frühschoppen verzog, dabei die Tür einen Spalt offen ließ, um kein verräterisches Geräusch zu machen. Es fiel ihnen nicht auf, und wenn, war es ihnen in dem Moment egal. Sie zitterten im Kraftfeld des Vetters. Sicher vermuteten sie keinen Späher wie Daniel auf dem obersten Treppenabsatz. Die Alte sah den Vetter hündisch ergeben an, hin und her gerissen zwischen der Freude, das Herrchen endlich wieder zu sehen, und dem Wissen, dass es im nächsten Moment Hiebe regnen könnte. Die Tochter drückte sich erstmal an die Schranktür, versteckte ihre Hände hinterm Rücken und erstarrte in der Überlegung, welches Gesicht sie zu dem Auftritt des Dreisten machen sollte.

Zum Auftakt drückte er regelmäßig eine Taste am Radio. Als Erstes immer das Radio. Musik! Musik in einer Lautstärke, dass die Dachpfannen hüpften. Und ausschließlich Rumptata. Er drehte so lange am Sendersuchknopf, bis Rumptata kam.

Dann klatschte er dazu. Forderte Stimmung. Necken! Schäkern! Spaß! Die Frauen lächelten unsicher. Plötzlich der erste Schrei der Tochter, das erste heiser gebellte Lachen des Mannes. Er musste sie gezwickt haben. Ihr irgendwo draufgeklatscht haben. Daniel hatte nur Einblick durch den Türspalt in die Mitte des Zimmers, wo Mama Nessel saß. Sie saß da und drehte kaum den Kopf in Richtung der Akteure, als wüsste sie, was sie trieben, freute sich darüber oder hätte die Nase voll davon.

Die knappen Aufschreie der Tochter, mehr ein verblüfftes Quieken, bezeugten ihre Unfähigkeit sich zu entscheiden, ob ihr die Handgreiflichkeiten des Neffen widerwärtig oder willkommen waren. Der Neffe ein ekelhafter Schnösel? Eine Belästigung? Eine Belebung? Immerhin fand er etwas an ihr. Und zeigte es. Und wieherte freudig. Eine Aufführung, der Daniel noch Jahre später keinen Namen geben konnte. Vielleicht tat der Mann ihr ernsthaft weh, beleidigte sie, denn sie flüchtete, lief um den Sessel der Matrone, er hinterher. Das war die nächste Stufe ihrer Aufführung, ein Veitstanz. Er jagte sie im Kreis um die Alte, die in der Mitte thronte und nur ab und zu – abwesend kichernd – eine gemäßigtere Gangart anmahnte. Stühle flogen um, Geschirr, im Spülbecken gestapelt, ging zu Bruch. Die Tochter schrillte brav ihren Protest ab. Der hinter ihr her Galoppierende grunzte vor Vergnügen.

Bruchstückhaft erspähte Daniel, dass es dem Jäger in dieser Phase nur darum ging, den Rock seiner Kusine oder Tante über ihren Hintern zu heben. Gelang dies auch noch so flüchtig, johlte er anerkennend. Sie piepste Nein! und Lass! und Oh! und Au! Er kollerte: Hab dich nicht so! Bist doch noch dies und das! Grad richtig. Komm her. Haha. Klatsch! Rutsch! Haha. Musik. Komm tanz. Jeder weiß doch, dass du plem bist. Plem. Ja, du. Knaatschverdötscht. Haha. Und doch prächtig. Haha.

Und wieder Runde um Runde hinter der Kusine oder Tante her um die Alte rum. Hinter einer Frau her, die selber schon steinalt war, aus Daniels Sicht, verbraucht und grau. Daniel verstand den krächzenden Gockel auch von der Seite nicht. Wo hatte der seine Augen? Allein, dass er eine so versiffte Bude aufsuchte, Gefallen an den beiden Vetteln fand. Aber Daniel verstand ja das ganze Bohei nicht, das pünktlich nach einer halben Stunde – von unerklärlichen Pausen unterbrochen, als seien die drei ins Koma gefallen – abrupt endete, indem der Vetter aus der Tür stürzte und idiotisch lachend die Treppenstufen runterpolterte, grußlos an Daniel vorbei.

Gleichzeitig richtete die Tochter ihre Kleider und begann, Gesicht noch erhitzt, ein ordnendes Gespräch mit ihrer Mutter. Die Tür stand jetzt bis zum Anschlag offen. Sie nahmen Daniel immer noch nicht wahr. Oder kümmerten sich nicht um ihn.

Er verdächtigte die Tochter, wegen des Überfalls so stocksauer wie geschmeichelt zu sein. Ihr wirres Verhalten hielt ihm einen Spiegel vor, in den er ungern sah.

Jahrelang hatte Daniel versucht, die lebensverneinende Sicht des Vermissten zu teilen, um ihm treu zu bleiben und dabei alle aufflackernden Lüste in den Staub zu treten. Die Sicht des Vaters durfte nicht im nächsten Karneval fortgeschunkelt, beim nächsten Winzerfest abgelacht, beim nächsten Tanz in den Mai aus dem Körper gestampft werden. Schlagt mit Eisenstöcken auf die Beine der Verräter, dass sie erstmal in die Knie gehen und der Welt Abbitte leisten!

Doch der Vermisste blieb zu lange weg. Gerade jetzt, wo Daniel sich neben einem zerschmetterten auch mal einen verspielten Vater gewünscht hätte, einen Mann, an dem er sich messen konnte; den er anhauen, herausfordern durfte. Der mit ihm kämpfte – mit ihm, nicht gegen ihn. Himmel ja, ein gefahrloses Abwüten und Raufen mit einem Stärkeren, der die Regeln kannte, der einen liebte, keine Fremdteile am Körper hatte und von ähnlichen Ängsten aus seiner Jugend zu berichten wusste. Warum blieb er aus, der Mann, dem er nachwachsen konnte?

Elfi!

Elfi, gerade mal zwei Jahre älter, siebzehn, und tat wie aus einer anderen Welt! Sie kam, wenn Daniel sich nachmittags an der Eingangstreppe durch Räuspern bemerkbar machte, erstmal an die Balkontür, »Ach du?« und so – dann hätte sie gleich vom tief liegenden Balkon zu ihm runterspringen können, nach Kinderart: genau deshalb nahm sie den Umweg über den Hauseingang.

Sie hatte einen Narren an Daniel gefressen, sicher, doch ebenso sicher nahm sie ihn an entscheidenden Stellen nicht für voll, zum Beispiel als jemand, mit dem sie sich Hand in Hand sehen ließ: Hand in Hand die Niebuhrstraße lang über die Koblenzer zum Rheinufer, um ihm dort Puls treibendes Zeug zuzuflüstern. Schon ihre gegenseitige Begrüßung bewies spöttische Vertrautheit, wenn ihre Finger die zur Höhlung gekrümmte Handinnenfläche des anderen anzüglich bekraulten und ihre Augen sich in gespielter Erregung verdrehten, ja toll – hätte sie sowas bei einem ernsthaft Geliebten gemacht?

Nie.

Eben.

Sie gestattete ihm im Schutz des ummauerten Eingangs noch andere Dinge, aber immer als albern verspielte Tändelei. Er hätte sie gern für sich gehabt, da kannte sein Größenwahn keine Grenzen. Größenwahn? Ja doch. Weil mit Elfi eine zweite Marion Michael auf der Straße die Runden drehte, gleiche Haare, gleiche Augen, gleicher Schmollmund, gleiche Figur … »Liane«, das Mädchentier aus dem Kinodschungel, »Liane« im eigenen Haus! Greifbar nah, ansprechbar und zu Unfug aufgelegt!

Die älteren Jungen ritten auf ihren Mopeds vorbei, um Elfi zu sehen, noch wichtiger, von ihr gesehen zu werden. Die Jungen erhaschten ihre langen Beine in Karottenhosen, die waffenstarren Spitzen ihrer Brüste unterm Pulli. Die Bezeichnung »Sexbombe« kam nicht zufällig in Mode, entsprechend ehrfürchtig näherte sich Daniels Blick den explosiven Spitzen, die wie in ein Rampengerüst verankert aus der Wäsche stachen.

Elfi forderte von Daniel ausführliche Beichten seiner verdorbenen Träume, gab dafür eigene Fantasien zum Besten, die immer ähnlich begannen:

»Ich liege im Garten auf der neuen Luftmatratze und sonne mich und da kommt er …«

»Ich sitze im Zimmer und pauke bei brütender Hitze Vokabeln und da kommt er …«

»Ich liege in der Badewanne und baue aus dem Schaum vor meiner Nase Figuren und da kommt er …«

Danach entwickelten sich die Dinge je nach Ort, Zeit und Stimmung so unterschiedlich romantisch oder ruppig, dass Daniel der innere Mund offen stand, wie abgeklärt er sich äußerlich auch gab.

Es tat gut, aber wer war er? Irgendwer. Heinz? Sag ehrlich. Und sie: Ein bisschen Heinz, nur doppelt so schlank.

Layana? Spuck's aus. Und sie: Layana vielleicht, nur doppelt so schlau.

Und dann: »Ach nein, nein, keiner von hier ...«

»Und du gehst immer bis zum ...«, Daniel schluckte, »... zum Letzten?«

»Und ob, wenn er's richtig anstellt. Dafür sind wir doch da!«

Nun war es an Daniel, sich vorzustellen, was das wäre, das Letzte. Der Glücksgipfel. Über den sich jeder nicht weniger ausschwieg wie über Volkes Schuld.

»Wie meinst du das?«

»Liebe machen. Kinder in die Welt setzen. Dafür sind wir doch da! Das sagt sogar der Heilige Stuhl.«

»Wer?«

»Der Heilige Stuhl. Der Papst.«

Sie hatte im Sankt-Elisabeth-Blättchen gelesen, man sollte es nur nicht wie die Hunde machen.

»Auf allen Vieren?«

»Nein, ohne Liebe.«

Wer, warf Daniel fachmännisch ein, wusste schon, was Hunde empfanden? Mit der Bemerkung konnte er gut punkten. Konnte von seiner Ahnungslosigkeit ablenken. Richtig, meinte sie, weiß man nicht. Nur eins dürfte er ihr nicht bestreiten: Wenn es Hunde überkam, besprangen sie sogar Hosenbeine; das hatte sie selber schon durchgemacht. Davor wollte das Sankt-Elisabeth-Blättchen warnen.

»Sind wir anders?«

»Wir können uns zurückhalten.«

»So wie gestern Paul, als er sich vor versammelter Mannschaft in die Hose griff, um in seinem Stall Ordnung zu schaffen?«

Kurzes Lächeln beim Erinnern von ihrer Seite, sofort gefolgt von einer Verteidigung des Bruders: »Ja, der sortiert sich da öfter was zurecht.«

Daniel hatte allen Grund, auf Paul eifersüchtig zu sein. Er musste das Thema wechseln.

»Erzähl nochmal die Sache im Römerbad.«

»Du meinst ich auf der Pritsche in der Dampfwolke und da kommt er …?«

»Nein.«

»Hmm, also ich mit den Freundinnen in einem Becken voll warmer Milch und da kommt er …?«

»Ja.«

Elfi mit ihm mal umständlich verspielt auf Seidenkissen, mal knallig hart auf einer Kreidler Florett …

Umso dringlicher die Frage, ob er, Daniel, er sein könnte, zumindest er werden könnte, er, den sie … wenn er's richtig anstellte … bis zum Letzten …? Für sie wäre Daniel bereit, den Verrat am Vater zu begehen und mit allen Sünden der Unzucht beladen zur Hölle zu fahren, allerdings nur für sie! Weil sie so direkt, so unpingelig daherkam. Durfte er sich Hoffnung machen? Unbedingt. Schließlich verbrachte sie die Nachmittage mit ihm. Lange Nachmittage. Allein mit ihm. Zwar beobachtete sie nebenbei die Pomadenheinis, die viel zu häufig auf ihren Mopeds am Eingang vorbeifegten, obwohl sie in der Gegend nichts verloren hatten, die Lackaffen. Ein Moped lauter als das andere. Die Pest auf Rädern, schlimmer als Hummeln um den Fliederbusch. Gut, Elfi sah hin, nebenbei, was sollte sie auch machen? Lief aber nicht zu ihnen über. Zeigte sich unbeeindruckt. Blieb bei ihm. Erzählte ruhig weiter. Nur manchmal eben doch abwesend zur Straße lächelnd …

Was beschäftigt sie in solchen Momenten? Doch wohl nicht die motorisierten Hunde, vor denen der Heilige Stuhl zurecht warnte, der Papst, ein Typ mit Durchblick, keine Frage.

Elfi genoss den Zustand: Daniel ihr aktueller Verbündeter, die Jungen auf den Mopeds ihre künftigen Begleiter.

Daniel das Sprungbrett, die versaute Bande das Bad.

Und nur, weil er zu jung für … für Hand in Hand auf der Straße und so weiter. Seine Gedanken liefen Amok. Tat sie wirklich nur so innig mit ihm, um sich den andern zu zeigen? Waren einige ihrer Fantasien am Ende gar nicht so ersponnen? Was ging zum Beispiel mit Paul hinter ihrer Wohnungstür vor, wenn der Schamlose – keinen Tag älter als Daniel – sich schon öffentlich so ungeniert aufführte? Machten sich die beiden über Daniel lustig, während sie im Kinderzimmer beliebig oft das Letzte trieben? Bestimmt! Er gab sich einen Ruck und wagte nachzufragen. Sie schien nicht erstaunt. Schmunzelte. Wiegelte ab. Eine kitzlige Vorstellung. Und diesmal ganz allein auf seinem Mist gewachsen! Genau deshalb unterhielt sie sich mit keinem lieber als mit ihm.

Am Ende des Sommers unterhielt sich Elfi immer noch mit keinem lieber, ging aber mit Benni, einem neunzehnjährigen Schnösel, den Daniel schon länger beobachtete und ebenso lange hasste. Mit Benni »gehen« hieß für Elfi, Ecke Weberstraße treffen, Hand in Hand in die Stadt, ins Kino, abends Ecke Weberstraße Abschiedsküsse.

Durfte Daniel sagen, dass er sie dabei erwischte? War sie wortbrüchig? Unfug. Sie gehörte lediglich zur Sorte der üblichen Menschenvernichterinnen …

Und er? Er erwies sich umgekehrt als der gleiche Gefühlstrampel, als eines Nachmittags Doro wie hingeblitzt vor ihm stand. Die Nachbarskinder kreischten sich gerade vergnügt ihre neuesten Spottverse um die Ohren, er vorneweg, da stand Doro mittendrin, ganz nah, nah und erschrocken, als habe sie im Moment des Wiedersehens hinter einem angehimmelten Verbündeten den totalen Widerling entdeckt.

Er war nicht weniger entsetzt, einmal über ihre Schönheit, an die er sich so nicht erinnerte, noch mehr aber über das Auftauchen dieser Schönheit in einer derart bescheuerten Situation.

»Ach, du bist ja gut versorgt, wie ich sehe.«

So weit sie. Mit Bitterhonigstimme. Und wollte gleich wieder weg. Er hinterher: Moment … Doro … Halt … ich gehör nicht wirklich … blöder Zufall … bin sonst … mach eigentlich … habe dich durch die Umzüge … wahres Wunder, dass du mich ausfindig … so froh, dich endlich … und dann: »Was wolltest du denn?«

Sie gab sich bockig. Rückte erst nach langem Zieren mit einer Ausstellung raus, zu der sie ihn mitnehmen wollte. Zum Schein erkundigte er sich, worum es ging – in Wahrheit hätte er augenblicklich alles sensationell gefunden, was sie vorschlug. Es ging um einen präparierten Pottwal, als Leihgabe im Museum König ausgestellt: der Bauch des Wals ausgehöhlt und künstlich beleuchtet, dass man in ihm herumwandern konnte, außen zur Belehrung die Knochen geordnet und hinter Glas gebracht. Prima. Ein begehbarer Pottwal.

Das lahme Angebot wurde überstrahlt von Doros Auftritt. Sie hatte ihn – den Abtrünnigen – gefunden, mutig den Faden wieder aufgenommen, während er sich nie gemeldet hatte, nie in die Haydnstraße zurückkam, trotz all ihrer Zuneigung, ihres Trostes in der Küche … all der … all dieser Sachen eben. Zwischen ihnen. Aus den Augen, aus dem Sinn? Nicht bei ihr. Sie war ihm in die Goebenstraße gefolgt. Da war er schon wieder ausgezogen. Sie hatte ihn in der Niebuhrstraße aufgespürt. Rumgefragt und die Nachbarn ausgehorcht. War ihr auch nicht leichtgefallen. Göre rannte hinter einem Jungen her, der offenbar gar nicht gefunden werden wollte. Was ihn jetzt, wo er drüber nachdachte, zum gefühllosen Klotz stempelte. Jetzt, wo Doro wieder vor ihm stand, hübscher als Elfi, das Luder. Treuer und lieber sowieso.

Er verstand sich nicht. Er bereute. Er versprach Doro, Blick fest in sie getaucht, morgen Punkt vier zum Pottwal zu kommen. Das kam aus dem Innersten. Er wurde vor Eifer rot dabei.

Er ging nicht hin. Vertrödelte den nächsten Tag, Lump, der er war. Erstaunlich. Aus dem Spiegel starrte ihn genau der Schuft an, den er dauern bei andern vermutete. Bis jetzt. Bis Doro, die einzig Gute, ihn mit sich fortführen wollte, ihn mit sich in den Bauch des verdammten Pottwals führen wollte, ihn mit sich im Pottwal-Bauch verführen wollte … und dabei einfach nur zu gut für ihn war. Zu gut für den Wortbrecher, der ihn aus dem Spiegel ansah wie eine Erfindung vom Feind.

Der Spiegel. Stunden vor dem Spiegel. Woher? Wohin? Wer bin? Was soll? Es gab so viel zu begrübeln, dann auch wieder nicht. Nicht zu viel grübeln! Der Typ im Spiegel eine Seifenblase auf Erden, die Erde eine Seifenblase auf der Milchstraße, die Milchstraße eine Seifenblase im All, das All ein Furz zwischen Nichts und Nichts, das brachte ihn auch nicht weiter. Dazu diese Kippbewegungen vom allerletzten Sinn zur mindestens so aufregenden Frage: Warum der größte Pickel im Gesicht ausgerechnet unter der Nase?

Mal so gefragt: Wie fände er sich, wenn er sich als Fremden begegnete? Was hielte er von seinem Äußeren? Seiner Art zu sprechen? Seinen Eigenheiten? War er gut? Schlecht? Je nachdem? Sofern »je nachdem« überhaupt galt. Jüngstes Gericht schon mal probehalber vorwegnehmen. Verteidigung ausarbeiten, ohne die Anklage zu kennen.

Die kleinen Zweifel. Die großen Sinnfragen. Hie und da tauchte schon einer in der Klasse auf, der die Lehrer mit Nietzsche-Zitaten in ihrer Hans-Carossa-Andacht störte. Daniel kannte weder den einen noch den anderen, fühlte sich momentan unterbelichtet und schwor, gleich am Nachmittag mit der Lektüre der geistigen Gewichtheber zu beginnen, wären ihm da nicht Elfi Martina Paul Bernd Heinz Helga Sofie in die Quere gekommen.

Ehrlich erschütterte ihn überhaupt nur ein Rätsel, das alle anderen in den Schatten stellte: Warum war er nicht im Körper seiner Schwester aufgewacht? Wer ihm das erklärte, hätte alles gesagt.

Versenk dich mal tiefer in dein Spiegelgesicht, lass das Wunder sacken: Vater und Mutter machen ein Kind, ein Mädchen, ja gut, aber da wachse ich nicht rein, sondern sie, Martina, mir ähnlich, im Ansatz kaum von mir zu unterscheiden, und nimmt doch Besitz, sagt irgendwann zu dem heranreifenden Körper »ich« und zu mir »du«, als trennten uns Welten, nur weil ich mich erst in die nächste Fleischknospe desselben Vaters und derselben Mutter einniste. Welche Lotterie verteilt hier die Lose? Was hat mich daran gehindert, in einem Mädchen groß zu werden? Martina zu werden. Oder – wo wir schon mal dabei sind – als Liz Taylor aufzuwachen! Ja doch. Genauso wahrscheinlich wie in diesem schmalen Hering zu stecken. Nicht dass ich viel an mir bemeckern möchte. Es hätte schlimmer kommen können. Das ist nicht der Punkt. Es geht ums Grundsätzliche.

Von wegen freier Wille.

Von wegen Schöpferpfusch.

Gut, ich steck in dieser Haut, aber Herrschaften, bitte festhalten: das Fleisch hat nach mir gegriffen, nicht umgekehrt! Warum erwach »ich« ausgerechnet in diesen Knochen, zu dieser Zeit, in diesem Land? Und häng an diesen Problemen? Statt als Liz Taylor mit Michael Todd verheiratet zu sein und Rock Hudson vor der Kamera zu küssen, oder als Michael Todd mit Liz Taylor verheiratet zu sein und Rock Hudson zu verachten oder – wenn alle Stricke reißen – als James Dean sowohl Liz Taylor als auch Rock Hudson in »Giganten« an die Wand zu spielen und so weiter, um gar nicht erst von Marlon Brando zu sprechen. Das ist das einzig wirklich erschütternde Rätsel.

Je genauer er Martina beobachtete, desto mehr achtete er sie, die um ein Haar er war, nur gelungener. Er liebte sie. Beneidete sie. War eifersüchtig auf sie. Sie war so alt wie Elfi, sportliche Figur, lange Beine, feste Brüste, feines Gesicht, vor allem hatte sie den Augenschnitt des Vaters, leicht hängende Lider, was ihr den edel träumenden Ausdruck gab, im Gegensatz zu Daniels schusswaffenblankem Blick. Schwamm drüber.

Martina trainierte in einem Sportverein, der eigene Trikots verteilte. Sie spezialisierte sich auf Hochsprung. Daniel sah sich in der Pflicht. Er zog nach, ging wie sie zum KTV Bonn, bald standen sie gemeinsam im Stadion, vor zwei bis zwanzig Zuschauern, erkämpften Urkunden, ließen sich Siegernadeln anstecken … Mit den ersten Trophäen entwarf Birke für ihre Kinder eine immer schon geahnte Zukunft: In einigen Jahren das bekannte olympische Geschwisterpaar, abwechselnd auf dem Siegertreppchen, Goldkinder, Lieblinge der Nation, Tränen beim Fahnenhissen, Presse überschlägt sich, der Sportreporter der »Fox tönende Wochenschau« krächzt nur noch hingerissen, Bonn rollt den roten Teppich aus, der Kanzler bittet zum Empfang …

Hochsprung – Martinas Lieblingsdisziplin – langweilte Daniel. Ihn begeisterten die Sprintstrecken. Auch Kugelstoßen, wegen seines Idols Schladen; die Disziplin blieb dann doch im Jämmerlichen stecken. Er trainierte bis an die Schmerzgrenze und darüber hinaus, drei, vier Mal die Woche, »gib keine Ruh bis Blut im Schuh«, so der Trainer, »was nicht weh tut, bringt nicht weiter« ... Die Sprüche fielen auf fruchtbaren Boden, Daniel wollte sich taubtrampeln, fortschleudern, dabei jeden Muskel zum Weinen bringen.

Martina blieb sein Vorbild. Sie vollendete sich durch die Wettkämpfe, bewegte sich auf einen Grad der Makellosigkeit zu, den er umso heftiger bewunderte, je weniger er ihn erreichte. Sein gelungeneres Ich! Schleierhaft. Aber mach was. Der Boden hätte sich unter ihm auftun müssen, hätte Martina auch nur ansatzweise geahnt, wie eifersüchtig er ihren perfekten Hochsprungkörper mit dem melancholischen Lidschnitt des Vaters verfolgte.

Er hätte gern mehr Nähe zu seiner Schwester gehabt, doch es gelang nicht. Es gab keinen Grund dafür. Sie mochte ihn, aber sie waren beide zu sehr in sich verstrickt, zu betäubt vom ständigen Verstellen und Überschweigen um sie her. Oft schien es ihm, als seien sie selbst in den hellsten Momenten nur halb wach. Gefühlsamputiert. Wahrnehmungsbehindert.

In den wenigen Momenten, wo Martina aus sich heraus kam – genauer: wo etwas aus ihr herausschrie – brach ihre Eifersucht durch. Er begriff nicht auf was. Auf's Mannsein. An erster Stelle stehn. Vom Haushalt verschont werden. In Birkes Augen das echte Leuchten zu entfachen. Auf all das, wofür er vielleicht nichts konnte, was sie einsah – und doppelt verletzte. Sie fühlte Größe, große Liebe, Talente, die auf widrige Umstände prallten: Niebuhrstraße, Bonner Nebelloch, Gesocks, Bruder zu selbstbezogen, Mutter auf dem Weg zum Wrack ... Da entstanden innere Vernarbungen, die sie um ihr Selbstvertrauen und schließlich um die Kraft zur Auflehnung brachten.

Martina ging in die Liebfrauenschule, eine von den »Schwestern unserer lieben Frau« geleitete Nonnenanstalt. Die Dienerinnen Gottes verstanden sich als Racheengel für die Verfehlungen in den Jahren des Antichristen. Weil sie die Verantwortlichen nicht zu packen bekamen, hielten sie sich an deren Kindern schadlos. Zuchtruten unserer lieben Frau, nicht weniger wollten sie sein, nach dem Scheitern der herrenmenschlichen Zuchtversuche. Das konnte nur heißen, jedes Kind erstmal ans Kreuz nageln. So begrüßten sie Martina – den Ausbund an Anpassung und Fleiß – mit der Offenbarung, in allen Bereichen unfähig zu sein.

Obwohl sie Martinas gute Noten nicht verhindern konnten, schafften es die Nonnen, ihr jede Klassenarbeit zum Albtraum, jede Prüfung zur Folter zu machen. Unterstützung zu Hause? Keine Spur. Birke wälzte immer mehr Haushaltsarbeit auf sie ab. Um den Missbrauch gerecht erscheinen zu lassen, pochte Birke auf den »natürlichen Kreislauf des Lebens«, wenn Töchter bei Personalmangel einsprangen, bis sie selber andere herumkommandieren durften.

Für Martina drehte sich hier weniger der »Kreislauf des Lebens« als das Mühlrad des Mutterdünkels, aber sie schwieg. Familie bedeutete ihr alles, da sollte es keine Konflikte geben. Die Mutter, meinte Martina, konnte eben nicht anders, sie bestand auf Bedienung.

Die Last des Haushalts trug Martina – Jungen waren für Birke eine eigene Rasse. Der künftige Mann beschürzt an der Spüle? Undenkbar!

Daniel bemühte sich nicht besonders, Birke an dem Punkt weiter zu verunsichern.

Martina fügte sich, wurde still, duldsam, abwesend und abweisend, das Verhältnis zur Mutter baute sich erst über Illustriertengeschichten wieder auf – ihr letztes gemeinsames Thema: Die Fürstenhäuser, die Skandale, die Bälle, die Verschwendungen der Großkopferten, die Möbeltrends und Kleidermoden, die Triumphe, Verfehlungen und Zusammenbrüche der Leinwandstars … »Wenn die Ziemann noch so einen schlechten Film macht, ist sie weg vom Fenster …« Darüber konnten sie reden, als sie sich nichts mehr zu sagen hatten.

Bis Martina kurz vor dem Abitur nach Australien floh, um ihrem von den Nonnen prophezeiten Scheitern zuvorzukommen – in keinem Fach schlechter als Note drei. Birke tobte. Martina heulte. Ein Reißen dieser Messlatte, um in Martinas Disziplin zu bleiben, ein Reißen dieser Latte, die eher beleidigend tief hing, war ausgeschlossen, aber die heiligen Schwestern mit ihrem Draht zum Himmel wussten es besser. Dagegen half kein Argumentieren.

So verpasste sie den Sprung ins für sie maßgeschneiderte akademische Leben, floh zu einer australischen Geflügelfarm, wo es ihr gelang, sich durch stumpfsinnige Arbeit sämtliche in der Heimat eingehandelten Enttäuschungen aus dem Leib zu schinden.

Nichts befriedigte den Körper so wie Schlägereien, in Ansätzen nur noch der Sport, die gesellschaftsfähigere Variante Lust bringender Qual ... Bei der Leichtathletik kam die Auflage dazu, den Gegner nicht anzufassen. Zum Training trafen sie sich im Gronau-Gelände, dem Ort freiwilligen Leidens, um alles Mögliche in sich niederzuringen – besonders das, was die Trainer den »inneren Schweinehund« nannten. Trägheit? Hingabe an laues Wohlergehen? Nichts da! Hier galt es für höchste Leistung die heftigsten Schmerzen auf sich zu nehmen.

Sport schien die ideale Art, den Körper niederzuringen, indem man ihn aufbaute.

Ihr KTV-Trainer lief jeden Jungen auf den langen Strecken in Grund und Boden, schwitzte nie, machte mit seinen vierzig Jahren alle Dehnübung vor und wirkte dabei eleganter als die nach ihren Müttern rufenden Nachahmer. Sein Makel war, dass er Konrad hieß, wie Adenauer, für die gebeutelte Jugend der Feind schlechthin, Inbegriff katholischer Sklerose, Biedermann und Bonnstifter. Konrad musste also in »Kobald« umgetauft werden, um sympathisch zu bleiben: Ko-bald, weil er seine Truppe ständig mit »bald ... bald ...« tröstete: »Bald bist du so weit, Junge.

Bald bist du unter elf. Bald machst du Manni Germar vergessen ...«

Kobald verpasste ihnen die höheren Weihen des Leistungshungers. Er kannte die letzten Finten beim Sprintstart, die er Häppchen für Häppchen an seine Novizen weitergab, gehörige Abstände dazwischen, damit auch alles schön vom Kopf in den Körper sank. Daniel vergötterte Kobald, bis er ihn eines Tages hinter einem Bankschalter entdeckte. Aus. Götter arbeiten nicht; erst recht nicht mit Krawatte in einem Schalterkäfig, die Finger an speckigen Geldscheinen. Den Bruch hat er Kobald nie gebeichtet, so sehr schämte er sich für ihn.

Auf den unterschiedlichen Ebenen des Gronauer Sportgeländes – Fußballfelder, Übungsplätze, aber auch ein richtiges Stadion mit Tribüne und einer Fünfhundertmeterbahn – schnauften die Langstreckler, wurden Speere geworfen, Kugeln gestoßen, Latten übersprungen, Tore geschossen. Daniel versuchte abzuschätzen, welcher Körperbau sich für was eignete. Die Langstreckler zum Beispiel: Streichholzbeine, Hühnerbrüste, aber Pferdelungen. Nichts für ihn. Andererseits die Hammerwerfer: Fettsäcke schon allein deshalb, damit sie nicht ihrem Gerät nachflogen. Außerhalb seiner Möglichkeiten.

Hochspringer sahen am besten aus, Sprinter gingen noch, Fußballer auch, sofern sie ihrem Hang zum Knubbeligen, Krummbeinigen widerstanden. Aber aufgepasst! Jede Sparte modellierte sich ihre Körper. Schwimmern wuchsen Häute zwischen den Fingern, Gewichthebern Stützknochen im Kreuz. Soweit die Fakten. Nur dass Golfern Stollen aus den Fußsohlen sprossen, war Gerücht.

Fred Schladen – späterer deutscher Meister – radelte mit der Kugel auf dem Gepäckträger heran, trainierte ohne Anleitung, übte und übte, drehte sich im Ring, stieß die Kugel, schrie, holte die Kugel, übte und übte und baute seine riesige Figur vor Daniel auf, um ihm zu verkünden, dass er sich entscheiden müsste, ob er gut leben oder Spitzensportler werden wollte. Das aus dem Mund seines Idols! Ein Goliath. Zwei Meter Muskeln, Gewalt und Willenskraft. Aber grundgütig. Als der Erfolg einsetzte, wurde Fred von den Leichtathletikfunktionären geschnitten, weil er's ohne ihre Hilfe geschafft hatte.

Daniel nahm sich die hundert Meter vor. Von zwölf auf elf/drei in einem halben Jahr, von elf/drei auf elf im nächsten halben Jahr, »bald im Zehnerbereich, Danny«, so Kobald, »nur jetzt für jedes weitere Zehntel ein Jahr!« Machte echt Mut.

Hatte er das nötige Talent für ganz nach oben? Was gab sein Körper im Extremfall her? Wie weit spielten seine Organe mit? Neben dem ganzen Gelenkmuskelkram vor allem das Herz? Die Lunge? Hirn nicht vergessen. Letzte Zehntelsekunden wurden im Kopf entschieden. Behauptete Kobald.

Daniel betrieb Studien an lebenden Objekten, die öfter in der Region auftraten: Sportler vom ASV Köln, dem großen Nachbarverein, der mit Namen wie Germar und Lauer Geschichte geschrieben hatte, natürlich nur, bis Daniel diesen Auslaufmodellen zeigte, wo der Hammer hing.

Sobald er bei einem Wettkampf in die Startlöcher sank, sackte der Magen mit ab, weichten die Beine auf. Sein Herz pochte fern und fremd, der Kopf hing tief, er war überzeugt, nie mehr aus diesen Löchern rauszukommen, nie mehr, eingeklemmt zwischen einem fürchterlich fitten Athleten rechts, einem geborenen Gewinner links. Er kriegte es nie unter Kontrolle, dieses Abschätzen der Gegner aus den Augenwinkeln. So unbeeindruckt er auch tat, ihr Anblick saugte ihm die Kraft aus den Knochen. Wie hatte er sich überhaupt unter diese Pantherfiguren und ihre brandneuen Schuhe, ihre glänzenden Trikots mogeln können? Jetzt war's zu spät. Jetzt kniete er, der Kümmerling, saftlos in der roten Asche.

Dann »Auf die Plätze«, der letzte Moment, die Hüllen fallen zu lassen und sich als die Spottgeburt zu zeigen, die er war.

Dann »fertig« und den Hintern hoch, gespreizte Finger noch kräftiger in die Asche gedrückt: Ende. Mehr Blei im Leib ging nicht.

Dann in der Panik vor dem Platzpatronenknall dieser Schub, dieser Stromschlag von den Hacken über die Beine in die Schulterblätter, unerklärbar, immer wieder: ruckartiger Wandel vom Wattebausch zum Stahlfederbolzen.

Dann mit dem Schuss hoch und raus, eine Muskeldetonation, und sofort das erlösende Einrasten in den tausendmal trainierten Rhythmus des eigenen Laufs, dem er eigentlich nur hinterherlief, das Losbrechen einer wild hackenden Musik, er die Körpertrommel. Alles außer diesem Takt, den die Beine auf die Bahn schlugen, ausgeschaltet. Und Kobalds Stimme im Ohr … nicht … nach … lassen … nicht … nach … lassen … durch … ziehn … durch … ziehn … bei gleicher Schlagzahl größere Schritte machen … bei größeren Schritten Schlagzahl steigern …

Und dann die Luftnot, der Halsbrand, der Blutstoß zum Kopf, egal, steigern, durchziehn, Takt halten, die ganze Strecke zu einem einzigen Atemzug, einem einzigen Zielflug machen. Und niemals im Lauf über das größte Wunder nachdenken, das darin bestand, die Trikots neben sich verschwinden zu sehen. Das erst recht ignorieren! Steigern. Durchziehn. Über die Ziellinie laufen als sei das Ziel zehn Meter weiter. Erst dann den Triumphschauer zulassen.

Das Glück des wortwörtlich auslaufenden Leibes!

Der Ganzkörperorgasmus, der ihn für alle Strapazen entschädigte – zwei Minuten lang.

Es reichte ihm nicht. Er spielte zusätzlich Fußball, von mittags zwei bis vier in der ersten Gruppe Stürmer, von vier bis sechs in der zweiten Gruppe Verteidiger, von sechs bis acht in der dritten Gruppe Torwart. Dann lag er ausgepumpt im Gras und hörte dem Tuten der Schiffe zu, die ihn anerkennend grüßten. Er war ja, was die Welt noch nicht wusste, inzwischen jedem Kapitän auf jedem Schlepper bekannt! Die tuteten nicht einfach so ins Blaue hinein, die salutierten Prinz Daniel zu Flankenbein!

Trotzdem reichte es ihm nicht. Er wollte alles außer der perfekten Bewegungsmaschine in sich abtöten. Er spielte Basketball in der Schulmannschaft, ruderte fürs »Beethoven« im Vierer, machte in der Halle die Riesenwelle am Reck, den Handstand am Barren … Am Ende blieb er doch bei den Ballspielen hängen, sah noch im Traum die Bälle rollen, im Korb zappeln, an Latten klatschen, nahm Fußbälle auf halber Höhe an, versenkte sie im Kasten, immer ein wenig anders, eine bildhafte Gebetsleier, die auf möglichst viele Arten ein und derselben Befriedigung huldigte.

Es hieß, ein Mensch mit Ballgefühl brächte es überall, wo eine Kugel im Spiel war, zu famosen Leistungen, ob Fußball, Handball, Basketball, Volleyball, Tennis … egal, er fuchste sich da rein. Dabei war »Ballgefühl« nichts Mystisches und ebenso sicher nicht zu fassen. Beispielsweise stellte Daniel fürs Taschengeld Kegel in einer Gaststätte an der Endenicher Straße auf – irgendwie reichte ihm schon das Hingucken, um die Tricks der besten Kegler nachzumachen.

Die Anlage lag hinter dem Schankraum, eine Scherenbahn. Daniel saß auf einem Stuhl in einer Mauernische am Ende der Bahn. Je nachdem, was gespielt wurde, stellte er die Kegel für den nächsten Werfer zurecht. Der Kegelklub bestand aus gestandenen Männern, die ihm zuliebe die Stimmen senkten, wenn sie eine Sauerei loswerden wollten. Sie spachtelten üppig, zogen sich unter ständigem Hallo und Prostata die Biere rein, kippten Klare und Kräuterschnäpse nach, vergaßen aber nie, Daniel ein Abendessen zukommen zu lassen. Er beobachtete die besten Techniker, durfte dann aus Jux das eine oder andere Bild abräumen, wenn der Sargdeckel schon über dem Vorsitzenden zugekegelt war – »Jung, komma evvens ärüvve un zeisch ehm wimma *rischtisch* kejelt!« – und siehe da, er erwies sich nach wenigen Probewürfen als Fachmann im Bauern Umlegen …

Monate später wechselte er von der verräucherten Kegelbahn zu den Tennisplätzen am Bonner Talweg. Die Plätze lagen günstig nah, der Stundenlohn war besser als bei den Kegelbrüdern, und statt in einer Nische zu hocken durfte er über den Platz rennen, um die Bälle einzusammeln, was seinem Bewegungsdrang entgegenkam.

Kaum einer, der hier spielte, hatte was mit Sport am Hut. Es ging vielmehr bei minimaler Anstrengung um maximalen Auftritt. Tennis war was für bessere Pinkel. Bälle wurden nicht ernsthaft geschlagen, sondern mit den Schlägern fortgewedelt, von Oh! und Ach! begleitet. Weiße Klamotten waren Pflicht, das machte auf dem roten Sandboden unter den sommerlichen Baumriesen einen schmetterlingshaften Eindruck. Hier traf sich die goldene Jugend: sehen und gesehen werden, auf der Terrasse des Clubhauses lümmeln, die Parade knackiger Körper abnehmen.

Junge Frauen spielten Doppel mit arthritischen Herren: hier blitzte ein appetitlicher Hintern auf, da knirschte ein Knie, die Bälle traf keiner richtig, obwohl mit den Schlägern der Weltmeister ausgestattet, Schweißbänder um die Stirn …

In solchen Kreisen konnte nicht jeder Dahergelaufene den Balljungen mimen. Es gab ein Anhörungsverfahren, es gab genaue Zuteilungen. Mitglieder wie Trainer forderten händeringend gute Balljungen an, die Trainer nach genauer Beobachtung, wie sich die Balljungen bei den Mitgliedern machten. Wer zugleich wieselflink und quasi unsichtbar die Bälle vom Platz räumte, mühelos übers Netz sprang und immer den richtigen Leuten in der richtigen Höhe die Bälle zuwarf, wurde wieder gebucht. Der Balljunge musste ein Gefühl für das Spieltempo entwickeln, um bei seiner Zuarbeit keine Stockung zu verursachen.

Einige der Herrschaften, die vornehmlich Luftlöcher schlugen, brauchten ständig neue Bälle, andere zogen es vor, dass der Laufknecht ihnen die Bälle erst nach einer Verschnaufpause dezent vor die Füße rollte oder handgerecht zutitschte, und dann gab es noch die, die immer exakt drei Bälle wie Ostereier an die Füße gelegt haben wollten, wenn sie Aufschlag hatten, ansonsten aber keinen verschlagenen Ball auf dem Platz länger als drei Sekunden duldeten.

Den Aufstieg zum Balljungen erster Güte schaffte, wer nur noch von den Trainern gebucht wurde. Beim Trainer gab es vor allem dieses Gesetz: je schlechter der zu Trainierende, desto mehr Gerenne. Wo Privatpersonen sechs bis zwölf Bälle zum Spiel mitbrachten, karrte der Trainer einen Einkaufswagen mit zweihundert Bällen auf den Platz, stellte sich daneben und servierte Ball für Ball immer in die gleiche Ecke, wobei er sich um keine Rückgabe kümmerte. Ein Balljunge, der nicht mindestens zwanzig Bälle im angewinkelten Arm bei gestrecktem Galopp transportieren konnte, wurde ausgemustert.

Daniel arbeitete sich zum exklusiven Balljungen des Jugendtrainers hoch. Wenn zum Training Angemeldete nicht kamen, musste er ran, damit der Trainer warm blieb und sich nicht vor Langeweile die Fingernägel zerbiss.

Also griff sich Daniel einen Schläger aus der Sammlung des Trainers, hetzte über den Platz, was das Zeug hielt – spurten konnte er ja – und angelte Bälle aus Winkeln, die der Trainer nur spaßeshalber angespielt hatte. Da wachte der Sportförderer in dem Mann auf. Selber ein außergewöhnlicher Spieler zu seiner Zeit, sah er den Bengel verblüfft an und nahm ihn unter seine Fittiche.

»Ich bin Wolfgang.«

Daniel schoss das Blut in den Kopf. Er versuchte sich mit »Namen sind Schall und Rauch« zu beruhigen, aber Wolfgang, das traf ihn doch. Der Trainer bestätigte, dass er ein Auge für Leute hätte, die sich richtig bewegten. Er könnte nicht genau sagen wie und was, er könnte nur sagen, die einen hätten es und die andern nicht. Und Daniel hätte es. Darauf Daniel blödselig: »Ich hab eben Ballgefühl.«

Für die Bemerkung hätte er sich ohrfeigen können – wurde auch so rot, als hätte er sich tatsächlich geohrfeigt – aber Wolfgang nickte nur: »Das stimmt. Gutes Ballgefühl. Jetzt sehen wir mal zu, dass du auch noch den Schläger richtig hältst.«

Es gab so eine opferbereite Ader bei alternden Sportlern, wenn sie auf Talente stießen, die sie an die eigenen Anfänge, womöglich an selbst versägte Träume erinnerten. Wolfgang schickte Daniel an die Betonwand. Mit einem Schläger aus Wolfgangs Sammlung, der zu Daniel passte und als Dauerleihgabe auf ihn überging, drosch er gegen die Wand und verfiel regelmäßig in eine wattig-wohlige Trance. Dieser Betongegner, der exakt so grimmig und ungezügelt zurückservierte, wie die Bälle an ihn hingeschmettert wurden, hatte etwas von einem Bewegungsspiegel für den Körper, was sofort einlullte. Ein zurückprallendes Echo der eigenen Tätlichkeiten, das wiederum einen echoähnliche Reflex auslöste und so im Tick auf Tick, Tack auf Tack die Umwelt ausblendete.

Von der Wand konnte er sich kaum losreißen, selbst wenn er im Dunkeln nicht mal mehr die aufgemalte Netzlinie sah.

Er entwickelte sich gut, aber er konnte sich die weißen Klamotten nicht leisten, geschweige den Vereinsbeitritt bezahlen. Da der Verein ein Tennis- und Hockeyverein war – Motto: Hauptsache Ball – nahm Wolfgang seinen

Schützling mit auf den Hockeyplatz, wo man nicht gleich so genau nach der Vereinsmitgliedschaft fragte.

Kaum in die Jugendmannschaft eingewiesen, peitschte Daniel, als hätte er nie was anderes gemacht, den bescheuerten Hartlederball mit dem noch dämlicheren Schaufelstock derart schmerzverächtlich über den Rasen, dass die Konkurrenz ihn am liebsten gleich wieder vom Feld gejagt hätte.

Rasenhockey sollte verboten werden.

Je näher er Wolfgang kennen lernte, desto besser begriff Daniel die körperfixierte Falle, in der sein Trainer steckte. Ewig in Form, ewig in Bewegung, ewig gut gebräunt und von Frauen umschwärmt, »die's mal richtig besorgt haben wollen«, sah Wolfgang in Momenten, in denen er sich unbeobachtet glaubte, verloren aus. Hatte er wenigstens im Winter seine Ruhe? »Wo denkst du hin, Junge! Eigentlich bin ich Skilehrer – da geht's erst recht ab! Da wird schon vor dem Frühstück von mir die Loipe gezogen, mittags die Abfahrt gesteckt und abends mit den Skihasen gewedelt.«

Den Mann machte seine Gesundheit kaputt.

Daniel suchte den Ausstieg, ohne Wolfgang vor den Kopf zu stoßen, blieb weg, wurde krank, verzerrte sich Gelenke, ließ einfach nach und nach vom Sport die Finger, erst recht, als Birke in ihm den neuen Gottfried von Cramm auferstanden sehen wollte.

Ausgerechnet an dem Tag, an dem er Fred Schladen ein letztes Mal beim Training sehen wollte, klauten sie Daniels gelb gestrichenen Renner, das Grundmodell Gazelle, nur ohne Schutzbleche, Klingel, Lampe, Rücklicht und vor allem ohne Schloss, weil niemand im Großraum Bonn so selbstmörderisch sein konnte, sich an einem Besitz zu vergreifen, der einem Schützling der Jung-Brüder gehörte. »Fass dies Rad an«, hing als stumme Botschaft an dem Rahmen, »und du hast Heinz am Hals, den Mann, der schon Müllers Aap auf die Matte schickte!«

Nun musste es doch einen geben, der Heinz nicht kannte – und das Rad war weg.

Entsprechend kleinlaut lief Daniel über die Straße zur Haustür 41, klingelte Bernd raus und beichtete den Verlust. Bernd machte Daniel keinen Vorwurf, fand allerdings auch den Dieb in Ordnung, nickte, holte sein Fahrrad aus dem Keller, setzte Daniel auf die Querstange und radelte mit ihm über die Rheinpromenade Richtung Gronau.

Der Start gestaltete sich wacklig, auf der abschüssigen Strecke zum Rheinufer sah Daniel sie beide schon alle paar Meter kippen, übers Pflaster schlittern, unter Autos landen, Beine ab und alles, aber dann bekam Bernd mit steigender Geschwindigkeit die Sache unter Kontrolle, Daniel balancierte sich auf der Querstange zurecht und das Rad schnurrte ruhig dahin …

Den Atem von Bernd im Nacken, die Klammer von Bernds Armen um die Schulter machten Daniel zum glücklichsten Menschen auf Erden. So hätte es bis Koblenz gehen können!

Auf halber Strecke sickerte aus dem Hochgefühl Verzweiflung. Es war nicht mehr Bernd, es war der Vermisste, der mit ihm die Rheinstrecke entlangradelte. Im nächsten Moment schluchzte etwas aus Daniels Brust hoch, das ihn beinah dazu getrieben hätte, sich von der sicheren Umarmung weg auf die Straße zu werfen. Tränen flogen aus seinen Augenwinkeln in Bernds Gesicht, was dieser als

Ergebnis des Fahrtwinds hinnahm. Am Ende stieg Daniel so benommen aus Bernds Umklammerung, dass er, statt Schladen zu treffen, auf der Aschenbahn Runden drehte, bis die Nacht ihn verschluckte.

Sein unterschiedliches Verhalten beim Niebuhrklan, in der Familie, in der Schule, auf dem Sportplatz, bei den Mädchen, in der Kneipe bekam er selber nicht zusammengereimt: er empfand sich als Wechselbalg, Chamäleon und Falschspieler, der nur deshalb hier und dort mitmischen konnte, weil er nirgendwo restlos dabei war.

Noch schändlicher: Er schmierte sich Brillantine ins Haar, befestigte Eisenplättchen unter seinen Schuhen. Im Sommer '60 war er im Heer der Halbstarken angekommen. Nehmt die Straße an die Leine! Lasst die Hunde los!

Heinz und Bernd verdienten sich auf dem Markt ihr Geld. Sie stapelten Apfelsinenkisten. Heinz, der es bis zum Berufsboxer gebracht hatte, schärfte seinen beiden jüngeren Brüdern ein, dass es sich hier um gut bezahltes Muskeltraining handelte. Bruno fühlte sich trotz des brüderlichen Vorbilds als Marktschlepper erniedrigt. Bernd wiederum, den Jüngsten, begeisterte das Kistenstemmen im Morgendämmern; er entwickelte einen Transportstil, der ihn zum Ereignis der Marktstandgemeinde machte. Die Leute geizten nicht mit Zuspruch, klatschten und riefen: »Tu noch ein' drauf, Jung!«

Bernd wusste nie, ob ihn die, die ihn mit »Jung« anredeten, namentlich kannten oder einfach nur als Jungen ansprachen. Sein Familienname war Jung. Die Unsicherheit nahm zu, wenn ein Polizist »Jung, halt mal'n Moment!« brüllte. Kannte der jetzt seine Familie? Dann hieß es still gestanden! Kannte er sie nicht, konnte Bernd sich unter Abklatschen von Schuh-Po-Hals-Maul aus dem Staub machen.

Arno, der älteste der Jung-Brüder, hatte sich noch während des Krieges nach Amerika abgesetzt. Eines Tages fuhr er in einem derart überirdischen Straßenkreuzer vor die armselige Tür der Familie, dass es sämtliche Anwohner an die Fenster trieb und der bis dahin eher scheel beäugte Jung-Klan innerhalb von Stunden zur achtbarsten Sippe des Viertels aufstieg.

Mit Heinz, Bernd und Layana hatte das Viertel zwar drei echte Bomber auf seiner Seite, doch gegen die Neider aus Kessenich und Dottendorf langte es nicht, als diese sich zusammenrotteten, um den Niebuhrklan in einer Entscheidungsschlacht niederzumachen. In dem Zusammenhang stand Daniel ganz oben auf ihrer Liste der zu vernichtenden Elemente.

Weit davon entfernt, sich zu verdrücken, wenn sie heranbrausten, überschüttete er sie mit allerhand Fickt-euch-selber-Signalen und aufgeschnappten Schmähsprüchen. Und warum? Weil er die Jung-Brüder hinter sich wusste, die ihn als Maskottchen angenommen hatten und entsprechend wild gegen alles verteidigten, was ihm ein Haar krümmen wollte.

Daniel grübelte nicht lange, wie er zu dieser Ehre kam, er nahm es dankbar hin und rieb es den Feinden unter die Nase.

Um sich gegen die größeren Zusammenrottungen der Neider aus dem Umfeld zu verteidigen, verstärkten sich die Jung-Brüder mit Freunden aus der Boxerszene und vom Markt. Wer hier wohnte – Niebuhrstraße bis Martins Lebensmittelladen – sollte ruhig schlafen können. Ein Wink von Daniel: »Du, Heinz, ich glaub, der Freddi von der Fährgasse, kennst du, hat mich gestern so angeguckt, aber so richtig falsch, du«, schon hatte dieser Freddi ein Problem, das ihm, lief alles zu seinem Besten, nur zwei Zähne kostete.

Rivalen wurden erst dann zu Verbündeten, wenn's gegen den Überfeind, die Polente ging. Da brachen alle Dämme. Nichts Politisches. Nichts Persönliches. Nichts für ungut. Einfach nur um Lackhelme vom Kopf rutschen, Metallknöpfe von Grünjacken platzen, Blaulichtbusse auf die Bürgersteige kippen zu sehen.

Wenn Daniel hinter Heinz eine Kneipe betrat und sein Herz stockte, weil sein Idol beidhändig auf die rausgestreckten Hinterbacken einer über den Tisch gebeugten, in ein Gespräch verwickelten Vollblutfrau hieb, wobei der Klatscher die Gäste zusammenfahren ließ, als habe sich ein Schuss gelöst, und die Beklatschte empört herumfuhr, um im nächsten Moment »ach du, Heinz« zu hauchen, drängte sich Daniel möglichst eng an den Täter, damit ein wenig von dem Glanz dieses schnauzkalten Frauenhelden an ihm hängen blieb.

Während Heinz schon am Tresen dem Wirt die Hand hinstreckte, schickte ihm die Frau begehrliche Blicke nach, die nicht mehr ihn, sondern Daniel im Rücken trafen, was er aus den Augenwinkeln mitbekam. Besser ging's nicht.

Die Jung-Brüder machten ihre Karrieren, Heinz als Boxer, Bernd als Apfelsinenkistenstapler, Bruno als Besitzer einer Reinigungskette, sie alle überragt von Arno, dem Auswanderer, der es zum Amerikaner gebracht hatte. Amerikaner. Das reichte.

Mädchen waren für Bernd kein Thema. Frauen – da wurde er wach. Daniel sollte durchaus von Bernds Erfahrungen profitieren, aber so gut Bernd mit den Frauen umgehen mochte, so unbeholfen, ja entwaffnend hilflos schien er bei der Weitergabe seines Wissens. Er verfiel auf eine eigene Art der Erklärung, dirigierte Daniel von der Haustür weg zur Schillerstraße, wo niemand von Bedeutung sie beobachten konnte, und steckte ihm die nächste Episode der mit Schreibmaschine getippten Enthüllung von Tilla Horn zu.

Tilla, inzwischen zwanzig, aber immer noch im Heim unter der Fuchtel von Nonnen, machte die Runde unter den Jungen. Und zwar so: Bernd gab Daniel Tillas neueste Erlebnisbeichte, dafür musste Daniel die Seiten drei Mal abtippen, damit Bernd sie an die nächsten Jungen weitergeben konnte, die sich ihrerseits zum Abtippen verpflichteten, bis alle, die zählten, Tilla Horns Ausschweifungen vor und zurück beten konnten.

Für Bernd gehörte die Verbreitung von Tillas Ausschweifungen zum Protestprogramm, denn Tilla hinterging Punkt für Punkt, was Bernds Eltern täglich einklagten, insofern ergänzte sie den Rock'n'Roll und die Marktschlägereien. Bernds Eltern gehörten zur alten Schule: Gehorsam, Sauberkeit, Enthaltsamkeit. Daniel litt mit, wenn Bernd sich in aller Öffentlichkeit eine Ohrfeige von seinem Vater abholte – einem verdorrten Zwerg, den Bernd mit einem einzigen Schlag für immer aus der Welt hätte verabschieden können. Doch Bernd steckte den väterlichen Hieb blank weg, für den

Moment ein hilfloses Riesenbaby, und Daniel tat, als hätte er nichts gesehen.

In der Verfolgung ihrer Sünden fand Tilla keine Zeit, über sich zu erstaunen. Was immer man von ihr verlangte, sie willigte ein und übertraf jede Erwartung. Bernd bestand darauf, dass Daniel Tillas Fortsetzungsbericht an Ort und Stelle verschlang. Daniel tat ihm den Gefallen, überflog den Inhalt und erfuhr, dass Tilla – sie hatte auf den letzten Blättern zwei Heimmädchen verführt, um den Verstand geleckt und in alle möglichen Selbstbefriedigungen eingewiesen – ihnen jetzt erlaubte zuzusehen, wie sie den vier Jahre älteren Freund bediente, der sich am Besuchstag bei den Nonnen als ihr Bruder ausgegeben hatte. Natürlich ein Hengst von einem Mann. Daniel erfasste das lasterhafte Gemenge der beiden schon rein akrobatisch kaum. Woher auch? Bernd hatte gut speicheln und Augen rollen, er trieb es mit den Marktfrauen, da flackerte bei jeder Andeutung fleischliche Erinnerung auf. Die fehlte Daniel, und so begnügte er sich damit, Bernd zuliebe wenigstens versaut zu gucken. Dann ließ er die Blätter unter seinem Hemd verschwinden und trabte dumpf im Kopf heim.

Bernd war ein Mordskerl, ein schlichter Haudrauf und prima Kumpel, aber bei dem Thema keine Hilfe.

Elfi hatte Benni vorgezogen, also Elfi sofort löschen, sofort auf kühlen Grußfuß gehen und möglichst beiläufig tun, wenn sie einem vor der Tür begegnete. Es reichte nicht. Die Lücke blutete. Die Nachmittage ohne sie machten Daniel trübsinnig. Ihr Bild brannte. Ihre Haare loderten vor seinen Augen, entflammt vom eigenen Verlangen, zusätzlich geschürt von Wut, Trotz, Verzweiflung. Elfi stand vor ihm, flüsterte Sündhaftes, spitzte den Schmollmund, er goss Benzin drüber und zündete sie an. Es reichte nicht. Er sah nur einen Ausweg. Er musste Elfi mit Eli löschen. Es gab keine andere. Ja. Eli, die er vor Tagen am Bahnübergang wiedergesehen hatte.

Die Niebuhrstraße endete wie jede zweite Bonner Innenstadtstraße an den Bahnschranken, was Zugereiste veranlasste, den Behörden städteplanerisches Unvermögen zu unterstellen, statt über die eigene Beschränktheit nachzudenken. Wo die Fremdlinge nur ein im Minutentakt auftretendes Verkehrshindernis erkannten, kamen die Eingeborenen zur Besinnung! Sobald sich die Schranken schlossen, ertönte ein Klingelton, der den Kenner zur Andacht mahnte: Funktionsstille! Der Eingeborene genoss die Gelegenheit, sich die wachsende Menschentraube um ihn her anzusehen. Vielleicht ein Bekannter drunter, ein Schwätzchen drin? Oder Augenkontakt mit einem begehrenswerten Menschen auf der anderen Schrankenseite, der ja nicht ausweichen konnte, höchstens Löcher in den Himmel starrte, vielleicht aber doch hersah, auftaute und über das gemeinsame Schicksal lächelte, das sie verband – das Eingeborenenlächeln! – : Schon hatte die Schranke ihre Schuldigkeit getan.

An der geschlossenen Bahnschranke trafen sie sich wieder: Daniel hinter der Schranke Ende Niebuhrstraße, Eli hinter der Schranke Ende Lessingstraße, forschender Augenkontakt, unterbrochen durch den vorüberschießenden Zug, dann gingen die Schranken hoch, jetzt hieß es Lächeln aufgesetzt und mitten auf den Gleisen Gespräch angezettelt. Immerhin war es Eli gewesen, die ihm damals zur »Mignon« verholfen hatte, aus der Elvis tönte, durch den Bewegung in sein verkrustetes Kummerwesen kam …

Eli war immer noch hinter Enno her. Schon aus dem Grund hätte Daniel sie nie zur Freundin gewollt, sie ihn zum Freund noch weniger.

Dann kam genau das.

Genau deswegen.

Eli hieß eigentlich Eleonore, wie Elfi eigentlich Elfriede hieß, doch wer hier unter seinesgleichen was gelten wollte, musste namentlich gestaucht sein und auf »i« enden.

Eli gehörte nicht zum Niebuhrviertel, was sie erst recht lange Zeit zur Unperson machte. Inzwischen spielte es keine Rolle mehr – unterschiedliche Schulen oder beginnende Lehren trieben die Niebuhrstraßenclique immer weiter auseinander. Neue Kontakte entfremdeten sie voneinander. Daniels Besuch des »Beethoven« – als elitäre Scheißanstalt verschrien – war noch einmal ein gesonderter Spaltpilz für die Gemeinschaft der angehenden Schuhverkäuferinnen und Bäckergehilfen. Da mochte er sich noch so sehr als ehrlicher Schläger vor dem Herrn gebärden, als aufflog, dass er griechische Buchstaben entziffern konnte, waren sie endgültig von ihm bedient. Nicht dass es zu lauten Anklagen gekommen wäre, sie wichen nur drei Schritte zurück und ließen ihn ins Leere laufen.

Harald ging bei Fiat Autos polieren, Sofie bei Haribo Sirup rühren, Elfi fing beim Juwelier Vollmar an, Helga fand eine Kindergartenstelle in Tannenbusch, Paul arbeitete als Elektrolehrling in Endenich ... alles Gebietserweiterungen in Gegenden, die, als sie noch normal tickten, Feindland waren.

Daniel begriff Enno immer weniger, was Eli betraf. Sie wirkte inzwischen tadellos »aufgerundet«, klares, freundliches Gesicht, Grübchen beim Lachen, und sie glühte bei dem Geständnis, in Enno verliebt zu sein, doppelt verliebt, seit dieser eine feste Freundin hatte: Nora.

Eli erklärte sich zu Noras innigster Vertrauten, um in Ennos Nähe zu bleiben. Sie wurde nicht müde zu beteuern, Enno und Nora, ja, da harmonierte alles, Aussehen, Temperament, Vorlieben, Urlaubsziele ... Eli betonte Harmonie, unbedingte Harmonie zwischen den beiden, weil Harmonie, paar Jahre weiter gedehnt, in Langeweile überging. Wer dehnte tüchtig mit? Sie. Beglückwünschte Nora bei jeder Gelegenheit, bestätigte sie, lauerte auf ihre Chance und rieb sich an Ennos Ablehnung. Nur Reibung erzeugte Wärme! Eine Niederlage eingestehen? Die Waffen strecken? Niemals. Widerstand erhöhte den Reiz, den sie brauchte, um mit Feuer bei der Sache zu bleiben.

Was meinte Daniel, als sie sich am geschlossenen Bahnübergang gesehen, neu eingeschätzt und nach der Schrankenöffnung ausgetauscht hatten, was meinte Daniel – »jetzt mal ganz ehrlich!« – zu Ennos »störrischem Getue«?

»Am Ball bleiben! Die erste Freundin hat nie das letzte Wort.«

Das saß. Davon wollte sie mehr hören. Sie gingen auf der Kaiserstraße Richtung Innenstadt, an Elly Herbsts Tanzqualanstalt vorbei, genau die Tanzschule, zu der Eli Enno vergeblich überreden wollte, um ihn am Abschlussball in den Himmel zu walzern … Sie gelangten über den Münsterplatz durch Taubenschwärme zur Post, wo Eli den nächsten Brief für ihren verblendeten Geliebten einsteckte. Nebenbei: Wusste Daniel, dass sie in einer von Nonnen geleiteten Oberschule gelandet war? Das wusste er nicht. Es war dieselbe Schule, in der sie Martina bis zu ihrer Flucht nach Australien gefoltert hatten. Doch Eli kam zurecht: Die Nonnen, lächelte sie munter, verlören ihre Schrecken, wenn man sie mit Humor nähme. Ob er was gegen Nonnen hätte?

»Nonnen sind keine Mönche«, warf Daniel ein.

Eli gab sich überwältigt. Daniel hatte offensichtlich das Zeug zum engeren Berater. Hatte er eigentlich immer noch einen Einfluss auf Enno, ihren Angebeteten?

»Das ja.«

Wollte Daniel für sie den Vermittler machen?

»Den bieg ich dir hin«, versprach Daniel.

Im Gegenzug schwor er dem Freund: »Die schaff ich dir vom Hals.«

Im Nu war er für beide der ideale Bote.

Unter verschwörerischen Vorwänden verabredeten sich Eli und Daniel zu Spaziergängen, zum Kuchen essen, plötzlich auch schon zu innig verhakten Spaziergängen am Rheinufer – jede Berührung natürlich nur stellvertretend für den eigentlich Gemeinten! In aller Ruhe erwartete Daniel, von ihr in Momenten heftigeren Schmusens mit dem Namen des Freundes angesprochen zu werden …

Das Wohltuende, Wunderbare an Eli war ihre unverwüstlich gute Laune. Es gab diese fürchterlichen Dinge auf der Welt, Katastrophen, Bedrohungen, Verbrechen, Kriege, Zerstörungen im großen Stil, dazu die tausend kleineren Gemeinheiten im Alltag, kein Zweifel, doch unberührt davon gab es auch Elis unverschämte Lebenslust, die ihn wachrüttelte. Bis zum Hals in Schwermut waten war eben nur die Hälfte der Wahrheit. Eli stand für die andere Hälfte – Freude an sich.

Er war verblüfft und begeistert.

Während Eli im abgedunkelten Kino ihre Liebe zu Enno bekräftigte, den sie sich nie – nie! – aus dem Herzen reißen könnte, selbst wenn er die Rivalin heiraten und mit ihr zehn Kinder bekommen sollte, drückte sie Daniels Hand an ihre Brust und flüsterte, was ihr die Aufregung eingab. Sie küssten sich mit hundert Fragezeichen auf der Stirn. Elis Verlangen nach Enno erreichte einen Höhepunkt, sobald ihre Hand sich in Daniels Hosentasche schob. Eine Schieflage der Gefühle? Keineswegs. Eli hielt es mit der rheinisch-katholischen Logik: eins hier und eins da waren drei dort, oder alle egal weg.

Abgeküsst und gründlich bekramt überlegte Daniel, ob er nicht vorübergehend der Kirche beitreten sollte.

»Mir ist was aufgefallen«, sagte Daniel, »ich möchte mit dir schlafen.«

»Endlich«, meinte sie, »ich liebe dich schon lange. Wir werden einen Weg finden. Ich bin ganz aufgeregt.«

Sie küsste ihn auf den Mund, hinters Ohr, in den Nacken.

»Ich liebe dich so sehr, mein Spatz, so sehr. Sag es auch.«

Worte, die sie vorher nur an Enno gerichtet hatte.

»Sag es auch.«

Nicht, dass sie ihn als Ersatz für Enno nahm, beleidigte Daniel, sondern das Nachsagensollen, was ihn als »Kino-Effekt« abschreckte: Er hatte beobachtet, wie die Jungs nach *Außer Atem* als Belmondo Verschnitte aus dem Kino schlenderten oder die Mädchen nach *Reporter der Liebe* wie Doris Day ihre Begleiter anzirpten. Er reagierte trotzig. Jetzt auch noch Liebe von der Leinwand kopieren? Nein. Er, der bedenkenloseste Elvis-Imitator auf Erden, hatte die Nase vom Nachäffen voll.

War der Film aus, lief das Kino in Elis Kopf weiter. Sie verlängerte die Leinwandbilder bis vor die Haustür, Blicke, Sätze, Scherze, selbst die Kussfiguren schienen von ihren Filmlieblingen abgekupfert.

»Ich liebe dich so sehr, mein Spatz, so sehr. Sag es auch.«

Es verschlug ihm die Sprache. Er sagte weder »ich liebe dich«, noch »mein Spatz«, noch überhaupt was Nettes, was seine Gefühle nicht weniger verfälschte, vor lauter Abwehr, und in eine noch schlimmere Täuschung trieb.

Als sie auf einem Liebesschwur bestand, sagte er, da könne sie ewig warten.

Augenblicklich folgte ihre beste Szene, eine komödiantische Einlage, die sie auch als solche vorbrachte: Sie gab sich versteinert, zurückgestoßen, wandte ihr Gesicht ab, schielte dann aus dem Profil zu ihm hin und lauerte auf den Moment, in dem er vorsichtig andeutete, alles nicht so gemeint zu haben, um sich ihm versöhnt an den Hals zu werfen, versöhnt, aber vor allem hellauf zufrieden, denn nichts machte ihr mehr Freude als eine Absage, die sie umbog.

Nur sie wusste, was andere wirklich wollten, wenn sie was anderes als sie wollten.

Die beleidigte Pose ging in ihren gemeinsamen Sprachgebrauch als »böckeln« ein. Es funktionierte im Hinbiegen seiner Widerstände, funktionierte bei der Auswahl von Filmen, von Kuchenstücken, von Ausflugszielen, lediglich beim Nachplappern von Liebesgeflüster zog »böckeln« nicht. Da blieb er stur. Sie gab auf. Vordergründig. Vordergründig begann sie zu weinen. Weinend zündete sie die nächste Ich-krieg-das-schon-hin-Stufe, mit der sie ihre später doch nicht zu vermeidenden Küsse pfeffern konnte. Das Umwerfende an diesen Einlagen war, dass sie selber nie auf den Gedanken kam, sich ernst zu nehmen. Jeder wusste, dass sie im Hintergrund schon wieder lachte – und jeder sollte es wissen! Zum Leid war sie nicht geboren. Das Leben zergrübeln sollten andere. Sie konnte weinen wie keine zweite, aber sie machte klar, dass sie dabei ihre Augen nur durch eine Waschanlage fuhr, um nachher umso heller in die Welt zu blicken.

Niemals, entschied sie, niemals könnte sie sich einem Jungen hingeben, der ihr ins Gesicht sagte, sie nicht zu lieben.

»Hingeben?«, meinte er, »ich will keine Hingabe, Eli. Dem Suff kannst du dich hingeben. Ich will dich. Ich will was Ehrliches. Kein Einfordern. Kein Nachgeben. Dann hörst du auch was Richtiges.«

Küsse zum Dank.

Er blieb dabei, ihr nie ein Liebesgeständnis zu machen, das sie ihm abpresste, selbst wenn es genau das war, was er sagen wollte.

Nach dem Streit im Kino trafen sie sich noch häufiger als vorher. Die geplante gemeinsame Nacht – Elis Deckname dafür: »Bettgeflüster« – wurde von ihr vorbereitet, als habe er ihr nie die geforderten Liebesschwüre verweigert. Schwüre konnten warten. Sie wusste, wie man Widerstände brach, nämlich nie direkt, sondern durch geduldiges Aufweichen des Kampfbodens, bis der Widerspenstige darin versank, und das im Glauben, er hätte schon immer bis über die Ohren in genau diesem Morast stecken wollen.

Stichwort »Bettgeflüster«. Sie stellte ihre speziellen Mutmaßungen an. Vielleicht mussten sie erst »richtig zusammen« gewesen sein, damit er spürte, was die Worte bedeuteten, die sie von ihm hören wollte? Bei »richtig zusammen« wurde er dann doch kleinlaut. In der Zeit nahmen ihre Griffe durch seine Hosentasche, deren Naht er sorgfältig aufgetrennt hatte, an Deutlichkeit zu. Es galt, fand sie, sich an den zu gewöhnen, mit dem sie es für alle Zukunft zu tun hatte:

»Ist das zu fest?«

»Lieber streicheln oder rubbeln?«

»Was mag er denn?«

Als ob Daniel das wusste! Sein dämlicher Zapfen … hing vor sich hin … stand ab und zu auf, fühlte sich nicht gebührend behandelt und sank unverrichteter Dinge wieder in sich zusammen … hing und stand … mal Wurm, mal Mast … hing und stand … keine weitere Botschaft zu erkennen … trotzdem ein Teil von ihm … was man »leibeigen« nannte … seit längerem ergebnislos unter Beobachtung … versteifte sich ebenso energisch an der Straßenbahnhaltestelle wie beim Einkauf vor dem Suppentüten-Regal oder bei einer Mathearbeit … was bitte wollte er ihm damit sagen?

»Was mag er denn?«

Ach Eli.

Haltestellenschilder?

Suppen?

Parallelogramme?

Daniel stieß Eli mit seiner Unentschlossenheit vor den Kopf. Sie wollte ihn ständig nie mehr wiedersehen, jeden Tag von neuem nie mehr wiedersehen.

Ihre Augen lachten unbeirrt weiter, während ihr Mund streng verkündete, ihn nie mehr wiedersehen zu wollen.

Sie war, was er brauchte. Sie tat ihm gut. Die Welt bekam Farbe. Er suchte nach eigenen Worten. Wenigstens hier. Und das in einer Zeit, in der sich Kardinal und Kanzler, Familienminister und oberster Richter gegen voreheliche Unzucht verschworen, um von ihren politischen Sauereien abzulenken.

Was an Hindernissen zwischen den Geschlechtern aufgebaut werden konnte, wurde von den Sittenwächtern aufgebaut. Die obszönen Anspielungen in den Filmen, die gezielten Zweideutigkeiten in den Schlagern, das poltergeisterhafte Klopfen und Gemurmel aus dem schwärenden Unterbewussten der Saubermänner fraß sich wie Flugrost in die Sinne und richtete dort bleibende Körperfeindlichkeit an.

Wenn sich die Erbauer der Dämme gegen Schmutz und Schund nicht mehr zu helfen wussten, sabberten sie ihre verdrängten Lüste über Büttenwitze ab.

Oder sie begingen ihre täglichen Übergriffe, wie der mutige ältere Herr, der sich im Straßenbahngedränge an Martinas Po zu schaffen machte, wohl wissend, dass mehr als ein roter Kopf von dem Opfer nicht zu erwarten war.

Doppelmoral? Ein zu harmloses Wort für die Heuchler – sie betrieben staatlich gedeckte Unzucht mit Minderjährigen. Dieselben Leute, die sich bei der »Sünderin« vor Entrüstung überschlugen, um zu begründen, warum sie den Film fünf Mal über sich ergehen lassen mussten, befürworteten noch Jahre später getrenntgeschlechtliche

Schulen, am besten bis zur Tanzstunde überhaupt keinen gegengeschlechtlichen Kontakt.

Unterstützt wurden sie von einer verknöcherten Bande, von ihren Anhängern Regierung genannt, die ihre Sekretärinnen in den extra geräumigen Dienstwagen pimperten oder – damit überfordert – zumindest die Polster bepissten, ansonsten ihre Tage damit verbrachten, sich immer neue Lust unterdrückende Schikanen für den Rest der Bevölkerung auszudenken: Wer in seiner Wohnung voreheliche Partnerbesuche duldete, bekam es mit dem Kupplerparagraphen zu tun.

Der wildeste Verfechter dieser Hatz, Familienminister Franz-Josef Wuermeling, hämmerte den stumm vor sich hinwichsenden Parlamentariern unentwegt ein, dass eine an der Staatskontrolle vorbei geduldete Lust den Untergang des Volkes und den Wegfall ihrer Diäten bedeutete. Die derart Aufgeschreckten nickten besorgt, seufzten ein »Hört! Hört!«, segneten sämtliche Teufelsaustreibungsgesetze ab und wichsten weiter.

Verklemmung kam zusätzlich aus einer unerwarteten Ecke: mit der taillierten Coca-Cola-Flasche und der Beinwerferparade der Ziegfeld Girls segelte auch die dreigeteilte amerikanische Frau über den Ozean in deutsche Stuben,

ihr Kopf für Schülerküsse,
(Everly Brothers: *how did i exist until i kissed ya*)
ihr Oberkörper für den Verlobten,
(Connie Francis: *my heart has a mind of its own*)
ihr Unterbau für den Ehemann,
(Bobby Darin: *multiplication, that's the name of the game*).

Was Wunder, wenn die in solche Zangen genommene Jugend vor Verwirrung schielte.

Frauenkörper hatten fremde, am besten Furcht einflößende Kontinente für den heranwachsenden Mann zu bleiben. Er durfte träumen, er durfte wimmern, er durfte schmachten, er musste warten.

Das »Beethoven« war eine reine Jungenschule. An einer Festungsmauer über dem Rhein gelegen, Bäume wie grüne Bombenpilze im Schulhof, fielen die Lehrer der hellenistisch-christlichen Zuchtanstalt jeden Morgen vor Unterrichtsbeginn auf die Knie, um Adenauer zu huldigen, wenn er mit der Fähre von seiner Rosenvilla zum Kanzleramt übersetzte. Sie wussten sich einig mit ihm. Sie wussten, dass seit Klopstock Goethe Schiller keine bedeutenden Geister mehr zu Grabe getragen wurden, und sie, wenn sie die unter ihre Fuchtel geratenen Bengel betrachteten, wohl auch jede Hoffnung fahren lassen mussten, je wieder etwas Gleichwertiges betrauern zu dürfen.

Der Kodirektor, Altphilologe und selbsternannter Stellvertreter des Humanismus auf Erden, hielt seine Ansprachen in der Schüleraula auf Griechisch. Bemerkte er am Ende die abgeschalteten Gesichter seiner Anbefohlenen, ließ er sich herab, das Ganze nochmal in einer Fassung »für die Barbaren« vorzutragen – auf Latein.

Die Schüler verkrochen sich vor diesen Bildungsmonstern unter die Pulte, wappneten sich gegen ihre Predigten, weigerten sich sogar – da wurde es schon gefährlich – im Russen die Bestie zu sehen, seine Pranken auf Europa gelegt, Säbelzähne an der Kehle der Welt, wie Adolf schon ausführte und die christlich demokratischen Wahlplakate umgehend bestätigten.

In Ermangelung anderer Vergnügen nutzten die Schüler

die Pausen, sich von einer Ecke in die andere zu schubsen, im Spiegel der Fenster ihre Pickel auszudrücken oder sich zu »eiern«, einander die unter den Hosen ertasteten Kugeln der Verdammnis zu massieren, bis diese so durchgeknetet waren, dass sie ihre Besitzer noch die ganze nächste Langweilerstunde anprickelten, der Pauker aber das dummselige Grinsen von den Bänken nicht zu deuten wusste und als persönlichen Angriff nahm.

Nach der Schule blieben die Freunde noch für ein paar Runden Skat in der Klasse, eine Hand hielt die Karten, die andere rieb den Schwanz des Nachbarn. Fachlich-sachliche Melkübungen, Gefühle spielten keine Rolle. Es ging nie darum, wer wen mochte, sondern wer mitmachte.

Das Kabinett geiferte gegen Sex, der nicht der Vermehrung diente, gegen aufreizende Tänze in schlecht beleuchteten Kinderzimmern, vergeblich.

Eli forderte Daniel auf, ordentlich zuzupacken. Was er auch tat. Und? Eine Erregung stellte sich ein, vor allem, weil sie bei seinen Übergriffen Erregung zeigte. Das war entscheidend. Er lernte. Er begehrte. Er liebte.

Und klagte sich noch heftiger an. Diese Geißel. Diese Lust-Schuld-Verzahnung. Tagsüber stellte er sich romantische Vereinigungen vor, nachts überraschten ihn groteske Geschlechtsträume.

Was ging in ihm vor? Log er tagsüber, wenn er Verständnis, Zärtlichkeit und ehrlichen Austausch suchte, oder meldete sich nachts sein wahres, geschlechtsbrachiales Ich, um den unverfälschten Stand der Dinge bloßzulegen? Er traute keinem der beiden Seiten richtig. Und selbst das ohne Grund, ohne weitere Erklärung. Sicher war nur eins, seine restlose Verunsicherung, um es mit Elis heiterer Hinnahme von Widersprüchen zu sagen.

Restlos hilflos hieß für Eli restlos frei.

In der Schule erzählte Professor Grenzmann, Direktor des »Beethoven« und gesuchter Germanist seiner Tage, gern von Spannungsbögen – Spannungsbögen in Romanen und Dramen ... die Spannungsbögen der um die Pulte geschraubten Körper interessierten ihn nicht.

Stattdessen hatte sich die Klasse in einem Landschulheim in der Eifel eine Woche lang als naturverbundene Jugend zu bewähren: Waldlehrgänge, Bauernhofbesichtigungen, Pilzkunde, Baumbestimmung, Vogelruferkennung, kollektives Staunen vor einem Ameisenhügel, zur Erholung Ping Pong in der Freizeithalle.

Sie waren in Achtbettzimmern aufgeteilt, pro Zimmer zwei Etagenbetten links, zwei rechts, dazwischen ein schmaler, erbsengrün gestrichener Gang. In neu gewonnener Kenntnis sämtlicher bedrohten Arten der Region – außer der eigenen – ergründeten sie abends den Sinn der Frauen.

Helmut, zwei Mal sitzen geblieben, drei Jahre älter als Daniel, warf seine Erfahrung in die Waagschale. Er übertraf sämtliche Möchtegern-Mädchenstecher, die an seinen Lippen hingen: Seine Frauen waren real! Ansonsten um ihn her nur Märchen, Wünsche, Hörensagen. Helmuts Freundinnen schwärmten offen von seinen männlichen Qualitäten. Und was für steile Puppen! Frag Karl, frag Andreas, frag dich durch die Bonner Innenstadt bis nach Wesseling ... Helmut bezeichnete sich – bescheiden, wie er war – als besten Dosenöffner der Region.

Frag Steffen, frag Siggi ...

Ja du, Siggi hatte Helmut schon am Arm eines Mädchens vor einem Möbelschaufenster ertappt. Beim Ausgucken des gemeinsamen Schlafzimmers! Da kehrte Stille ein.

Helmut füllte ihre Nächte mit kundigen Vergleichen zwischen männlichen und weiblichen Körpern, wobei er, die Hand am Glied seines Günstlings für den Abend, den fraulichen Rundungen letztendlich doch – »nehmt's nicht persönlich, Jungs!« – den Vorzug gab. Seine Begründungen ließen an Detailfreude nichts zu wünschen übrig, vom Kopfhaar bis zur Zehenstellung: wo wäre der Esel, der es nach diesen plastischen Ausführungen gewagt hätte, sich in Sachen Schönheit nicht als hoffnungslose zweite Wahl zu sehen?

Dies geklärt, meldete sich jeder mit seinen Vorlieben und Befürchtungen zu Wort, Frau, Mädchen, kurz Anderwesen, es führte zu nichts. Helmut musste Ordnung schaffen. Er musste das Thema vom Ursprung her aufarbeiten – was gab's dafür Besseres als eine zugleich extrem sachverständige und ungemein saftige Erzählung?

Seine Lieblingsgeschichte handelte von einem Hausmädchen und dem ihr anvertrauten Jungen. Der jungfräuliche Knirps schmachtete Dina so lange an, bis sie ihn in ihr Bett ließ, um ihn zu unterweisen. In dem Moment begannen die Rückfragen, drohte Tumult. Helmut führte die auseinanderstrebenden Zwischenrufe immer wieder in geordnete Bahnen. Zwar entstand die Geschichte als Gemeinschaftswerk, wo jeder seine Vorstellungen von einem geglückt versauten Dasein einbrachte, doch er allein blieb der Lotse in den Triebstürmen – er behielt das letzte Wort. So kamen die Fortschritte der Unterweisung, die das

Hausmädchen dem Däumling bot, in kunstvollen Kapiteln aus berufenem Mund.

Lahmte die Fabulierfreude, meldete sich bei den Zimmergenossen der sachliche Forscherdrang. Messtechnische Untersuchungen ergaben, dass Helmuts ausgefahrenes Glied gerade noch durch das vom Zentrierstern befreite Loch einer 45er Platte passte, wobei sein Ständer genau 73 dieser Platten an sich hängen konnte, was ab sofort für die übrigen Forscher das zu überbietende Maß darstellte. Es wurde geprüft, geprahlt, herumgezeigt, es wurde gejammert, vor allem aber geschummelt.

Damit fand die Naturkunde im Landschulheim ihr Ende – die Jungen, an Wissen gestärkt, am Leib geschwächt, begriffen das Treiben im Eifeler Unterholz jetzt deutlich besser.

Kaum zurück, kam Daniel auf die Idee, sich selber von einer Art Dina einweihen zu lassen, bevor er sich bei Eli blamierte. Er besprach die Sache mit Winfried. Winfried, ein begnadeter Radiobastler, der außerdem eine Klarinette spielte, vor der sich selbst ein Acker Bilk verstecken musste – Daniel sparte nicht mit Schreien der Begeisterung, wenn Winfried seine Klarinette bearbeitete – dieser Winfried wohnte über einem Frisiersalon in der Bornheimer Straße, geführt von zwei Schwestern, die Winfried auf Grund seines tapsigen Auftretens, seiner musikalischen Fähigkeiten und seiner dicken Brillengläser ins Herz geschlossen hatten.

Die jüngere Schwester wollte den deutschen Friseurmeistertitel gewinnen, die Ältere machte im obersten Stockwerk mit ausgewählten Freiern nebenberuflich Kasse. Sie schien Daniel die geeignete Ansprechpartnerin. Winfried bestätigte: »Die patenteste Frau überhaupt, solange du ihr nicht falsch kommst, Danny! Als sie einmal ein Kerl linken wollte, hat sie dem mit ihrem Pfennigabsatz die Eier an den Bauch genagelt, und das war's. Riesen Weib.«

Bald grüßten die Schwestern Daniel ebenso zutraulich wie ihren »Trötenwinnie« Winfried. Als die Ältere begriff, was Daniel – Augen gesenkt, Zunge verknotet – von ihr wollte, wurde sie ernst, zog ihn im Hausflur beiseite und redete ihm knapp ins Gewissen. Er dackelte, fünf Faden tief gedemütigt, umso erleichterter ab.

Elis prominentestes Organ blieb ihr Mund. Damit gelang es ihr, Häuser über Etagen weg zu beschallen. Es war schon eine eigene Sache, dass Daniel sich mit Eli ungestört nur in Ennos Haus treffen konnte, nachdem Enno das Hausverbot gegen sie aufhob, weil Nora darauf bestand. Und Ennos Familie ohnehin immer den Kopf geschüttelt hatte, warum er einen so unkomplizierten, hilfsbereiten Sonnenschein wie Eli nicht um sich duldete. Enno zweifelte zwar an Daniels Geschmack, aber bitte. Daniel hatte zumindest sein Versprechen eingelöst, ihn, Enno, von Eli zu befreien. Und unter welchen Opfern! Aus Ennos Sicht.

Enno wollte sich einfach nicht mit Eli beschäftigen. Inzwischen fühlte er sich auch vor ihr sicher, einmal, weil er »vergeben« war, zum anderen, weil sie ihre »Angriffe« auf Daniel verlagert hatte. Hätte er sich mit Eli beschäftigt, hätte er gewusst, dass er für sie eine Lebensaufgabe war, die bei steigender Vergeblichkeit an Reiz gewann.

Daniel hörte oben in Ennos Zimmer, was Eli unten in der Küche von sich gab. Doch Elis Mund schallte nicht nur ab, er schien auch ihr Haupttor für alle Freuden nach innen.

Bekannte bezeichneten sie als »lecker Mädchen«, was stimmte, sofern man mit der Zunge an sie herankam. Noch unbezweifelbarer aber war sie selber ein leckendes, aufs Schmecken spezialisiertes Mädchen. Essen war für sie der Boden, aus dem alle anderen Vergnügen sprossen. Ein Ausflug bei herrlichem Wetter, ein postkartenwürdiges

Panorama, verliebte Blicke, glühende Gefühle, es blieb alles unbefriedigend, wenn nicht ein Tässchen Kaffee drüber geschlürft, ein Tortenstück zur Vollendung der Wohlgefühle eingegabelt werden konnte …

Dabei war sie kein Vielfraß, eher eine Nipperin; aber Nippen und Nuckeln an egal was als Krönung für egal welches Erlebnis, das blieb unverzichtbar.

»Abschmecken« auch sprachlich: Sie überzuckerte ihren Wortschatz, wenn es um gute Gefühle ging, als könne nur wahr sein, was süß klang. Jedes Wort in Sirup getunkt und zu Tode geschleckt. Selbst für ihre Frage nach der idealen Geschwindigkeit beim Liebesakt musste ein Schokoriegel herhalten, den sie zur Demonstration unterschiedlich schnell im gespitzten Mund rein und raus schob, dabei Daniel aufforderte, Hand anzulegen, um den Riegel »optimal« zu bewegen. Es erschien ihm doppelt komisch, einmal wegen der Geschlechtsverlagerung ins Schokoladige, zum anderen, weil sie den weltweit Ahnungslosesten als Experten ansprach.

Woraufhin der Experte abgeklärt schwieg.

Es gab Dinge, sollte sein Schweigen heißen, die waren zu selbstverständlich, um erörtert zu werden.

»Was denn nun?«

»Alles ideal«, murmelte er, »je nachdem.«

»Je nach was?«

»Je nach Stimmung.«

»Welcher Stimmung?«

»Gott, Eli, der Stimmung für schnell oder langsam!«

Er hatte inzwischen raus: Zirkelerklärungen retteten am besten über solche Klippen. Mach die Leute an ihren eigenen Fragen ersticken und sie wackeln mit dem Gefühl davon, für die Antwort noch nicht reif genug zu sein!

Andererseits wechselte sie von den Süßwaren äußerst nüchtern zu Einzelheiten ihres geplanten »Bettgeflüsters«, als ginge es um die Vorbereitung eines Banküberfalls.

Elis Großeltern kamen aus Östersund, Nordschweden. In Familienalben tauchten Fotos von Männern mit Pluderhemden auf, die Frauen zeigten Nussknackergebisse, ihre Arme über eine Orgel von Kindern gelegt. Großpapa stand vor dem drei Generationen fassenden Familienhaus, Großmama saß auf der Gartenbank, eingerahmt von Blumen, wie von zu viel Glück gefoltert. Eli betonte immer wieder ihre übersinnliche Verbindung zu dieser Frau, eine fixe Idee, die auf ihre eigentliche Heimat verwies. Eli bestand auf Polarsonnenschimmer in ihrem Haar, auf Gletscherlicht in ihren Augen. Vielleicht war's tatsächlich dieser lichte Kern in ihr, der Daniel dazu brachte, sich zu ihrem Leibeigenen zu erklären.

Die gemeinsame Nacht wurde vorangetrieben, begleitet von den notwendigen Lügen gegenüber ihren Eltern. Wenn Eli etwas liebte, dann Hindernisse. Nur einer, der nichts von ihr wollte, stachelte ihren Ehrgeiz an. Ihr Suchmuster war Ablehnung. In ihren Augen steckte hinter jedem Sträuben Verblendung. In solchen Fällen galt es, dem Fehlgeleiteten das in ihm schlummernde Verlangen nach ihr bewusst zu machen, damit er über sie endlich zu sich kam.

»Wie man Goldbatzen aus dem Schlamm wäscht.«

Nicht anders bei den Eltern. Verbote? Herrlich. Die elterlichen Verbote waren die Borke, an der sich Eli ihren Babyspeck abwetzte. Daniel verstand sie nicht. Es gab so einfache Lösungen: Sie konnten in sein Dachzimmer gehen, wo es niemand scherte. Eli führte sich auf, als hätte Daniel sie geohrfeigt. Sowas von ihm! Er bemühte sich, aus Anstand mit zu erschrecken. Sie schliche sich ja wohl nicht in sein Haus wie eine er wisse schon was! Er wusste nicht was. Nickte trotzdem um Vergebung.

Hasste aber weiter die Täuschungsmanöver.

Was war bei der Lügerei Marotte, was Notwehr? Mit Ausflüchten begann der Tag, wenn sie haarklein aufzählen musste, wann sie wo mit wem wozu sein würde, mit Lügen endete er, wenn sie von erdichteten Treffen berichtete, um ihren wahren Umgang zu verschleiern.

Um des Friedens Willen nie ein offenes Wort! Und wehe die Tochter traf abends zehn Minuten zu spät ein! Es hagelte Fangfragen, Gegenprüfungen, Unterstellungen, Strafen. Eifrig wurde ihr nachspioniert. Da genügte schon ein unverfänglicher Anruf bei der Freundin, mit der sie angeblich verabredet war. Die Freundin war eingeweiht. Sie hätte frisch drauflos gelogen – nicht aber deren Mutter, die dummerweise als Erste den Hörer abhob. Eli? Bei uns? Kein Gedanke. Sonst alles bestens. Keine Ursache … Also wurde herumkombiniert, der Bekanntenkreis durchgeklingelt, mögliche andere Ausreden abgehakt, bis nur noch eins übrig blieb: Betrug auf ganzer Linie!

Wenn die Nichtsahnende dann heiter Küsschen Ma, Küsschen Pa wiederkam, wurde erstmal freundlich nachgefragt, wie's denn so war. Nett? Angenehm? Und dann der ruhig vorgebrachte Lanzenstoß: »Sag mal, warum belügst du uns eigentlich?«

Hatte Eli anfangs den einen oder anderen Jungen erwähnt, den sie gut fand, zum Beispiel Enno, bereute sie es bald, weil umgehend zurückkam: Was tut er? Welche Eltern hat er? Wo geht ihr hin? Mit welchen anderen zusammen? Oder etwa die ganze Zeit allein? Und wann stellt er sich bei uns vor? Und so fort.

Von Daniel wusste nur noch die Freundin, Melanie, Elis geistiger Zwilling im Leid. Die beiden hatten ein Lügennetz über Daniel gespannt, das wie eine Tarnkappe funktionierte: Wie oft er Eli auch sah, wie nah er dabei auch ihrem Haus kam, die Eltern bemerkten ihn nicht.

Besonders Papi hielt es mit der politischen Mehrheitsmeinung: Wem's zu stark im Unterleib juckte, der hatte zu wenig zu tun. Arbeit vertrieb Flausen.

Eli zu Daniel: »Ich mach das für uns. Melanie ist eingeweiht. Wir arbeiten mit verstellten Stimmen.«

Daniel zu Eli: »Gehört euer gleiches Aussehen auch zum Plan? Ich warte auf den Tag, wo du dir noch ihre Zahnlücke fräsen lässt.«

»Das verstehst du nicht.«

»Das Doppelte-Lottchen-Spiel?«

Eli: »Das verstehst du nicht. Die Leute sollen uns ruhig verwechseln. Ansonsten sollen sie sich denken, was sie wollen.«

Stand Daniel an der richtigen Ecke der Elisabethkirche, konnte Eli ihn vom Fenster aus sehen, konnte ihm Signale schicken: Beide Vorhänge zu, »heute nichts zu machen« … Ein Vorhang zu, »dicke Luft, ruf bei Melanie an« … Oberfenster gekippt, »Melanie hat was für später ausbaldowert« … und so weiter.

Zusätzlich gab's noch das Badetücheralphabet; er weigerte sich, es zu lernen.

Einmal beobachtete er auf seinem Kirchenposten, wie sich ein Greis die Treppe zum Elisabethportal hochkämpfte, an der Tür zog und mit dem gusseisernen Griff in der Hand zu Boden ging. Ein derart baffes Gesicht, wie es der Alte während seines Absturzes bot, suchte seinesgleichen. Kaum gelandet, wusste der Tatterich schon, wer ihm das eingebrockt hatte: die scheiß Schlosser.

»Scheiß Schlosser«, krähte er, »Pfusch, wo man hinlangt!« Den ausgerissenen Griff vor Augen – im Übrigen ein schmiedeeisernes Meisterwerk – erweiterten sich seine Verdächtigungen ins Weltpolitische. »Womöglich Kommunisten«, rief er Richtung Himmel, »Kommunisten, angetreten, um das Vertrauen der Bevölkerung in die heilige Kirche und ihre herrlichen Gebäude zu erschüttern!« Daniel sah weg, zu Elis Fenster hoch. Eli buchstabierte mit farbigen Handtüchern …

Da studierte er doch lieber seine Schuhspitzen.

Elis Pa traute keinem Familienmitglied, nicht der eigenen Frau, nicht den beiden Söhnen, am wenigsten der Tochter. Dagegen fand er Melanie rundweg glaubwürdig, schüchtern und rein. Solange Eli mit diesem Engel zusammensteckte, konnte nichts Unrechtes geschehen. So geschah es. Melanie ermöglichte Eli eine »sturmfreie Bude«, sobald ihre Eltern für einige Stunden unterwegs waren. Zugleich erfand sie gute Gründe, nicht ans Telefon zu gehen – Rasen mähen, Hausaufgaben machen, Geburtstagsplätzchen backen … das hielt die Kontrollanrufer in Schach.

Melanie bestand darauf, das Haus zu verlassen, wenn Eli mit Daniel hereinkam. Sie schloss die Tür von außen ab, unweigerlich mit der Mahnung »Macht hin!«

Das war auch so eine Sache.

»Vergesst nicht, Punkt fünf bin ich zurück, also macht hin!«

Ja was denn hin? Wohin? Er an Eli hin. Hinküssen. Hinkramen. Hinmachen bis Punkt fünf.

Bevor er richtig verdeutlichen konnte, wie beleidigt er sein durfte, hatte Eli ihn schon bekehrt, aufs Bett gezogen, angeknabbert und vieldeutig gelächelt. Eine berückende Verwandlung. Die Tür von Melanies Zimmer machte kaum »klick«, schon schwammen Elis Augen. Sie kringelte sich an ihn. Er kringelte zurück. Es wurde geküsst, getastet, am längsten aber in den Augen gelesen. Schon war die Stunde um.

Sie begrüßten Melanie, die klingelte, bevor sie aufschloss, begrüßten Melanie sichtlich durchfeuert, sodass Melanie glauben musste, sie hätten wie befohlen »hingemacht«.

Das nächste »Macht hin!«-Treffen sagte Daniel ab.

Eli gab sich erschrocken. Was falsch? Wo enttäuscht? Er rückte nur widerstrebend mit der Wahrheit raus. Sie ließ nicht locker. Die Wahrheit hieß, nach solchen Treffen brannten seine Kugeln wie in den Hochofen gehalten. Schmerzen zum Brüllen, dass er nur noch spreizbeinig nach Hause tapsen konnte. »Jetzt weiß ich, was ein Krebs durchmacht, der lebendig ins kochende Wasser geworfen wird.«

Sie konnte es nicht fassen. Foltergefühle waren das Letzte, was sie ihm antun wollte. Um den Ernst der Lage zu verdeutlichen, fluchte er eine Runde und schwor, es sei keine Finte, sondern eine weitere Gemeinheit der Natur, da helfe auch keine nachträgliche Handarbeit, das ginge tiefer, so ginge es nicht weiter. Eine komplette Nacht ohne

»Macht hin!« musste her, ihre Vollzugsnacht, oder Trennung für immer.

Was ereiferte er sich? An ihr sollte es nicht liegen! Hatte es nie gelegen. Sie war von vornherein für diese Lösung gewesen, Deckname »Bettgeflüster«, schon vergessen?

Die vorgetäuschten Treffen und gezinkten Besuche, die Melanie inszenierte, um das »Bettgeflüster« für die Freundin endlich zu ermöglichen, überstiegen Daniels Vorstellungskraft, blieben aber erfolglos. Am Ende lief es auf eine Übernachtung bei Eli hinaus, in der Höhle des Löwen – ja, er hatte richtig verstanden, in ihrem eigenen Zimmer, auf ihrem eigenen Bett, wo er sowieso schon seit langem herumspukte.

Die Eltern traten ihren jährlichen Italienurlaub an. Es störte ihn doch nicht, dass Elis Bruder spät abends von der Arbeit nach Hause kam? Daniel versuchte, so ungestört wie möglich zu gucken. Als er fragte: »Und wo hat er …?«

»Er schläft im Nebenzimmer, aber keine Sorge, er muss wieder früh los.«

Daniel blieb die Luft weg. Elis Bruder war zweiundzwanzig, ein Schrank von einem Mann und bestimmt mit einem Familienehrenfimmel – zumindest einem Schwesterbeschützungswahn – geschlagen.

Na gut, Liebe und Tod hingen sowieso zusammen, wenn man den großen Tragödien glauben konnte. Warum sollte sein kleines Licht da nicht auf dem Bett, ach was, auf dem Altar der Leidenschaften verlöschen? Eli verantwortete letztlich den Plan: ging's schief, wäre sie verdonnert, sein Grab zu pflegen, lebenslänglich, das tröstete über die schlimmsten Ahnungen weg.

Am frühen Abend erreichten sie ihr Zimmer durch den Garten, wo alte Bäume Sichtschutz boten. Licht durfte nicht gemacht werden. Sie standen sich gegenüber, ohne sich zu berühren, als hätte unter dieser Spannung der geringste Kontakt den anderen zerkrümelt. Sein Herz hämmerte gegen den Brustkorb. Er spürte sie durch die Luft. Er dampfte vor Aufregung. Eli hatte für den Anlass eine kleine Rede vorbereitet: Sie beschwor ihre schwedischen Ahnen. Eins dürfe Daniel nie vergessen: ihre Natur sei grad heraus, hell, undeutsch, und das ließe sie sich von niemandem nehmen!

Die Worte überwältigten sie selber am meisten. Ihre tiefste Narbe schien aufgerissen. Sie weinte. Weinte vordergründig und hintergründig. Weinte echt. Weinte durch und durch. Schwedin. Daniel hatte nichts Vergleichbares zu offenbaren. Gewöhnliche Abstammung, normale Sorgen, hochgradig verwirrt obendrein. Sie zog ihn aus, streichelte ihn, er stellte sich vor ihr Bett und starrte in die Dunkelheit. Sie zog sich aus. Er starrte immer noch. Was glaubte er denn, warum ihre Haut sich nie wirklich färbte, nicht mal die Spur rot, selbst wenn sie sich wochenlang im Melbbad sonnte? Na? Weil sie da immer noch die undurchdringliche Schicht der weißen Polarnächte schützte! Deshalb.

Und ihr helles Haar? Die eisblauen Splitter in ihren Augen? Schwedisch. Unverstellt. Tränen. Nur um ihm klar zu machen, dass sie eine ganz andere war. Dann hob sie die Arme. Er sollte ihre kristallreine Haut riechen. Im nächsten Moment lag sie auf dem Bett, Beine angewinkelt. Er sollte ihren schwedischen Wald riechen. Es überzeugte ihn. Er senkte sein Gesicht in ihren Schoß und leistete Abbitte.

Als sich ihr Mund an seinem Körper verausgabte, fühlte Daniel sich zu Griffen ermuntert, die er noch nie gewagt hatte. Kein Widerstand. Daraufhin begann er ernsthaft zu wühlen und versank in einem die Sinne aushebelnden Körpergemenge. Er holte Atem. Sie machte Vorschläge. Drehte sich. Prüfte. Probierte. Drückte ihn an sich, bis er in sie hineingeriet, aufgeregt ruckelte, wie angepeitscht kam, ihre Hände in seinen Rücken gekrallt, Handtuch her, bloß keine Spuren auf dem Bett, Verwirrung total. Was gewesen? Wie ging es ihr? Sie legte Hand an. Wieder Tränen. Warum weinte sie? »Ich wein doch nicht. Jedenfalls nicht so.«

Sie begann noch heftiger zu zucken.

»Aber du weinst doch.«

»Aber doch nicht so!«

Er ließ das Thema fallen.

»Fühl mal meine Zunge.«

Er legte seine Fingerspitze auf ihre rausgestreckte Zunge – es fühlte sich rau und trocken an, richtige Reibeisenzunge. Passend zu ihrer Schmirgelpapierstimme, die inzwischen noch eine Stufe grobkörniger klang.

Sie rangelten wieder los. Eigentlich hätte er Blut erwartet … kein Blut, falsch informiert? Oder noch gar nicht richtig in ihr gewesen? Unmöglich. Durfte er keinem erzählen. Aber nach dem lodernden Durcheinander blieb am Ende genau das: Er wusste nicht, wie es ihm bei ihr geschehen war.

Dann ging die Haustür. Elis Bruder. Sie erstarrten. Ein Schlüsselbund klirrte, eine Tasche plumpste, die Eisschranktür in der Küche ging auf, ging zu, ein Kronkorken löste sich von einer Flasche, Treppe hoch, Wasserhahn im Bad auf,

Wasserhahn im Bad zu, Flur hin, Flur her, ins Nachbarzimmer rein, endlich! Aber dann im Zimmer unentwegt Stühle gerückt, Schubladen gezogen … bis sich so ein Werktätiger ins Bett packte und einschlief, musste er schon wieder aufstehen. Daniel fasste es kaum, besonders nicht mit dem Verlangen, sich wieder bewegen zu dürfen.

Nachdem sich Elis Bruder in seinem Zimmer ausgeraschelt hatte, sie beide ihn längst eingeschlafen glaubten, polterte ihm etwas zu Boden. Er gehörte demnach zur Rasse der Unberechenbaren. Nun lagen sie im Daueralarm. Es war Eli, die plötzlich flüsterte, kicherte, sich wieder zu bewegen wagte. Womöglich war ihr Bruder an allerhand Tumult aus ihrem Zimmer gewöhnt. Außerdem fuhren ja noch die Züge, nachts vor allem Güterzüge, die das Haus im Fünfminutentakt durchrüttelten; in dem Lärm konnten sie sich einigermaßen gefahrlos umsortieren. Nie hätte sie, flüsterte Eli, nie hätte sie geglaubt, wie sehr sie einmal diese rumpelnden Güterzüge herbeisehnen würde!

Daniel drückte Eli an sich und schlief ein.

Er wachte auf, als ihn jemand anrempelte. Was war? Eli fuhrwerkte herum, als sei sie in einen Kampf verwickelt. Daniel hielt den Atem an. Das jetzt! Auch völlig neu. Jemand neben sich, der ein eigenes Nachtleben besaß, ein eigenes Stück aus dem Tollhaus aufführte. Er drückte seine Nase tiefer in ihr Haar, wartete auf den nächsten Ruck ihres Körpers und dachte sich seinen Teil. Da rangen doch Dämonen in ihr! Oder sie wich in einem eingebildeten Gefecht feindlichen Geschossen aus. Oder duckte sich unter einem angriffslustigen Gespenst weg. Was wusste er von ihren schlaftrunkenen Nöten? Nichts. Er schlief ein.

Er wachte auf, als sie laut schimpfend durchs Zimmer lief.

»Was ist denn los?«

Sie reagierte nicht. Lief umher, durchwühlte Schubladen.

»Was machst du?«

Sie reagierte nicht. Schimpfte. Hielt einen Vortrag zur Verteidigung der Jahreszeiten, die ja wohl sein mussten, wenn es Äpfel zum Beißen und Schafe zum Scheren geben sollte. Oder etwa nicht? Wagte da einer eine zweite Meinung? Der sollte sich bloß melden!

Ihm wurde anders. Er vermutete das Schlimmste. Sie schlief immer noch. Redete im Schlaf. Sortierte Wäsche, packte ihre Sporttasche, packte sie wieder aus, setzte sich auf die Bettkante, hieb plötzlich um sich. Er ging in Deckung. Sie murmelte noch Minuten weiter, dann Stille. Er wagte sich wieder mit dem Kopf über die Bettkante. Sie lag entspannt da, weiße Schulter schimmerte unter weißer Bettdecke heraus.

Er versuchte, sich Einzelheiten ihrer nächtlichen Liebe vor Augen zu führen. Sofort drehte er sich wieder im unwirklichen Gerangel, das sie beide zusammengeschmolzen und auseinandergebracht hatte. Das große erste Mal? Von wegen. Ein Spuk. Ein großes Zerflimmern. Durch seine Überaufgeregtheit das große erste Mal im Unwirklichen versackt. Ihm fiel der Volksmund ein: Einmal ist keinmal. Genau! Es brauchte ein zweites Mal, um das erste Mal zu erleben!

Ein tröstlicher Einfall.

Beruhigt rollte er sich zur Seite.

Gerade wieder eingerichtet, verpasste sie ihm mit dem linken Ellenbogen einen Stoß in die Rippen, dass ihm der

Glaube an die Menschheit verging. Er schnappte nach Luft. Sie schlief immer noch. Da taten sich Dinge auf. Eli mochte schon im Wachen für manchen Alarm sorgen – im Schlaf gelang es ihr, Panik zu verbreiten. Wie war's bei ihm? Hieb er auch nächtlings um sich? Hielt er Reden? Packte er Koffer? Unbedingt klären. Er schlief ein.

Und wachte auf, weil Eli seine Brust beknabberte. Ihr Mund arbeitete sich von seiner Brust zum Hals vor, aber Obacht!, solche Wesen waren fähig, im Schlaf übergangslos Küsse wie Hiebe zu verteilen. In einem Moment nuckelten sie noch an deiner Hand, im nächsten bissen sie dir einen Finger ab, Augen immer schön traumtrunken zugekniffen, von vornherein entschuldigt …

Flucht hieß die Lösung. Er versuchte sich von ihr wegzubewegen. Sie drückte ihn in die Matratzenkuhle zurück, so zielsicher, dass er von einem blitzwachen Zustand ausgehen musste. Er erkundigte sich, ob ihr gefährliches Schlafgebaren eher die Ausnahme oder die Regel wäre. Sie hätte da, meinte sie aufgeräumt, tatsächlich einen Defekt: ihr fehlte ein Hemmstoff, der motorisch bremste, wovon sie träumte, weswegen sie augenblicklich losstrample, sobald sie im Schlaf die Flucht ergriff, oder um sich schlug, wenn ihr ein Monster ans Leder wollte.

Stichwort fehlende Hemmung. Die gute Seite der Nachricht für ihn sei, dass ihr Defekt überall gelte: dass sie im Wachen ebenso hemmungslos mache, wovon er träume. Unzensiert. Eine etwas schiefe Schlussfolgerung, aber wer wollte bei dem Angebot auf Logik pochen?

Schon gerieten sie ineinander, er verlor Samen, aber mehr wie einer, der auf dem Weg vom Fenster zum Kamin niesen muss. Eli flüsterte minutenlang an ihn hin. Er fand das alles einzigartig, schloss die Augen und versank.

Im Morgengrauen, als der Bruder mit seinem Frühstücksgeschirr klapperte, erfuhr Daniel, dass der Fürsorgliche es sich nicht nehmen ließ, kurz vor dem Gehen seinen Kopf durch Elis Tür zu stecken, ihr einen guten Morgen zu wünschen und sie bei der Gelegenheit zu informieren, dass es Zeit zum Aufstehen sei. Daniel malte sich das Handgemenge aus: Flüche, Fäuste, ein Küchenmesser, eine zerbrochene Flasche, Blut. Der Bruder ging, ohne bei Eli reinzusehen.

Jetzt schnell das Bett ordnen und ohne Frühstück ab, Eli in die Nonnenschule, Daniel ins »Beethoven«. Als Nachhall ein Durcheinander von Stolz und Zweifel: Da hatten sie sich geliebt, aber der Rhein war nicht über die Ufer getreten, Bonn von keinem Erdbeben erschüttert.

Einfach taktlos.

Dem Ereignis in keiner Weise angemessen!

Eli machte Daniel Geschenke. Daniel erklärte Eli seine Liebe durchs Telefon. Er war aufgedreht. Er war wild nach ihr. Wenn er im Bett gepatzt hatte, ließ sie es sich nicht anmerken. Sie schmiedete Pläne. Nicht nur für ihre nächsten Treffen – fürs Leben.

»Leben, mein Liebster, unser Leben!«

Sie plante für sich Lehrerin, Bio und Sport – und er? Das Gleiche, allerdings Musik und Kunst. Als Scherz. Nur dass er es zu seiner Verwunderung Tage später noch extra als Scherz verdeutlichen musste.

Bei ihren Zukunftsplänen ließ Eli wenig Spielraum – Beruf, Haus, Familie, Feierabend. Bei ihrer Suche nach Liebesgelegenheiten wurde sie umso einfallsreicher. Melanies Angebote lagen zeitlich zu weit auseinander, so probierten sie es am Rheinufer, in den Grünanlagen des Ennert, im Schutz des Riedgrases an der Sieg, auf Kottenforster Laubhügeln und Königsforster Nadelkissen, es funktionierte schon deshalb nicht, weil sie in freier Wildbahn »jeder Dahergelaufene aufstöbern« konnte: Sie beide nackt und womöglich gerade außer sich, die Vorstellung allein genügte Eli, um die Freiluftversuche nach und nach wieder aufzugeben, von all dem durch die

Luft schwirrenden, aus der Erde kriechenden Igittzeug zu schweigen.

Eli steckte Daniel unentwegt Briefe zu, die er lesen sollte, wenn sie nicht zusammen waren, damit er rund um die Uhr an sie dachte. Es handelte sich um Wortsirup auf Dünndruckpapier, winzige Buchstaben, nach links und rechts wogende, die Ränder steil ausschäumende Krakel, als hätte eine Armee besoffener Ameisen ihre Schnapsleichen auf dem Papier zurückgelassen. Nie unter sieben Seiten. Nachträgliche Einfälle, allerletzte Anrufungen in die freien Ecken gequetscht …

Daniel lag nach der Lektüre regelmäßig im Zuckerkoma.

Am meisten beschäftigte ihn die Heiterkeit, die Eli verbreitete. Gut aufgelegt kam ihm entgegen, aber so unerschütterlich fidel? Sie hatte ihn mitgerissen, ihn zu einer Sorglosigkeit befreit, die für Lust und Genuss Voraussetzung sein mochte, aber den Stachel seiner Schuld nie ganz herauszog, seine Skrupel nie völlig besiegte. Ihr verlässlichstes Jubelorgan blieb der Mund. Sie mochte »anstrengender Film«, »erschreckende Vorstellung«, »schwierige Situation«, »malerische Aussicht« sagen – was sie meinte, war »herber Film«, »gesalzene Vorstellung«, »pikante Situation«, »köstliche Aussicht« …

Jede Wahrnehmung galt ihr als Vorspiel für eine Gaumensensation, für ein Schleckerlebnis. »Lecker« war ihr letzter Maßstab – »lecker zufrieden« ihr Dauerziel.

Daniel fand sich damit ab, dass sie fühlte, was sie in ihren Briefen schrieb. Kein Elend der Welt konnte ihr länger als zehn Minuten den Appetit verderben. Über den Tag verteilt verschaffte sie sich tausenderlei Genüsse. Wenn es nicht gleich der Leib erschütternde Orgasmus war, halfen kleine Mundhöhlendetonationen aus der Konfektschachtel.

Daniel nahm es hin. Er liebte sie. Die Liebe brannte seine Störgefühle nieder. Zwar ertappte er sich dabei, sie ein »Heiterkeitsmonster« zu nennen, heimlich, doch dann beschimpfte er sich als Berufsnörgler.

Ihn verfolgte die Vorstellung, er könnte Eli mit dem Messer schneiden, sie schleckte noch wohlig erregt die Klinge ab … Ungerecht. Einseitig. Falsch. Und doch im Kopf verankert.

Wahrscheinlich besaß sie nur mehr Lebensmut. Was lief ihm denn ständig über die Leber? Die Schlote rauchten, die Brieftaschen schwollen, es ging ein Schunkeln und Gott-ist-wieder-bei-uns durchs Land! Eli schunkelte obenauf, und Gott war bei ihr, trotz ihrer vorehelichen Verfehlungen mit Daniel, vielleicht grade deshalb, weil sie so um die Wette vom Bett zum Beichtstuhl, vom Beichtstuhl zum Bett jagte und auf diese Weise mit Ihm in ständiger Verbindung blieb …

Sie ließen nicht mehr voneinander, so unvorteilhaft die Umstände auch sein mochten, bis sie endlich wieder in Elis Zimmer konnten. Wie umstandslos sie jetzt aus ihren Kleidern kamen, sich bewunderten, teils zärtlich, teils wild anfassten. Wie selbstverständlich sie jetzt ineinandergerieten! Die Gewöhnung machte Eli noch begehrenswerter. Bloß nie mehr aus diesen Umarmungen auftauchen müssen …

Eli brauchte von Daniel keine Liebeserklärungen mehr zu verlangen, sie fielen ihm leicht, kamen von selbst. Er liebte sie. Liebte sie aufrichtig und überraschte sie, als sie schon nichts mehr in der Richtung von ihm erwartete, mit heißen Offenbarungen. Er sehnte sich nach ihren Berührungen, mochte ihre Bereitschaft zu Wagnis und Schande, betete ihre frische Haut an.

Sie hätte das Zeug gehabt, die Heuchelei um sie her in Grund und Boden zu stampfen, aber offene Konflikte schmeckten ihr nicht. Sie erreichte ihre Ziele durch beharrliches Gängeln, durch das Verabreichen unauffälliger Giftdosen, die den Gegner zur Strecke brachten, auch wenn es etwas länger dauerte. Genau dadurch blieb genügend Zeit für Kaffee und Kuchen auf einem Rheindampfer, für erdbeerrote Sonnenuntergänge, Händchen halten, Küsse.

»Immer ein Türchen offen halten«, belehrte sie ihn, »immer einen Reservelöffel in der Handtasche haben, falls mal Besteck fehlt.« Wo unterwegs der Zucker ausging, zog sie ihren Kamellenvorrat aus der Tasche …

Atheisten waren für Eli verunglückte Menschen. Wenn sie durch den Friedhof am Petersberg bummelten – der Aussicht wegen – brachte Eli es fertig, ihre künftige Auferstehung zu schildern. Nach einer Andachtspause (sie saß geistig noch in einer Falte von Marias sternenübersätem Mantel) schlug Daniel leichenschänderische Töne an. Sie verfiel ins »Böckeln«, stand wie ausgepeitscht, ihr Kopf von ihm abgewandt, Abscheublicke aus den Augenwinkeln: »Normal dürfte ich mit solchen Menschen nicht reden!« Um sich bei der nächsten Heckenumfriedung weiter abtasten zu lassen.

Nach jedem Duschen fühlte sie sich auch innerlich gereinigt, gestand sie – es warf ihn um. Und doch beeindruckte ihn die Untrennbarkeit von innen und außen, die sie ihm voraushatte. Ihn beeindruckte auch die Wendigkeit, die es ihr ermöglichte, selbst ihre ständig getäuschten Eltern zu ehren, wie es die Bibel empfahl. Noch in den Momenten, wo sie deren Gebote unterlief, empfand sie sich »im eigentlichen Sinn« als folgsame Tochter.

Eine Debatte über die jeweiligen Vorzüge von Natur- und Geisteswissenschaften, zwischen denen Enno sich glaubte entscheiden zu müssen, bevor sie ins letzte Schuljahr kamen, fasste Enno so zusammen: »Es gibt die klassische Logik, die klare Ansage vom ausgeschlossenen Dritten, aber Hegel sei Dank gibt es auch die Dialektik, die uns den Gang unserer Geschichte hundertmal besser erklärt.«

Daniel plagten andere Probleme, die er Enno nicht weniger geschwollen anhängen wollte: »Und wo beide scheitern, gibt's immer noch die Elik.«

Damit konnte nun Enno wieder nichts anfangen.

Zwischendurch wurde Eli auch sprachschöpferisch, nannte Daniel plötzlich ihren »Schmatz«, ihren »Nougatti«. Ihre sexuelle Gier, die keine Hürden duldete, ob sie ihre Tage hatte oder er einen Jahrhundertschnupfen, versöhnte ihn mit solchen Mampfwörtern. Sie genoss ihre Wirkung, die sie, meinte sie, seit ihrer ersten Nacht mit Daniel auch auf andere Männer ausübte, als sei sie in eine Wolke von Lockstoffen gefallen.

»Irgendwie lesen sie mir's vom Leib. Sogar unser Kaufmann, der mich noch mit Zöpfen kennt, sieht mich neuerdings so speziell an. Ich glaub, die wittern das. Fantastisch. Ich beeindrucke die Männer. Nur immer die falschen! Das ist mein Kummer.«

Sie lachte.

Ihr Kummer war immer die Vorstufe zu einem Scherz.

Ansonsten bestach sie durch solide Alltagstauglichkeit. Schon wenn er ihr nachblickte, wie sie davonging! Er hatte noch nie jemanden gesehen, der einfach so davonging, schon gar nicht, wenn er verliebt war – so ohne letzten Blick über die Schulter, ohne Winken. Sie trafen sich, unterhielten sich, küssten sich. Es flossen Tränen des Zorns, Tränen der höchsten Befriedigung, es konnte heftiger als auf der Achterbahn werden, doch beim Abschied ging Eli wie eine Lohnarbeiterin nach Abstempeln der Stechuhr vom Gelände – plink und ab.

Er faltete ihren letzten Brief auf dem Küchentisch auseinander, währen Birke und Martina bei den Nachbarn Peter Frankenfeld guckten … »Heute weiß ich, welche große Bedeutung der Abend und damit meine große Liebe zu Dir hatte. Ich habe eine feste Mauer um unser Glück gebaut. Wer versucht, dort einzudringen, stößt auf Widerstand. Wenn ich allein im Bett liege, träume ich immer vor mich hin. Liebling. Ich spreche mit Dir und es scheint, als ob ich dann die besten Briefe verfasse. Du bist mir dann fast greifbar nah, und manchmal will ich mir dann einbilden, Du wärst tatsächlich bei mir, und plötzlich streichelt mich deine Hand. Es ist ein wundervoller Traum, oft viele Nächte hintereinander. Aber ich erwache daraus, und ich bin alleine im Raum, und eine gähnende Leere starrt mich an, die mich ganz zur Verzweiflung bringen könnte. Oft weine ich und dann fühle ich mich etwas besser. Ich flüstere Deinen Namen, aber es gibt keiner Antwort. Ich weiß vor dem Traum genau, wie ich mich fühle, wenn die Wirklichkeit mich wachruft, und trotzdem glaube ich immer wieder, dieses Gefühl, das ich ja selbst in mir hervorrufe, und das mich nachher so erschüttert, könnte mich für kurze Zeit mit Dir verbinden ...«

Beim nächsten Treffen gestand sie ihm, dass es aus sei.

Zur Erklärung erwartete er einen Wortschauer. Er irrte. Es folgte ein Wortgewitter. Immer wieder bestätigte sie ihm, als er über ihr lag, in ihr Ohr hechelte – Sex und Abschied schlossen sich bei ihr nicht aus, – dass er für sie zu verschlossen, zu undurchsichtig wäre, dass mit ihm keine vernünftigen Pläne gemacht werden könnten, dass er keinen ordentlichen Glauben hätte, dass er womöglich keine Kinder mochte, dass ihm Verantwortung abginge, dass bei ihm keine Geborgenheitsgefühle aufkämen, dass ihn die Grübelmikroben nochmal auffräßen, dass er nicht nur ohne Berufswunsch wäre, sondern überhaupt viel zu ziellos vor sich hin lebte ... Und so fort im sich überschlagenden Stakkato.

Die Gründe schlugen wie Peitschenhiebe auf ihn nieder, während ihre Beinschere um sein Becken pumpte. Er war sprachlos. Andererseits nicht ernsthaft verwundert. Was hatte er sich eingebildet? Mehr als ein Durchlaufposten konnte er für sie nicht sein, sowieso nur aus Not an Stelle des umschwärmten Enno angenommen, und nun für den eigentlich zu wünschenden Ehemann wieder fallen gelassen – jenen Medizinstudenten oder Juradoktoranden, der von seinem Glück, um ihre Hand anhalten zu dürfen, noch nichts wusste, ihr aber nicht entkommen konnte.

Dieser eigentlich Gemeinte lief nicht mehr lange ungebunden herum! Er mochte unterschiedliche Gestalten annehmen, mochte sich zuerst noch an die Tellermütze der Unitas-Rhenania gewöhnen, die ihm wie eine Kindertorte am Vorderkopf pappte, mochte ihr was Berechenbares, Zukunftsträchtiges bieten, vor allem etwas über das Niveau der Autoschrauber hinaus, zu denen es Daniel hinzog, irgendwann würde es dann schon der eigentlich Gemeinte werden.

Handwerker? Bäcker? Frittenbudenbesitzer? O nein. Eli mochte keinen, der nach dem roch, was er tat. Mehr noch: »Wer bei der Arbeit schwitzt, hat seinen Beruf verfehlt; schwitzen soll er, wenn er mich bearbeitet! Punkt!«

Es folgten Mahnungen, Tränen, neue Anstürme … Daniel hob Elis Gesicht vor seines, betrachtete ihre verweinten Augen. Sie sah so aus, wie er sich fühlte. Ihre wilden Umarmungen schienen unvereinbar mit ihrer Absicht, ihn fallen zu lassen. Er suchte nach Sätzen für eine versöhnliche Trennung. Sie forderte Fassungslosigkeit, Wut. Wenn sie was in Gang setzte, erwartete sie Gefühlsausbrüche, Hemden zerreißende Szenen, da durfte er sie jetzt nicht enttäuschen. Schrei mich an, flehten ihre Augen, verbims mich, das ist das Wenigste! Ihre Argumente erschienen wie Reklametafeln für längst vom Markt verschwundene Produkte. Nichts passte. Er schwieg. Sie ging. Verunglückte letzte Küsse.

In der Nacht wurde Daniel aus dem Bett geklingelt. Eli stand vor der Tür. Sie musste ihn noch einmal verabschieden. Es regnete. Eisregen. Sie gingen zu ihrem Stammplatz am Rhein. Statt Worte schossen zunächst ihre Zungen aus den Mündern. Lust flackerte ohne Zusammenhang. Ihre Körper unterhielten sich unabhängig vom Trennungsanlass. Elis Mundhöhle besaß ein Eigenleben. Daniels Lenden zuckten, während Eli noch einmal die unüberbrückbaren Gegensätze aufzählte. Feine Eiskörner nadelten über ihre Gesichter. Daniel war ernsthaft fertig mit der Welt. Die Lichter der

Schlepper zogen Eiterspuren durchs Wasser. Der Fluss roch faulig. Die Weiden schlugen ihre Äste gegen den Stamm, als Wind aufkam. Es durfte nicht sein.

Nie.

Erstes Telefonat nach Wochen.

Vater: »Koch.«

Daniel: »Kann ich Eli sprechen?«

Vater: »Wer ist denn dran?«

Auflegen.

Zweites Telefonat, fünf Tage nach dem ersten.

Mutter: »Maria Koch, hallo.«

Daniel: »Kann ich Eli sprechen?«

Mutter: »Wen?«

Daniel: »Eleonore.«

Mutter: »Und wer sind Sie?«

Auflegen.

Drittes Telefonat. Vater. Auflegen.

Viertes Telefonat. Bruder. Auflegen.

Fünftes Telefonat. Eli.

Eli: »Ja?«

Daniel: »Hier auch Ja. Ich kann nicht ohne dich.«

Eli: »Ich weiß.«

Auflegen.

12. Februar.

Festhalten: Am 12. Februar nie mehr Verbindung zu irgendwem aufnehmen!

Sonntag … Die Daumen am Gürtel rannte Daniel durch Bonn, die vorläufige Hauptstadt, nur dass »vorläufig« allmählich in den Köpfen der politischen Zuträger verblasste, die von ihren Villen am Venusberg herab in eine begüterte Zukunft blickten. Er sah sich um. Das Zentrum leergefegt. Eisluft über dem sonnenbestrichenen Pflaster. Bäume zeigten kinderkopfgroße Warzen, gespickt mit Asthaar. Stockstill eingefensterter Horizont. Verampelte Fluchtwege. Schmelzwasserpolierte Dächer. Abgelederte Türgriffe. Das Panorama einer Musterstadt: Bonn in Schale …

Keine Zeitung lag vergessen in den Abfalleimern. Die letzten Bananenschalen waren von den öffentlichen Bänken entfernt – sogar die Dreiliterbomben vorm Kaufhofeingang aufgelesen, Weinflecken weggewischt. Drahtbesenscheiben vereitelten jeglichen Verschmutzungsversuch zwischen Straße und Rinnstein. Den städtischen Säuberungskolonnen entging nichts. Panzerartige Fahrzeuge schäumten mit frontalen Wasserdüsen die verstecktesten Staubkörnchen aus dem Pflaster. Dann wurden Schleifräder ausgefahren, die die Kanten der Bürgersteige nachfrästen. Saugrüssel schnüffelten, über flexible Hebelarme gesteuert, sämtliche

Winkel ab, zogen dank ihrer enormen Atemtechnik sogar allzu nachlässig eingeschlagene Nägel aus allzu qualitätsarmem (Import!)-Holz. Was diese Reinigungsorgie überstand, konnte als nationales Aushängeschild verwendet werden.

Fenster geputzt, Läden verriegelt, Hälse gewaschen, Gesichter geschlossen. Vereinzelte Passanten erschraken darüber, ausgerechnet jetzt nicht woanders zu sein. Jedes herankleckernde Auto wusste, was es anrichtete. Es verdünnisierte sich so unaufwendig wie möglich.

Hat Hölle Idylle?

Kennt die Hölle saubere Vorgärten? Beschäftigt die Hölle Parkdekorateure? Zieren die Hölle Zebrastreifen? Verwenden Teufel Autopolitur? Kann der Strom in der Hölle dem Rhein das Wasser reichen? Winkt Satans Brut von bewimpelten Ausflugdampfern? Ist in der Hölle kein Wölkchen am Himmel? Kann dies die Hölle sein oder besudelte Daniel nur einen rechtschaffenen Ort mit seinem wirren Innenleben?

Er. Hier. Verloren. Zum Heulen. Aber irgendwie ja auch schön. Edle Einsamkeit. Ab und zu meldete sich sehr wohl eine am Bestehenden rüttelnde Fraktion, ein empörtes Wir, das Anhänger suchte, durchaus auch mit annehmbarer Einstellung, dennoch mied er ihr Lagerfeuer. Es gab keine Gruppe, bei der er nicht in Versuchung geriet, bestimmte Mitglieder umzuholzen. Nur so. Obwohl er Geborgenheit suchte. Um sich vergewaltigt zu fühlen, wenn er sie bekam.

Er ging am Münster vorbei, auf die Post zu. Vor dem Postgebäude stand dies Trumm von Beethoven, in Grünspantränen aufgelöst, großräumig umpflastert. Liebreiches Bonn. Kanonen als Abfalleimer an der Rheinpromenade.

Kekulé vor den Chemischen Instituten. Ernst Moritz Arndt am Alten Zoll, Hand mahnend erhoben: »Der Rhein – Deutschlands Strom, nicht Deutschlands Grenze.« Gottfried Kinkel im weißen Faltenrock, der bei näherem Hinsehn gar kein Rock, sondern eine Säule sein sollte. Sogar im Viktoriabad sprang ihn gleich am Eingang ein Steinriese an: Bronzegebärden, Erzfiguren, Marmorköpfe … Klotzmale der Geschichte, zwischen denen sein Leben verzappelte.

Kundenhungrige Taxifahrer ließen ihre Wagen im Schritttempo durch die Poststraße gleiten, Kopf zur Abmusterung der Passanten vom Verkehr weggedreht – den Profis reichen Augenwinkel zur Straßenüberwachung. Und wirklich winkte ein Herr, ursprünglich zwar nicht dem Taxi, aber als es hielt, fügte er sich der Situation, stieg durch die aufgeklappte Tür, als habe ihn das Auto durch die Öffnung angeschrien: Mir winkt hier keiner ohne einzusteigen!

Eckkneipen, Kaffeebuden, Stehstuben. »Tüt Pomm, Tass Kaff, zwo Mack, bis dann …« Kleine Pinte, honigbraunes Butzenglas, runder Messingknopf an der eingehakten Tür: Blick frei aufs Stammpublikum. Glühende Menschenbirnen unter verkokelten Querbalken. Eine geschwollene Hand lag auf dem Automaten, verdeckte die rotierenden Zahlen: brauchte keiner zu wissen, wie knapp das Glück vorbeidrehte, am wenigsten der Spieler selbst.

Jugend? Jugend war der Deckname für Galgenfrist. Die Spanne, bis der Hammer des Richters niedersauste und der Angeklagte am Haken eines Berufs baumelte, alle sonstigen Fähigkeiten von der Seele gehäutet. Noch eine letzte pubertäre Krise? Der Blaumann, die Bäckerhose, die Dachdeckerjoppe, der Arztkittel, die Anwaltsrobe entlarvt als Windbeuteltracht?

Im Mittelpunkt der Theke hatte sich der Profi aufgebaut. Sein kleiner Finger hielt ein Kornglas über den Bierglasrand: Korn floss beim Trinken ins Bier, vom Bier in den Unterlippenbeutel, wurde durch die Zähne gesogen und mit einem Schmatzlaut der inneren Kanalisation übergeben.

Der Aktivkapseltyp federte vorbei, rutschte vor Daniel aus und zerblätterte im Fall zur Kontonummer.

Schwere Vorhänge mit speckigem Ledersaum rahmten den Eingang zur Luxusbar, wo sich Wansti und Pfeifzahn in Ermangelung anderer Organe am Geldbeutel melken ließen.

Ein Volk, bekehrt, belehrt, aus den Ruinen gekrochen, hatte sich in die Weltrangliste zurückgeboxt: Wo bitte blieb die Belobigung? Wo standen die jungen Beifaller? Verflucht seien die Undankbaren, die Weghörer und Stimmenthalter …

Wansti und Pfeifzahn trugen Naturseide, Siegelringe, Wildleder. Die Jungs im Viertel trugen umgeschlagene Jeans, Nickis und Eisenplättchen unter den Schuhsohlen. Die Jungs sahn ein Mädchen auf der andern Straßenseite und blökten, um nicht immer dasselbe zu blöken, »Holla!« Statt »Hallo!« Dabei warfen sie die Arme in die Luft und vollführten alarmierende Wischbewegungen.

»He, Püppi, hast'n echten Gehfehler!«

»Wie bitte?«

»Gehst nicht mit mir!«

Und geht auch schnaubend an den schenkelklatschenden Jungen vorbei.

Er hörte die Landesväter rufen: Besetzt rasch, besetzt ehrfürchtig die Plätze der Weggeschossenen! Überbrücker ihr! Generationslückenfüller! Die Fahne braucht Träger, die Hymne braucht Sänger, die Partei braucht Glieder … So kommt doch heran, packt an, macht mit, ihr Baldmündigen, ihr positiv Kritischen, ihr Macher mit Augenmaß, ihr Zurater, Aufbauer, ihr Anteilnehmer voll Klatschmut, voll Beipflichtungswumm! Ja! Wo seid ihr?

»Du sähst, ding Frau is duud?«, meckerte der eine Junge seinen Freund an, »da löhvtse doch!«

Und lief auch weiter.

Bonn. Nabel des neuen Staatenleibs. Klein. Unbescholten. Ruhig. Dem Diesseits verpflichtet. Im milderen Westen gelegen. Statt preußischer Stiefel die rheinischen Winzerschluppen. Statt Fernraketen Karnevalsknaller. Französische Lebensart im Eisenfresserland! Zum Wachsen ohne Aufsehen wie erfunden. Fröhliches, tiefreligiöses Städtchen. Zartes Nabelknötchen zum Beleg für die gelungene Neugeburt.

Und die Jungs brüllten »Holla, Bübü!« Statt »Hallo, Baby!« Und sie zuckten vor der von einer eingebildeten Kreatur aus der Tiefe des Häuserdschungels gegen ihr empfindlichstes Weichteil geschleuderten Kokosnuss zusammen, markierten den getroffenen Tarzan, fuhren sich beidhändig zwischen die Beine, krümmten sich, jaulten: »Dschäni, Dschääniiiiii, wer hat mir die Knollen zerdeppert?« Kaum drehten sich Passanten nach ihnen um, drehten sie sich mit ihnen um, um die Brüllflegel mit der gleichen kopfschüttelnden Entrüstung hinter sich zu suchen, wie die vor ihnen bei ihnen.

Der neue Staat wollte Daniel. Er brauchte nur zu nicken. Er besprach sich mit seinem Vater. In der Verlassenheit war der Vater wieder Ansprechpartner. Doch das Bild des Vermissten hatte sich verwandelt. Der Vater lag mit geborstenem Schädel, zur Seite gekrümmt, im Schnee, blutete aus dem Mund, die Augen zugeschneit, bewegte die Lippen und sagte: »Junge, lass mich doch endlich in Ruhe. Du siehst ja selbst.«

Bonn in Wechselstimmung. Irgendetwas lief nicht mehr rund. Der Gehorsam der Untergebenen bröckelte. Neues musste her. Aber nicht ohne die alten Tugenden. Daniel erreichte den Marktplatz. Die Liebe hatte ihn verlassen. Endlich sah er sein Land wieder unverfälscht: von einem Mumienkabinett beherrscht, von einer verlogenen Gefolgschaft verteidigt. Seine Enttäuschung schenkte ihm den verlorenen Durchblick zurück. Ja doch. Erinnere dich! Die Schurken haben immer noch freie Bahn! Fast hätten sie ihn eingelullt. Fast. Vorbei. Nicht mit ihm! Seine Niederlage wirkte wie ein Scheibenwischer; er sah die Gespenster seiner Zeit hassgeschärft aus den Steinen wachsen, den Kreis der alten Männer, einen senilen Zirkel, im Volk auch Chor der hohlen Knochen, Kalksockenbande, Trottelklub und Tölpelverein genannt. Ihre Botschaft war simpel: Schluss mit aller Nestbeschmutzung! Neues Selbstbewusstsein muss her. Gemeinsam bejubeln sie den »an Kopf und Gliedern erstarkten Staat«.

Ja doch! Die Väter. Die Vorfahren. Daniel lernte ihre Vokabeln, ihre Sichtweisen, ihre Gegner kennen. Er fand sich nicht gleich mit den öffentlichen Feinden ab. Das waren seine Flegeljahre. Sie wurden ihm gewährt. Dann musste

Reife kommen! Dann musste er ihre Tonlage treffen, ihre Gedanken übernehmen, ihre Ansichten teilen. Abweichungen wurden immer ungeduldiger verfolgt. Wie? Immer noch zögerlich, nach so vielen Jahren guten Zuredens, großzügigen Zuschießens? Sollte das ganze Geld, das man ihm vorgeschossen hatte, verpulvert sein?

Welche Ansichten er auch ausprobierte, sie kamen ihm im nächsten Moment schon wieder verdächtig vor. Reife? Was sonst als der Wendepunkt, an dem wir uns mit uns abgefunden haben! Reife hockt auf einem Leichenberg ermordeter Möglichkeiten und versucht, ihm den Kadavergestank als Duft der Besten aller Welten anzudrehen …

Nein, hört her, ich wehre mich gegen diese Wiederbewaffnung mit Staubsaugern, elektrischen Türöffnern, Zäunen und Achselsprays. Habt ihre eure eisernen Kolonnen nur hinter die Wolken zurückgepfiffen, um vorübergehend im Büßerhemd die gleiche Treibjagd wieder aufzunehmen? Aufgepasst! Mich schleift ihr nicht zwischen befehlen dürfen und gehorchen müssen platt!

So peitschte Daniel herrlich schneidende Anklagen gegen die polierte Sauberkeit, die ihm bitter aufstieß, weil er nicht mehr dazugehörte. Ein durchsichtiger Abgesang. Alles nur, damit die Umgebung wieder zu seiner verabscheuten, gleichzeitig trotzig gehätschelten Verlassenheit passte.

Die Besinnung auf den Vater als Begleiter für schlechte Zeiten hatte sich zur Pose entwickelt.

Er fühlte nach; es meldete sich weder Schmerz noch Bedauern.

Daniel wollte unauffällig untergehen. Birkes überspannte Erwartungen ließen sich nur durch Versagen lösen. Als ihn die Lehrer endlich in einem außerordentlichen Konferenzbeschluss der Schule verwiesen – es hatte ihn einiges gekostet, sie so weit zu bringen – tauchte Birke auf und vermasselte alles.

Einmal mehr erlebte Daniel, zu welchen Auftritten sie fähig war. Der Direktor wollte die Unterredung allein dafür nutzen, in Daniels Beisein noch einmal sämtliche Unzumutbarkeiten aufzuzählen, deren er sich schuldig gemacht hatte. Da geschah es. Birke wuchs in den Raum, bis sich die Fenster bogen. Sie sog den Mann in ihr Energiefeld und sprach: »Herr Professor Grenzmann, der Junge steht ein Jahr vor dem Abschluss. Sein Betragen mag ungewöhnlich, streckenweise ungebührlich sein, aber sehen Sie, die Leistungen lassen hoffen, dass er sich im Studium wieder fängt. Ihm diese Chance zu nehmen und mich damit zu strafen, Herr Professor, wo vieles doch nur den Schwierigkeiten geschuldet ist, die uns alle verfolgen! Ich tu es ungern, aber als Mutter habe ich keine andere Wahl. Der Junge kommt mit einer nachdrücklichen Empfehlung des Sohnes von Professor Litt, seine Zeilen erklären alles. Hier Herrn Litts

Schreiben an Sie. Lesen Sie und verstehen Sie meine Lage!«

Bei dem Wort »Litt« ging der Direktor in Habachtstellung. Es handelte sich um seinen verehrten Freund und Hochschulkollegen Theodor Litt, dessen Sohn, einem »vom Schicksal gezeichneten« Kriegsversehrten, er doppelt verbunden war. Er überflog die an ihn gerichteten Zeilen, verblüfft, am Ende umgestimmt. Birke hatte das Schreiben von Litts Sohn bekommen, für den sie Arbeiten tippte, weil ihre missliche Lage in der Tat offensichtlich war. Nachdem sie die Aufmerksamkeit des Direktors gewonnen hatte, legte sie selber los, sie, das Leib gewordene Schicksal der deutschen Nachkriegsfrau: den Mann verloren, aller Güter beraubt, in den Staub gedrückt, mit verstörten Kindern allein gelassen, zur Arbeit verdammt ... ihre Augen füllten sich mit Wasser, ihr Blick blieb aus Stahl. Die Möbel schmolzen, die Wände zitterten. Es war atmosphärisch. Es war unentrinnbar. Die Sache war entschieden.

Daniels Klassenlehrer, Hauptbetreiber von Daniels Rausschmiss, steckte gerade den Kopf durch die Tür, als witterte er seine Niederlage, machte einen langen Hals und erhob seine Stimme, um die Beteiligten daran zu erinnern, dass Daniel unter keinen Umständen ... immerhin sei er der stellvertretende ... müsse auch im Namen der Kollegen ... habe speziell dem entnervten Religionslehrer Doktor Reifferscheid in die Hand verspro ---

Da schlug ihm Grenzmanns Entscheidung wie eine trockene Ohrfeige entgegen, der Junge bleibt, alle weiteren Einwände zwecklos.

Zuhause gab es das abendliche Trauerritual. Die Mutter brach zusammen, Daniel senkte den Kopf, verkapselte seinen Blick und konnte kein Essen anrühren. Was genau das Unglück war, das sie gemeinsam niederzwang, blieb rätselhaft. Äußere Not war's nicht mehr.

Am Ende schwieg jeder am anderen vorbei. Wahlweise flogen Sätze wie Schwerter. Was immer man plante, jeder Entschluss erwies sich als Missgriff. Hätten Schläge geholfen? Gegen wen? Es ging nicht. Für Gewalt war bei Daniel die Straße zuständig. Die familieneigenen Foltern wogen schlimmer. Sie schraubten sich gegenseitig in den Abgrund.

Daniel wechselte bruchlos vom Tanz auf der Straße zur Bettlägerigkeit im Haus, und wie beim Chamäleon kamen beide Tarnungen aus demselben Leib.

Es gab einen, den Daniel besser nie gekannt hätte: Gerd Neuner. Eine Spottfigur. Lief noch im Hochsommer mit einem Gummimantel über den Schulhof. Eine Lachnummer, unbeholfen, unbeliebt, nicht nur von den Schülern geschnitten, sondern auch von den Lehrern abgelehnt. »Der Gerd ist sein eigener Schatten.« Blass. Unscheinbar. Obendrein verschrien als Waffennarr, was zu noch derberen Hänseleien reizte. Nicht dass er Waffen in die Klasse brachte, das hätte die Schulleitung alarmiert, es sprach sich nur herum, wenn er mal wieder Kugeln über die Wasseroberfläche eines Baggersees feuerte, Magazine an Sandhügeln leer schoss, Pistolen zu Gewehren verlängerte und damit auf Fische zielte, die er in der Sieg zu entdecken glaubte. Bei einem Feuerduell mit einem Baukran zerfetzte ihm eine zurückprallende Kugel den Hals.

Die Klasse nahm geschlossen an Gerd Neuners Beerdigung teil. Mitleid mochte kaum aufkommen. Daniel schimpfte innerlich mit: Nulpe … selber schuld … hat nie richtig getickt … das war's …

War's das? Daniel schmerzte der Verdacht, dass diese wandelnde Null – nicht er, Daniel, das Feuermaul – versucht hatte, sich dem Vater real zu nähern, absurder Gummimantel, frisch gewachste Koppel und Waffen, als ginge es zum Karneval, gegen alle Spöttereien der Umwelt. Diese Trantüte also hatte dem Vater den eigenen Leib zur Verfügung gestellt, wollte den Vater in sich auferstehen lassen und lief dafür Spießruten.

Während Daniels Hände lieber zwischen Mädchenschenkel strichen, als am Griff einer Waffe festzufrieren.

Gerd hatte es auf sich genommen, auch und gerade durch den Umgang mit Waffen die Gefühle eines Soldaten in sich auferstehen zu lassen, zu erleben, was bei jemandem mit einem Schusseisen in der Hand vorging, zu erleben, nicht nur sich auszumalen, wie Daniel, und sich dabei sogar der Lust zu stellen, die damit verbunden sein konnte. Ist es die Lust seines Vaters gewesen? Gerds Vater hatte den Polenfeldzug als Freiwilliger mitgemacht, sich durch besondere Tapferkeit ausgezeichnet, war an die Westfront versetzt worden und in Frankreich gefallen. Aus Sicht des Sohnes mochte man dem Kampfbegeisterten zurufen: Hättest du mal lieber hie und da die Rübe eingezogen, dann hätte ich auf die Kopie eines Toten verzichten und einem Lebenden nacheifern können …

Wie auch immer, Gerd hatte ausgelebt, was Daniel lediglich im Kopf wälzte und hinter seinem Jeans-Kostüm versteckte.

Ein einziges Mal hielt Daniel eine Pistole in der Hand, als Helga ihm die »Sauer&Sohn« zeigte, die ihr Vater, der Bäcker, den man nur mit Brötchen und Obstkuchen in Verbindung brachte, unter Sockenbergen versteckte: eine am Metallgriff geriffelte Waffe, die »ihren Dienst getan hatte« und Daniel schon bei der ersten Berührung restlos aufwühlte. Helga, bestürzt über seinen veränderten Ausdruck, nahm ihm die Pistole sofort wieder ab und wickelte sie ins Tuch zurück.

Noch Tage später spürte er die »Sauer&Sohn« in seiner Hand. Er hätte sie sich besorgen, in den Mund stecken und abdrücken sollen. Er fühlte sich ewig angewürgt und nie zu Ende erstickt. Er wollte ausziehen, bevor er Birke zusammenschlug oder einem Mitbewohner im Treppenhaus kochendes Wasser ins Gesicht schüttete.

Um gar nicht erst für eine akademische Karriere in Frage zu kommen, die den Vergleich mit Vaters Fähigkeiten heraufbeschworen hätte, schmiss Daniel die Schule. Ein halbes Jahr vor dem Abitur, in der Tradition von Martina, nur aus anderen Gründen. Birke vergrub sich noch tiefer in ihre Schmerzen, sofern das möglich war, zusätzlich von Daniel mit dem Verbot belegt, keine erneuten Rettungsversuche beim Direktor des »Beethoven« zu starten. Auch nicht heimlich, hinter seinem Rücken! Dann würde er zum Affektmörder. Ob er wisse, was er sich damit verbaue?, drohte Birke finster. Und er: Genau das wolle er sich verbauen! Damit er nie mehr in Versuchung komme. Für was?, forschte sie verzweifelt, für was? Für was in der Familie noch nie Dagewesenes, gab er zurück.

»Straßenfeger!?«, rief sie.

»Zum Beispiel«, meinte er.

Birke nahm es als einen weiteren Höhepunkt in der Serie ihrer Verluste. Was hatte all das Rackern, der bescheidene Wohlstand gebracht? Sie steckte aus ihrer Sicht so tief im Elend, dass es zu keiner echten Empörung mehr reichte. Daniel befreite sich von ihrem Druck. Er taugte weder zum Vaterersatz noch zum Racheengel für ihre erlittenen Abstürze.

Zuhause wurde sein Lieblingswort egal. »Alles egal.« Keinen vernünftigen Schulabschluss? »Egal.« Die Wege zu höheren Posten verbaut? »Egal.« Zukunft im Eimer? »Egal.« Mit seiner verdammten Egal-Haltung noch im Knast landen?

»Egal ...«

Um nicht weiter bedrängt zu werden, entwarf er Birke zuliebe folgenden Plan: Zwei, drei Jahre Auszeit, mit der Erziehungsbeihilfe ein eigenes Zimmer mieten, anschließend Briefträgerlehre, Ausbildung zum Bademeister, Hauptsache was Ganzkörperliches. Birke nickte verletzt, gab sich vernichtet. Er stellte verwundert fest, dass sich in ihm nicht der leiseste Drang regte, sie zu trösten.

Unter dem Vorwand, sich den lang ersehnten Berufswunsch eines Reiseleiters zu erfüllen, belegte er Französisch und Englisch an der Berlitz Schule, wo sich in den Morgenkursen Menschen trafen, die nichts mit sich anzufangen wussten, während sich in den Abendkursen Menschen trafen, die unbedingt was mit anderen anfangen wollten.

Noch finanzierte der Staat solche Drückebergerausbildungen, sofern die Formalitäten stimmten. Daniel bekam als Halbwaise monatlich dreihundertzwanzig Mark, zahlte achtzig Mark für ein möbliertes Dachzimmer in der Röckumstraße – Stadtteil Poppelsdorf – aß in der Mensa für eine Mark, verpichelte den Rest bei Franz, dem Wirt der gemeinsamen Stammkneipe von Enno, Nora, Holger, Siggi, Gundel, Ulla und ihm.

Das Beste an der Berlitz Schule war ihre Lage: Alle Fenster gingen zum Marktplatz. In den Pausen flanierte Daniel auf vertrautem Pflaster, amüsierte die so genannten Sprachschüler bei einem Kaffee am Stehtisch mit gezielten Schwachsinnigkeiten, vier Mädchen und drei Jungen, ein verschlafener Haufen, an Lustlosigkeit nur vom Lehrer übertroffen, der ausschließlich in seiner Muttersprache unterrichten durfte und in Gebärden flüchtete, wo die Verständigung einbrach.

Ansonsten versuchte Daniel, sich gut zu bewegen, das Straßengedränge stilvoll zu meistern, niemandem in die Augen zu sehen und von keinem angesprochen zu werden.

Am liebsten starrte er aus dem Fenster seiner Mansarde auf die dörfliche Szene des für ihn neuen Stadtteils, dieses irgendwie anrührenden, streckenweise einfach nur bekloppten Poppelsdorf.

Die Kluft zwischen seiner körperlichen Kraft und dem unnützen Zeug, das er damit anstellte, erstaunte ihn nicht. Hundertfach angeknackst, nirgends gebrochen. Bereit, sich ohne Anlass zu prügeln, nicht aber, Briefe vom Ordnungsamt zu beantworten.

Er übte den fetzigen Gang, den unwiderstehlichen Blick, die beeindruckende Art, eine Tür zu öffnen, um eine Ecke zu biegen. Sein Haar sollte durch Brillantine den Lackhelmen der Polizei Konkurrenz machen. Er schmückte sich mit allen Requisiten der Abwehr. Er drehte auf, wurde am Stammtisch witzig, geschwätzig, verbreitete beiläufig Gerüchte über sich und lauerte auf das eine oder andere echte Wort.

Freundschaften … Wie kamen Freundschaften zustande? Man sah sich über Jahre, erschien an den gleichen Plätzen, kannte die gleichen Leute ... Die räumliche Nähe, die gemeinsamen Erlebnisse, die ähnlichen Probleme ... Man stand zusammen herum, machte Ausflüge, ging tanzen, reparierte Mopeds, sprach sich aus, und irgendwann hatte man dieses Leuchten in den Augen, sobald der andere um die Ecke bog ...

Gute Gespräche. Sie kamen vor, doch eher aus Versehen – meist rutschten sie in diesen kostbaren Zustand über endloses Gelaber, keiner wusste wie, vielleicht aus Müdigkeit, aus reinem Überdruss, vielleicht, weil einer versehentlich in einen Ton verfiel, der eine Kettenreaktion von Ehrlichkeit auslöste, jedenfalls ergab sich plötzlich ein Austausch, der die Beteiligten zu einem gemeinsamen, überpersönlichen Leib zusammenschmolz.

Dann setzte Ausnüchterung ein, oft schon nach wenigen Minuten, und jeder fiel auf sich zurück.

Die engere Freundschaft mit Enno entstand durch ein Gespräch, unweit der Schule, jeder an sein Fahrrad gelehnt, gerade dabei, nach Hause zu radeln, aber irgendwie von der Sommerluft eingelullt, bewegungsfaul in der Abendsonne, entschlossen, die Zeit totzuschlagen.

Fünf Stunden später standen sie immer noch da, im Laternenlicht, verblüfft von den gegenseitigen Gemeinsamkeiten, ob Schule, Krieg, Liebe, Glaube, Wissenschaft, Amerika oder Vorgartenzwerge. Ohne Lösung für irgendwas. Das war das Beste daran: die Begeisterung über einen Austausch, der keine Antworten lieferte und doch befriedigte. Es waren auch kaum die Inhalte, die sie beglückten, es war der ruhige, zugewandte Ton. Daniel radelte weg, als hätte er mit jemandem ein gelungenes Musikstück aufgeführt.

Sie hatten Winter- und Sommerbäume verglichen: Was imposanter, was eindringlicher aussah, und warum. Dann folgte der Rundschlag über alle Themen, die sie bewegten, bis zum Für und Wider des kollektiven Ausrastens beim Karneval … Und plötzlich sagte Daniel: »Selbst wenn mein Vater als ausgewiesener Kriegsverbrecher heimkehrte, ich würde ihn an mich drücken, so eine Sehnsucht habe ich, diesen Mann in meinen Armen zu halten.«

Es brach ohne Zusammenhang aus ihm heraus, aber inzwischen gehörte alles wunderbarerweise irgendwie dazu. Ab einer bestimmten Phase redeten sie, egal über was sie redeten, über sich, und Enno sagte: »Wir sind nun mal die Scharniergeneration, zu spät gekommen, um über den Krieg mitreden zu können, zu früh für ein neues politisches Bewusstsein. Es gibt so Lücken. Wir gehen für die Späteren ein als die Deppen mit den Mecki-Frisuren, den Nietenhosen, den pastellfarbenen Nierentischen und schockfarbenen Hula-Hoop-Reifen – und selbst das ist alles importiert.«

Und Daniel: »Was ist falsch am Scharnier? Muss denn gleich die nächste große Vision her? Scharnier? Ereignisloch? Übergang? Für mich heißt das, mal endlich keinem letzten Geschichtsdeuter auf den Leim gehn! Mal endlich nicht mehr im Namen eines neuen Menschen den Rest auslöschen wollen. Pause einlegen. Von den großen Worten Abschied nehmen, die uns so unglücklich machen. Keinem Opfer im Namen einer besseren Zukunft zustimmen, niemandem mehr hinterherlaufen, zujubeln, Führerschaft antragen, am besten für immer …«

»Ich fürchte, wir können aus einem Vakuum keine Bewegung machen.«

»Wir bewegen uns doch, oder? Protestieren, demolieren, randalieren, ärgern, ändern, aber ohne letzte Erlösungsfantasie. Das soll uns erstmal wer nachmachen.«

»Da zieht sich eine Spur Sinnlosigkeit durch alles.«

»Unberechenbarkeit, Enno! Eine Spur Unverwertbarkeit, die an allen Institutionen vorbei Kontakt zum Leben hält. Die Prise Rock'n'Roll. Das Rocken und Rollen in den Knollen, das sich für nichts einspannen lässt. Das ist was Eigenes, oder?«

»Zu uninteressant. Sieh mich an. Sieh dich an. Von was Besonderem mag ich da nicht reden. Du rennst gegen eine Mauer aus Schweigen, du zerlegst einen Stuhl im Jazzkeller, du wütest ein bisschen, du schmierst dir ein bisschen Fett ins Haar, du zwirbelst dir eine Krone vor die Stirn, du findest Elvis gut, du vermisst den Vater, du treibst Sport bis zum Umfallen, du schielst nach den Mädchen, du säufst dir Mut an, du gehst tanzen, du rennst auf die Kirmes, du willst was Vernünftiges werden – du machst mit, was im Angebot ist, und das Angebot ist nicht grade umwerfend. Das mein ich damit. Du bist wie alle.«

»Ja. Wie keiner.«

Und dann landeten sie bei der Möglichkeit, am Ende der Kontinentalverschiebungen doch wieder mit den beiden Amerikas verbunden zu sein und den Rhein als Nebenfluss des Mississippi begrüßen zu dürfen, und sie gingen in dem Glücksgefühl auseinander, einen Seelenverwandten gefunden zu haben …

Die Sonntage überboten an Langeweile alles. Sonntage in Bonn waren Foltertage. Die Werktätigen erholten sich. Die Geschäfte waren geschlossen. Hart genug, aber weitaus härter die bevölkerten Uferpromenaden, die den Einzelgänger noch einmal extra vereinzelten. Das mehrheitliche Wohlgefühl fand seine Erfüllung durch die Ächtung der Streuner. Es gelang Daniel nicht, die Vormittage zu überschlafen. Gewohnheit hob ihn um sieben aus dem Bett. Allerdings wusste er nicht, wovon er sich erholen sollte. Was die Sonntage noch absurder machte.

Die Leute waren in Gewinn bringende Tätigkeiten eingebettet – und zeigten es. Wir, die wir uns den Arsch abgearbeitet haben, dürfen hier erhobenen Hauptes faulenzen. Gleichzeitig musste er den herablassenden Blick auf die Lohntütenexistenzen in sich niederringen. Er wurde überaktiv. Er rannte sich müde. Mittags ließ er an der Brutzelbude Klemens-August-Platz genau drei Worte fallen: »Biff, Pommes, Bier.« Biff waren Bouletten. Sein Magen reagierte nicht mehr. Danach verschwand er in Franz' Kneipe.

Der Flipper wärmte seine Fingerspitzen.

Die angebolzte Kugel zischelte zwischen Chromspiralen, ließ Lichter aufblitzen, verpulverte sein Geld. Manchmal küsste er das Teufelsding absichtlich gegen die falsche Bande, tilte ins Aus. Er wurde vorverstandlich grausam. Vor den Spielern an den Dreischeibenautomaten, die stundenlang mit der Stirn am Schauglas lehnten, zog er den Hut.

Freunde schauten rein und taten alles, um nicht als Feinde zu gehen.

Er ließ sich vom Thekenlicht zerpökeln, vom Gewummer aus der Jukebox in die Luft tragen. Als krummer Span wogte er im magnetischen Feld zwischen Tisch und Spiegelwand, kontaktlos umzittert von anderen menschlichen Partikeln. Gitarren wussten nicht, ob sie sich zu Tode schluchzen oder ins Zügellose steigern sollten. Daniel schaffte es, geschmeidig vom Tisch zum Pinkelbecken, vom Pinkelbecken zum Tisch zu gelangen.

Flimmerseligkeit …

Bis zu dem Verdacht, dass alles außerhalb der zerfaserten Momente – Momente wie diesen – nur Krücken aus Zielvorgaben waren, um sich den Alltag schönzulügen. Die üblichen »Woküsstdudannhär«-Sager zogen von Tisch zu Tisch, suchten Anhang, Zerstreuung, aber die Stammbesatzung, mit der Daniel seine Zeit totschlug, blieben Enno, Nora, Holger, Siggi, Gundel und Ulla.

Zwischen Enno, Holger und ihm gab's besonders erhellende Trialoge.

Daniel: »Mein erstes sexuelles Erlebnis bestand darin, andern Leuten die Haut abzuziehn.«

Holger: »So beginnen Monsterkarrieren!«

Enno: »Ich verständige die Psychiatrie.«

Daniel: »Beim Hautabziehen im Freibad, wenn sich nach dem ersten Sonnenbrand die Haut schält. Ich muss damals sieben, meine Opfer noch jünger gewesen sein …«

Enno: »Widerlich.«

Holger: »Abnorm.«

Enno: »Und sowas sitzt mit einem am selben Tisch!«

Holger: »Ungeheuer!«

Daniel: »Danke.«

Enno: »Grässlich.«

Holger: »Krank.«

Daniel: »Franz, tu noch drei her.«

Bloß nicht! lief wie ein Leuchtreklameband vor seinen Augen, während Evis Fingerspitzen über den Rücken seiner Hand strichen. Sie kam vom Zigarettenautomaten zu ihm an den Tisch zurück, setzte sich, berührte seine Hand, natürlich nur aus Versehen, es war eng.

Bloß nicht! Nie wieder eine aus dem eigenen Viertel! Der Schwur in Flammenschrift. Nie wieder in Erinnerungen kramen! Evis elektrisierende Fingerspitzen über ihn weggestrichen, nie mehr, ihre Berührung auf seiner Hand, die unzugehörig auf dem Tisch herumlag, bloß nicht!

Welcher Wahn gaukelte ihm vor, sie, Evi, die Unnahbare, säße hier in einer derart versifften Pinte, gewöhnliches Bier vor der Nase, ordinäre Reval zwischen den Lippen!? Eher hätte einer die Jungfrau Maria beim Pipimachen im Park erwischt. Keine Fehler wiederholen! Nie wieder! Und doch saß Evi greifbar vor ihm, lächelte ihn an.

Als sie beide noch bei ihren Familien in der Niebuhrstraße lebten, trennten sie Welten. Evi wohnte Nummer 18, in dem belächelten Garagen-statt-Wohnungen-Haus, diesem geleckten Kasten mit dem fensterbreiten roten Anstrich im Mittelteil, der aussah wie eine vom Dach gerollte Zunge, die der Architekt dem Rest der Straße entgegenstreckte. Es passte nach Meinung der Anwohner zu den dort eingezogenen Leuten: großkopferte Hochnasen.

Evi tat alles, das Bild zu bestätigen. Sie mied den Niebuhrklan. Sie hatte ihre eigenen Verbindungen. Daniel sah sie aus dem Haus kommen, grüßte sie feurig, sah sie ins Haus gehen, grüßte sie verlegen; Evi übersah ihn, grüßte nie.

Ältere Jungen standen Schlange vor ihrer Tür. Wirkte schon ihr Haus einzig, erschien sie selber erst recht kostbar, nein, falsch: unantastbar.

Sobald Evi auftauchte, weitete sich die Straße. Eine porzellanfeine Erscheinung unter lauter trüben Tassen, nicht weniger: schwarze Augen, Kirschmund, blütenweiße Haut, anbetungswürdige Figur. Erwähnte ein Junge ihren Namen, schnalzten die andern nur noch ehrfürchtig, senkten die Augen und gingen in sich. Man kannte seine Grenzen.

Das Einzige, was Evi mit den Mädchen des Viertels teilte, war die Verschwendungssucht, wenn es ums Karnevalskostüm ging. Lieber das ganze Jahr hungern, als sich beim Karnevalskostüm lumpen lassen ... Kam sie dann in dem sündhaft geschnittenen Samtfummel aus dem Haus, lag das Jungvolk flach. Nicht dass sie nicht wusste, was sie ihnen antat! Sie nahm die Parade ab, ließ es knistern, knallte ihre Pfennigabsätze aufs Pflaster, rauschte davon – jeder rätselte, wer der Glückliche war, der Hand an sie legen durfte.

Wespentaille, Flötenmund und eine Nase mit so winzigen Löchern, dass sie zum Einatmen der gewöhnlichen Luft unbrauchbar schienen.

Wer ging mit ihr? Aus dem eigenen Viertel schon mal sicher keiner.

Sie hasste den Ausdruck »mit einem gehen«.

Das wusste Daniel nicht, als er sich an der Fußgängerunterführung zwischen Poppelsdorfer Allee und Kaiserplatz einbildete, sie hätte ihm mit den Augen ein Wiedererkennen zugeblitzt. Ein Signal von der unverfänglichen Sorte, das man je nachdem übergehen oder aufnehmen konnte.

Sein Puls schlug Alarm.

Er grüßte, und sie blieb stehen.

Sie blieb stehen! Vor ihm stehen. Dem ehemals geringsten aller Niebuhrstraßenindianer. Ihr Puppengesicht vor dem vor Dreck strotzenden Durchgang noch umwerfender, reiner. Rechts auf der verpissten Mauer ein Gammler, der auf seinem Pappschild Geld für eine Fahrkarte nach Köln erbettelte, bevor ihn hier die Langeweile umbrachte, links der Blumenladen mit der kümmerlichsten Ansammlung von Schnittblumen, die je in Blecheimern auf Käufer warteten.

Er sagte: »Hallo Evi«, und sie sagte: »Hallo«, weil sie natürlich seinen Namen nicht wusste.

Sie erkundigte sich, wohin es ihn verschlagen hatte. Bevor er etwas antworten konnte, das interessant genug klang, um sie noch einige Sekunden länger zu halten, beendete sie im selbstverständlichsten Tonfall der Welt ihre Frage mit seinem Namen. Das war zuviel. Blut schoss ihm in die Wangen; er spürte es und wurde erst recht rot.

Ihm fiel nichts Gewinnendes mehr ein. Er gab sich geschlagen und sagte dumpf: »Du siehst mitgenommen aus.«

Bevor er angemessen erschrecken und sich innerlich als den komplettesten Idioten anschreien konnte, der je einem weibliches Wesen gegenüberstand, meinte sie ebenso schlicht: »Stimmt.«

Im nächsten Moment gingen sie nebeneinander durch die Unterführung zum Kaiserplatz und taten vertraut. Zwei Verwundete hatten sich gefunden.

Evi war so fertig, so geknickt und durcheinander, sie freute sich von Minute zu Minute mehr, einem begegnet zu sein, der aus jener Zeit kam, in der sie noch nicht mit dem zu kämpfen hatte, was sie jetzt bedrückte – worüber sie unter keinen Umständen sprechen wollte!

Im Gegenteil, sie tauschte sich mit Daniel über die alten Zeiten aus, um ihren aktuellen Kummer zu vergessen. Sie wollte in den früheren Freuden schwelgen. Freuden? Er mühte sich ab, welche zu finden, damit er noch eine Weile an ihrer Seite vertraulich tun durfte. Dabei spürte er an der Taille ihres Mantels den Abgriff anderer Männerhände; genau am Hüftknick die verräterischen Fusseln im Stoff, wo sich deren Finger eingegraben hatten.

Sie steuerten die nächstschlechteste Kneipe an – der letzte Schuppen – bestellten Bier, Erdnüsse und Zahnstocher, und er gestand ihr seine vergebliche Verehrung, weil sie ja doch nur mit was Besserem gegangen sei.

Sie sagte: »Ich hasse dieses Gerede vom Mit-einem-gehen!«

»Wieso?«

»Ein Hund geht mit einem. Trag ich ein Halsband?«

Er musste so bestürzt geguckt haben, dass sie, als sie aufstand, um sich Zigaretten zu ziehen, beschwichtigend lächelte und auf dem Rückweg mit den Fingerspitzen über seinen Handrücken strich. Seine Wahnvorstellungen gingen so weit, sich einzubilden, dass ihre Brüste zusätzlich seinen Nacken streiften, als sie sich an ihm vorbei in die Ecke zwängte. Ihm schmolz das Hemd vom Leib. Konnte es sein, dass diese Erhabene, halt, nein, Unerreichbare in ihm ein bestreichelnswertes Wesen sah?

Sie begann zu erzählen, natürlich nicht von den Schwierigkeiten, die sie so geschwächt haben mussten, dass sie sich mit ihm einließ, sondern von gemeinsamen Bekannten aus der Niebuhrstraße, durchweg erfreuliches Zeug. Er staunte, was sie alles von den damaligen Kindern wusste, die sie doch scheinbar so gründlich missachtet hatte.

Sie kannte nicht nur sämtliche Himmel-und-Hölle-Hüpfer, sie kannte sogar deren Abzählverse, selbst die kühneren Versionen, die umso lauter gebrüllt wurden, je weniger man sie verstand. Plötzlich lagen ihre Fingerspitzen auf seinen Fingerspitzen. Und das war kein Versehen mehr. Ihr Blick suchte seinen. Er rief sich zu, Nie mehr eine aus ..., Schwur ist Schwur! Und sollte es die Traumfrau persönlich sein, dann erst recht. »Dann soll sie auch Traum bleiben!«

Und sie: »Was?«

Er fuhr hoch. Hatte er laut geredet? Wie weit war er schon neben sich? Gut. Da schon alles schieflief, konnte er auch gleich die niedrigsten Geständnisse machen: Evi und Evi und immer wieder Evi, seit er sie zum ersten Mal gesehen hatte, Evi im Sommerkleid, Evi im Wintermantel, Evi im Karnevalskostüm, dazwischen Schangeln, Murmeln, auf der Treppe hocken, als Füllstoff, als Ablenkung, nur damit Evi, Evi, Evi danach noch besser zur Geltung kam ...

In seinem Bekenntniseifer blieb kein Platz sich zu wundern, wie leicht ihm die Lügen – na ja, Halbwahrheiten – über die Lippen kamen. Harald und Sofie? Bloße Schmierensteher! Helga? Außer fürs »Illustrierte Film-Bühne«

Tauschen Fehlanzeige! Elfie? Keinen Pfifferling wert! Eli? Woher kannte sie die? Flüchtiges Missverständnis! Und so weiter. Die ganze Spur der Verleumdungen lang. Damit nur Evi, Evi, Evi übrig blieb.

Beinah hätte Evi offen losgelacht. Am Ende erkundigte sie sich, ob er aktuell noch ein Mädchen kannte, das ihm nichts sagte.

Er schrie fast, als er verneinte. Das genügte ihr. Sie gab Antworten auf Fragen, die er nie gestellt hatte. Er schmolz hin. Ließ sich verzaubern. Kam erst wieder zu sich, als sie sich verabschiedete. In dem Moment musste er so zerschmettert ausgesehen haben, dass sie ihn, nun ihrerseits beunruhigt, bis zur Röckumstraße – wer stützte wen? – begleitete, sich vor der Haustür küssen ließ, nach der Kontrolle der Vermieter fragte, und, um die Unfassbarkeiten der Nacht zusammenzufassen, am nächsten Morgen neben ihm in dem Klappbett aufwachte, das für alles Mögliche außer für zwei ausgewachsene Körper konstruiert war.

Daniel war nicht zufrieden, er raste vor Glück. Er stellte Evi in der Stammkneipe vor, und alle taten, als hätten sie nur auf Evi gewartet, um sich vollständig zu fühlen. Es hieß jetzt Evi und Daniel, Nora und Enno, Karo und Holger, Ulla und Siggi, stabile Bande, gesucht und gefunden. Nun konnte das eigentliche Leben starten.

Sie übten sich für die kommenden Aufgaben, kippten die Pils im Minutentakt, warfen Karten auf den Tisch und missachteten die Uhr. Wie die Großen.

Man log. Auch unter sich. Eine Lüge machte besonders verlegen: Am Holztisch zwischen Flipper und Tresen verstärkte sich die wunderbare Gewissheit, nicht untergehen zu können. Von Menschen angezettelte Katastrophen, Weltvermüllung, Hungerzonen, Militärdiktaturen, Unrecht und Ausbeutung, wohin man blickte, klar, es gab dies und das zwischen Himmel und Erde zu bemeckern, bei näherem Hinsehen verbot es sich sogar, laut zu lachen, Kinder zu zeugen oder auch nur eine Tasse Kaffee mit Bohnen aus geknechteten Ländern zu genießen, aber hinter all den globalen Schlechtigkeiten sonnten sie sich in der Sicherheit, hier, in dieser ausgebluteten Republik gebraucht zu werden.

Die Aufbaujahre bescherten ihnen einen einzigartigen

Vorteil: Mangel. Der kollektive Nachholbedarf an Sattessen, Feinkleiden, Gutwohnen, Wiederwersein heizte eine Wirtschaft an, die mit den eigenen Arbeitskräften nicht zu befriedigen war. Die Not des Staates spielte ihnen alle Trümpfe in die Hände. Noch saugte die Gesellschaft alles, was zupacken wollte, gierig an.

Kollektive Schande? Keine Frage. Aber jetzt mal die verschwiegene Seite: Sie waren pünktlich nach dem Zusammenbruch aus den Trümmern gekrochen, fanden sich in einem Umfeld schuldgeplagter Erwachsener wieder – welche Startbedingungen konnten besser sein?

Der Krieg hatte sie in eine optimale Position gebracht. Die Väter waren weggeschossen. Es gab das Gerede vom Kahlschlag – von der Stunde Null. Ein Märchen. In Wahrheit übernahmen die alten Chargen wieder das Ruder. Geschichte kennt keinen Kahlschlag, höchstens Umbettung. Die Wirtschaft blühte, auch das nichts Neues, nur dass die Zwangsarbeiter durch Gastarbeiter ersetzt wurden.

Der größte Schatz blieb dann doch die eigene Jugend, unbescholten, unbeschwert. An allen Ecken riefen die Politiker nach ihr – nach Anpackern, Mitmachern, Aufbauern, je studierter, desto besser. Sie mussten nur die Hand heben und die Türen flogen auf.

Natürlich hoben sie nicht die Hand, sie Wirtschaftswunderverächter. Das war ihr größter Luxus. Der Krieg hatte ihnen die Lebensbahn frei gebombt. Dieses Triumphgefühl auf den Knochen der Väter mochte bedrücken, wenn sie darüber nachdachten, doch gegen's Nachdenken half die Kneipe, der Jazzkeller, das Kino, die Kirmes, der ewig dudelnde Plattenspieler …

Sie blieben Kriegsgewinnler. Jeder von ihnen hatte nicht nur paar Asse im Ärmel, er hatte einen zusätzlichen Joker, der immer stach: Ihre Unschuld! Da konnten sie sich selber noch so in Trübsinnigkeiten hineintunken, sie schwammen auf der Bedarfswelle, die dem Krieg folgte, profitierten von dem Ameisenfleiß, mit dem sich ihre Eltern gegen die Verbrechen der Vergangenheit taub arbeiteten.

Ihr Unglück: Die Schande der Älteren.

Ihr Glück: Die Schande der Älteren.

Selber kein Blut an den Händen! Das machte den Unterschied. Und dazu absolute Mangelware. Allseits umworben. Da schwoll der Kamm. Wie sehr sie sich auch dagegen sperrten und melancholische Szenarien entwarfen, um einigermaßen begründet verzweifelt zu sein. Verzweiflung geriet zur Pose. Sie war echt, echt und unauslöschlich, und doch in dem materiell aufblühenden Umfeld mehr und mehr Pose. Das war das Schlimmste daran. Leid unter der Kruste einer unverschämten Sicherheit. Selbst die heilige Wut des Rock'n'Roll war auf dem Weg, zum sentimentalen Tango zu verkommen, den ein Kenner als Tanz der »traurigen Gesichter und lachenden Hintern« auf den Punkt brachte.

Die Daseinskrisen der Älteren stülpten sie sich nur probehalber über. Spielerisch. Unter ihrer Mitleidsmaske der lachende Bajazzo. Zwei Jahrzehnte früher geboren und sie hätten die Verbitterung ihrer Eltern teilen müssen. Zwei Jahrzehnte später geboren und sie hätten sich mit verstopften Studiengängen, Berufsüberhängen und zugeschlagenen Türen auf dem Arbeitsmarkt plagen müssen.

Sie, die glücksgefolterte Scharniergeneration.

Jeder einigermaßen anständige Erwachsene war nach dem Krieg tot. Ihre Eltern nicht. Sie hatten einfach nur den Krieg verloren und mussten den Siegern noch als Befreier zujubeln. Ihre Kinder äfften die Besatzer nach – es konnte nicht härter kommen. Den Eltern blieb, sich zu bekreuzigen, mit der gleichen Hand, die einst den Führer gegrüßt hatte, nicht den da draußen: den Größenwahnsinnigen in sich. Immerhin ihre Eltern. Die innere Zerreißprobe.

Auf den Schuldgefühlen anderer ließ sich's bequem herumtrampeln. Wagt uns was zu predigen, auf Dauer zu verbieten, nach allem, was ihr angerichtet habt!

Der Staat brauchte sie. Der Staatsfeind Nummer Eins war nicht der im Rock'n'Roll Fieber zuckende Jeansträger und seine Lollipop lutschende Freundin, wie sehr die öffentlichen Angriffe sie auch als Zielscheibe wählten: Der Staatsfeind Nummer Eins war der »Herr ohne mich«. Alles wurde hingenommen, nur keine Verweigerung.

Mit dieser Gewissheit im Kopf konnten sie sich umso genüsslicher zieren. Am Ende kam der Staat nicht an ihnen vorbei. Am Ende würden sie selbst Tränen wie Daniel am Bauplatz oder Fabriktor begrüßen.

Zwischen den Versuchen, das zergähnte Nichts des Existenzialismus zu begreifen und der Versuchung, Goofy einfach nur zu mögen, klaffte eine Erklärungsnot, die lange Aussprachen, gedehnte Schlücke aus dem Bierglas und tiefe Züge an der Zigarette forderte. Uneinig auseinandergehen ging nicht. Also blieben sie hocken bis Franz, ihr neuer Übervater, sie durch die Tür nach draußen schob (nie ohne »Jackenprobe«, die darin bestand, dass er einigen – wunderbarerweise immer den Richtigen! – die Jacken abklopfte und dabei die in den Innentaschen verstauten Gläser zerschlug, möglichst so, dass dabei paar Scherben durchs Jackenfutter ins Fleisch trieben).

In Nachtgesprächen wuchsen sie zusammen. Ein Gemisch aus kreischwürdigem Blödsinn, unverhofften Verstandesblitzen, kühnen Weltentwürfen und schlichten Weinerlichkeiten. Die Freundinnen verblüfften durch Dauerwachsamkeit. Sie spielten nicht nur den besseren Tischfußball, sie hatten den reicheren Wortschatz, ab Mitternacht auch die besseren Argumente.

Nora war die Eigenständigste von allen. Die Tischrunde nannte sie »Dschina«, in Anspielung an Gina Lollobrigida, was ziemlich genau traf. Schwarze Haare, braune Augen, voller Busen, ansteckendes Lachen. Nora wagte es, ihre Fingernägel schockrot zu lackieren. Sie arbeitete als Sekretärin in der amerikanischen Botschaft, wohnte auf halber Strecke zwischen Bonn und Godesberg und wurde neben Eli, die Mama Ennos »Schatz« blieb, als neues Mitglied in Ennos Familie aufgenommen.

Den einzigen Ort, wo Daniel und Eli noch hätten aufeinandertreffen können, in Franz' Kneipe, mied sie wie eine Tuberkulosestation.

Nora und Evi wuchsen beim Tischfußball zu einem Team zusammen, an dem sich der Rest die Zähne ausbiss. Gott sei Dank hatten sie beim Skat weniger Durchblick.

Mit einem wohligen Alkoholpelz auf der Haut liefen sie um drei Uhr morgens (nach bestandener »Jackenprobe« und mehrfacher Verabschiedung aller von allen, als wär's für immer) der fälligen Bettruhe entgegen.

Die Entfernung von Poppelsdorf ins Stadtzentrum spielte für einen Langläufer wie Daniel keine Rolle. Er lief gerne. Evi, Nora, Enno, Karo und Holger trafen sternförmig aus verschiedenen Stadtteilen in ihrer Stammkneipe ein. Im Winter bot die Kneipe neben Zuflucht auch Wärme. Es gelang Daniel nie, den Kanonenofen seiner Mansarde in Gang zu halten. Irgendwas stimmte mit dem Abzug nicht. Er sah sich vor der Wahl: glühender Ofen um den Preis von Rauchvergiftung oder die Kälte durch alkoholische Brennstoffe von innen ausgleichen.

Nach Verrechnung aller toxischen Komponenten, Folge- und Nebenwirkungen fiel die letzte Entscheidung durch multivariate Faktorenanalyse zugunsten des Gerstensafts, gegen den Stinkbombenofen.

Unverständlich, was einige Leute an den modernen Wissenschaften auszusetzen hatten.

Daniel ging davon aus, dass die anderen ähnlich lautere Motive zur Zapfsäule trieben.

Sie saßen an ihrem Tisch zwischen Flipper und Tresen, Feuerzeug auf der Schachtel Reval, Schachtel Reval neben dem Bierglas. Aus der Musikbox Dean Martin, Louis Prima, auch Peter Alexander, Caterina Valente …

Wie sollte man da nüchtern bleiben?

Und wenn schon mal was von den Troggs … *can i dance with you* …, dann gleich die gereizte Nachfrage der Tresenriege: »Watt singänse att äwäng von *Kanada, Kanada?*«

Seinen zwanzigsten Geburtstag feierte Daniel bei Franz, umringt von der Geliebten, dem Freundeskreis und einem Dutzend erhobener Biergläser. Mit schwerer Zunge vorgebrachte Glückssprüche. So weit, so selig.

Stiefel saufen. Kurze kippen. Herumalbern. Die genialsten Triefsinnigkeiten auf Bierfilzen festhalten. Sich aneinander festhalten. Sich – vergebens aneinander festgehalten – an Mobiliar und Wänden festhalten. Und wenn selbst die wanken, eine kleine letzte Ansprache, dann raus zum größten aller Kneipenfeinde, der frischen Luft …

Durchfeuert von dumpfen Hochgefühlen und dünnhäutigen Sentimentalitäten, die den Zecher im Wechsel heimsuchen, bevor ihm die Lichter ausgehen, stakste Daniel um zwei Uhr nachts Richtung Röckumstraße, wo er trotz Benebelung und sich drehender Eingangstür mitbekam, dass im Briefkasten Post von Birke steckte.

Eine zerfledderte graue Sammelmappe, auf deren Deckel sie mit rotem Filzstift geschrieben hatte: Mach damit, was du willst!

Er schaffte es kaum bis zum Dachgeschoss. Er öffnete das Fenster, um Licht reinzulassen. Wartete. Als es nach zehn Minuten immer noch nicht heller wurde, fiel ihm der mögliche Zusammenhang mit der Nacht ein. Daraufhin suchte er den Lichtschalter. Er drückte eine Ewigkeit daneben. Seine Hand war zu klein. Er lehnte sich mit dem Rücken an die Wand und rutschte am Türrahmen entlang nach unten. Das Licht ging an. Er entschloss sich, die Mappe am Tisch vor dem Fenster zu öffnen. Zwischen Entschluss und Ausführung klaffte das Meer. Ein schwarzes, schwappendes, schwatzendes Wasser, das sich hätte teilen müssen, um ihn durchzulassen. Er wartete. Die dunkel gurgelnde Masse verschwand nicht. Er ruderte durch den Raum. Die Mappe wie ein Paddel in ausgreifenden Schaufelbewegungen nutzend. Er erreichte den Stuhl. Er setzte sich neben den Stuhl. Er akzeptierte den Boden als Tisch. Er legte die Mappe auf den Boden. Er wollte sich konzentrieren. Aber wenn er sich jetzt zur Nüchternheit zwang, überkam ihn die überscharfe, irreale Nüchternheit des Stockbesoffenen, der gerade erkennt, dass er jemanden umgebracht hat. Das Gehirn schreit vor Klarheit, und doch ist er gliedertaub und motorisch behindert.

Die Mappe enthielt Familiendokumente, Geburtsurkunden, Studienbescheinigungen des Vaters, Postkarten … Birkes Botschaft konnte vernichtender nicht sein – ihr Sohn war der Verräter an ihr und dem gesamten Geschlecht der Gablers, einem Geschlecht, das aktenkundig schon im 15. Jahrhundert bedeutende Persönlichkeiten aufzuweisen hatte, um nun mit einer australischen Hühnerzüchterin und einem Poppelsdorfer Rentenabstauber zu enden.

Die Vorwürfe Birkes gegen ihre »abtrünnigen« Kinder waren für Daniel nicht neu; neu war, dass Birke ihnen seit 1956 die Nachricht vom Tod des Vaters verschwiegen hatte. Es versetzte ihn schlagartig in genau den unwirklichen, aus der Haut gefahrenen Zustand, den er hasste.

Die Mitteilung stand auf einem vergilbten, an den Faltkanten brüchigen Briefbogen des Roten Kreuzes, Suchdienst Berlin, Abteilung Nachforschungszentrale für Wehrmachtsvermisste, abgeschickt am 27. 7. 1956, betreffend Wolfgang Gabler, Feldp. – NR. 51 059.

Daniel führte sich auf wie ein Erstklässler bei der Konfrontation mit einigen sorgfältig geschriebenen Schnörkeln an der Tafel, aus denen er eine Bedeutung herauslesen sollte. Er zerlegte Wörter in Buchstaben, setzte sie zusammen, versuchte sie mit anderen Wörtern zu verbinden, einen Sinn zu erkennen, verwandelte nichtssagende Ziffern in Zahlen, Jahreszahlen, Feldpostnummern, ab und zu versagten ihm die Nerven vor Anstrengung.

»Sehr geehrte Frau Gabler!

Die Deutsche Dienststelle Berlin-Wittenau hat uns am 6. 7.'56 unterm Aktenzeichen VIa/D/WaSr. mitgeteilt, daß der Heimkehrer Roland S t e n n e r, wohnhaft in Denklingen, Buchweg 8, Kreis Landsberg, eine Erklärung über den Tod Ihres Ehemannes abgegeben hat. Seine Erklärung lautet wörtlich:

›Im großen Auffanglager oder Sammellager in Brünn 1954 traf ich mehrere Kameraden unserer alten Sanitätseinheit, die bezeugen, daß Dr. Ernst Baettcher und Dr. Wolfgang Gabler sich erschossen haben im Wagen vom Typ Mercedes 1200. Und darauf möchte ich Sie bitten, daß ich selber keine eidesstattliche Todeserklärung abgeben kann.‹«

Offiziell für tot erklärte das Amtsgericht Bonn den Vater auf einem Formblatt vom 29. Oktober '56, dem gleichen Jahr, in dem Daniel sich mit den Bildern der letzten Heimkehrer in die Begrüßungsfantasien an den Empfangsbahnhöfen hineingesteigert hatte. Dem gleichen Jahr, in dem er das Strafgericht des Vaters gegen alles Vergessen übernahm und die entsprechende Verachtung zu kopieren begann. Dem gleichen Jahr, in dem er die triumphale Heimkehr des Vaters vom Verzicht auf ein eigenes Leben abhängig machte.

Er wollte nur kurz aufseufzen, um danach die Sache für immer zu begraben, aber an ihm vorbei brachen die Dämme, er heulte los, spie Tränen aus den Augen, schüttelte sich, zitterte, löste sich auf, schwamm fort, doch das Schlimmste war, dass er noch in den schmerzlichsten Momenten spürte, den Ausbruch in dieser Form seinem Suff zu verdanken. Sein Rausch, der ihm die gewaltigste Weinattacke seines Lebens bescherte, verhinderte gerade durch das exzessive Toben die Trauer, die hinter den Schleiern des Alkohols auf ihn wartete und ungreifbar blieb. Er zerfloss in einem Imitat von Leidbekundung, das sich umso heftiger gebärdete, je weniger es dem echten Gefühl nahekam.

Egal wie nüchtern er wieder wurde: was ihn beim ersten Lesen der Selbstmord-Nachricht hätte erreichen können, war vertan.

Poppelsdorf. Das Paradies, wenn es Evi betrat, ansonsten die Kulisse für Laiendarsteller, die sich ohne ordentliches Drehbuch von hier nach da und von da nach hier zurückbewegten.

Tagsüber klappte Daniel sein Bett hoch, nachdem er Decken und Kopfkissen an die Matratze geschnürt hatte. Das Bett zog die Beine ein, verschwand hinter einem Vorhang und diente als Regal. Ansonsten ein Tisch und ein Stuhl vor dem Fenster, knorrige Stücke, und der Wollteppich, ein Geschenk des Hauses, den er nur dann ausrollte, wenn er wusste, dass eine Inspektion durch die Vermieter anstand. Ein gemeinsamer Waschraum wurde von drei Parteien genutzt, einem Jura-Studenten, einem Lehrling bei Haribo und ihm, dem Parasiten.

Daniel hatte es in ein Viertel verschlagen, das von milderen Formen des Schwachsinns bis zu alarmierenden Ausrastern alles bot. Ob Hemden durch die Luft flogen, ob beim Fleischer unversehens Fäuste zur Abwehr von Preiserhöhungen zum Einsatz kamen, ob eine Dame mit der Trockenhaube samt Stativ aus dem Friseursalon rannte, ob ein Freier Feuer ans Haus einer vergeblich Umworbenen legte oder das Nachbarkind im Hinterhof versuchte, dem Familienhund in der noch aus dörflichem Bestand erhaltenen Karottenwaschanlage eine rote Färbung zu verpassen, kein Tag verging ohne Fehlgriffe. Da Daniel für sein Leben gern aus dem Fenster starrte, erhielt er Einblick in das Treiben der Anwohner, die ihrerseits Beobachterkissen ans Fenster legten, ihre Arme kreuzten, ihre Köpfe nach vorne schoben und die Straße überwachten. Das verband.

Die Röckumstraße verengte sich an der Stelle, wo Daniel wohnte, zu einem Autospiegel abreißenden Engpass, der es andererseits erlaubte, den Parteien gegenüber verlorene Socken über Besenstiele anzureichen.

Auf gleicher Dachgeschossebene schräg über der Straße hatte ein Mädchen ihr Zimmer. Unbeeindruckt von Daniels Anwesenheit am Fenster legte sie klassische Musik auf und sprang nackt durchs Zimmer, grätschte, hüpfte, warf Arme in die Luft, halb Tanz, halb Turnen, splitternackt bei offenem Fenster, das hatte was Eigenes. Ab und zu kam die Mutter rein und klatschte ihr eine.

Die Vermieter ebenfalls eine Sorte für sich. Ein aufgeschlossenes Paar, das dennoch in den Grenzen ihrer Zeit steckte: »Wenn Sie die andern Schuh anhaben, bitte vor der Tür ausziehen, wegen des Linoleums.« Er verstand nicht recht. Welche anderen Schuhe? »Die mit den Absätzen … die ins Linoleum drücken.« War er schon so neben sich, dass er hochhackig durchs Haus lief? Er drehte verwirrt ab. Dann fiel der Groschen. Sie meinten Evi. Aber sie wollten nichts gesehen und noch weniger gesagt haben. Also zogen sie ihm Evis Schuhe an, in der Hoffnung, er kapiere den Wink und gäbe ihn an Evi, die es aus rechtlichen Gründen in seinem Zimmer gar nicht geben durfte, weiter. Was er auch tat.

Nicht ohne seinen Vermietern bei nächster Gelegenheit zu berichten: »Ich habe meine Stöckelschuhe ausrangiert!«

Man verstand sich.

Er kämpfte um Evi. Er liebte sie. Sie hatte Kummer. Es hatte mit Rock'n'Roll zu tun. Mehr ließ sie nicht raus. Sofern sie überhaupt Andeutungen machte, kamen sie in kleinen Happen, versteckt hinter der Bereitschaft, auf sein Klappbett zu kommen, so oft es ging. Er bildete sich ein, seine Triebe unter Kontrolle zu haben, aber wenn sie erschien, schnaubte er vor Begier.

Ohne Schulabschluss hatte Evi mit fünfzehn eine Lehre in einem Werbebüro begonnen. Die Arbeit beschränkte sich auf Ordner beschriften, Entwürfe archivieren und beim Rückweg von einem Botengang zum Kunden die Büchsenmilch nicht vergessen. Keine wirkliche Erfüllung.

Auch sie wohnte seit dem Auszug aus der Elternwohnung in einem Dachzimmer, Maargasse, vom Verkehr her lärmig – es war die Zufahrtsstraße zur einzigen Rheinbrücke, über die sich die Pendler in beide Richtungen quälten, bevor abends die rechtsrheinische Dorfjugend hereinbrach – dafür zentral, fünf Minuten zum Werbebüro.

Alle Berührungen von Evi kamen mit dem Gewicht von Flaumfedern. Selbst wenn sie ihn geohrfeigt hätte, wäre es kaum mehr als der Aufprall eines Seidentuchs gewesen. Sie gab sich bewusst kraftlos, als hätte sie sich vorgenommen, ihren Körper aufzulösen. Umgekehrt bestand sie darauf, kräftig angefasst zu werden. Streicheln war höchstens was für vorneweg oder zwischendurch. Sie wollte beknetet sein. Besonders die Brüste. »Es gibt Sachen, die verlernt man nicht.« Er verstand, walkte und saugte. Auf ihren Knospen kleine schnabelförmige Fleischschnuten, die ihn erfreut begrüßten. Von der Seite sahen ihre Brüste aus, als steckte ein Ungeborenes seine Zeigefinger durch die Kegel, um schon mal darauf hinzuweisen, wo es später abschmatzen wollte.

Ihr Herz schlüge beim Liebemachen im Takt von *Hard Headed Woman*, betonte Evi mehrfach, aber er hörte nicht richtig hin. Es wäre der Einstieg in ihr wundes Thema gewesen, Monate bevor sie es über andere Umwege dann doch bereden konnten.

Mal drängte sie sich an ihn, mal hielt sie ihn auf Abstand und ließ sich begutachten. Er mochte ihre enge Taille, sie hatte eine Figur wie eine spanische Gitarre, fand er, von hinten eine Mandoline, der Vergleich brachte sie in Wallung. Er verstand immer noch nicht. Nach einiger Zeit wurde sie deutlicher:

»Die Musiker hängen sich ihre Gitarren vor den Bauch und lieben sie wie Frauen, das ist bekannt.«

»Wie kommst du darauf?«

»Weil sie durch die Musik rausbringen, was sonst in ihnen versauerte – was sie sonst in sich reinfressen müssten, ja? Da richtet es dann diese Schäden an, macht sie klein oder kopflos und gefährlich. Dann sind sie statt Musiker Kandidaten für den Knast.«

»Sagen die das?«

»Ja. Weil ohne Musik zu machen alles in ihnen verfault. Die Brust ist doch auch ein Gefängnis, nicht? Knochenstäbe um Herz und Lunge. Das mag für den Körper ein Schutz sein, aber für dich ist es ein Panzer, den du aufbrechen musst, sonst erstickst du.«

»Wo hast du das her?«

»Frag Sänger. Singen ist für sie die beste Möglichkeit, den eigenen Gefühlen ihren Lauf zu lassen, bevor sie stockig werden.«

»Für Sänger.«

»Ja, für Sänger.«

»Für dich?«

»Glaub schon, ja. Bevor dein Blut zu Hühnerkacke verklumpt, ja?«

»Klingt einleuchtend. Mit Ausnahmen. Wenn ich versucht hab zu singen, kam das bei meiner Schwester als Babyplärren an. Da hältst du lieber die Klappe.«

»Wieso? Singen ist besseres Schreien, immer gewesen, und Schreien ist gesund, ja?«

»Aber gekonnt muss es sein, Evi, und andre mitreißen können. Wann und warum's funktioniert, weiß ich nicht. Ich weiß nur: Bei dem einen halten sie sich die Ohren zu, beim andern gehn ihnen die Herzen auf.«

»Stimmt, und trotzdem, fehlt dir die Stimme, kannst du immer noch durchs Instrument singen, ja? Wie all die Jungen mit ihren Gitarren vorm Bauch. Ist schon was Eigenes, nicht? Ja, beobachte mal so einen mit umgeschnallter Gitarre! Er streichelt ihren Hals, zupft über ihrem Loch, er vögelt sie, klar, und gleichzeitig bringt er durch sie alles raus, was in ihm steckt. Und wenn er mit ihr fertig ist, schiebt er sie auf den Rücken und trägt sie wie ein Baby Huckepack. Ich meine, ein echter Musiker zieht sich am Morgen als erstes seine Gitarre an, noch vor der Unterhose. Ohne sie fühlt er sich nackt. Das nenn ich Liebe. Da wär ich selber gern Gitarre, ja?«

Sie lachte. Ein witziges Thema. Chuck Berry, sagte sie, sei als erster mit dem Griffbrett seiner Gitarre zwischen den Beinen über die Bühne geritten. Seither hätten die Rock'n'Roller ihre Gitarren öffentlich abgeleckt, gebumst, verbimst, zerlegt, angezündet, kurz und gut, in allen Varianten der Leidenschaft genommen.

Daniel starrte sie an. Er fühlte sich gut. Das war Evi nach der Tretmühle im Büro, die sich ihren eigenen Reim auf Sachen machte.

»Wo hast du das her?«

»Woher? In mir rumort es, verstehst du? Aus mir will was werden. Ich begreife Dinge.«

Sie kramte einen Zeitungsausschnitt aus ihrer Tasche: »Hier. Hör mal. ›Einer meiner wesentlichen Beiträge zur Musik war sicher, dass ich nie gesungen habe.‹ Das ist von Duane Eddy, Mister »Twangy Guitar« höchstpersönlich. Der hat geschaltet, hat den Mund gehalten und *Rebel Rouser* allein durch seine Gitarre gebracht.«

Daniel staunte.

»Kennst du überhaupt *Rebel Rouser?*«

Er gab sich beleidigt. »Mein Deckname ist *Peter Gunn!* Mit *Ghost Riders* geh ich schlafen, mit *Rebel Rouser* wach ich auf!«

»Okay, streng dich nicht an. Du hast *Rebel Rouser* also schon gehört. Und?«

»Oha! Evi! Die ersten Anschläge, dao dong – da dao dong – da da dong dong – DA DAO DONG, bevor die Band losrumpelt, ich sag dir, diese Anschläge muss sich der Liebe Gott merken, wenn er mich am Jüngsten Tag wecken will, ansonsten kann er sich die Lunge aus dem Hals trompeten, ich werd mich nicht aus'm Sarg rühren. *Rebel roused* mich in den Himmel oder fahrt zur Hölle!«

Daniels Hände extra stark auf ihre Brüste konzentriert, nochmal für sie zusammengefasst: Eddys Stromgitarre! Kugeln fegen über Land, verbellen sich an einem Hügel, durchklopfen einen Fels, schrubben über den Teer der Hauptstraße, reißen im Zentrum die Glocke vom Kapellenturm, schlagen Löcher in Häusermauern, sprengen Hydranten, zersieben Fenster, bohren sich durch Sheriffsterne, preschen über die nächste Ausfallstraße dem gewittrigen Horizont entgegen. *Rebel Rouser*. Der totale Aufwühler. Aber wozu? Dazu. Und von daher riesig.

Evi machte ein Gesicht wie ein Mädchen, das mit rausgestreckter Zunge auf seine erste Kommunion wartet. Sie schmiegte sich an Daniel, als hätte sie ihn eben erst wahrgenommen. Rock'n'Roll. Wann hatte es ihn erwischt?

»Das weiß ich auf den Tag genau.«

»Erzähl.«

Daniel erzählte ihr vom Beginn seines Elvis-Fiebers. Evi teilte ihr Haar, formte zwei Kringel mit ihren äußeren Strähnen, legte sie sich vor die Augen, sah ihn durch diese Haarbrille selbstversunken an, suchte danach Schokolade. Schokolade und Wein. Daniel beobachtete, wie sie auf allen Vieren durchs Zimmer kroch, herumliegende Kleider weg schob, ihren Kopf senkte, Witterung aufnahm. Er betete – sein Blick ihren abwechslungsreichen Ansichten folgend – dass sie so schnell nichts Schokoladiges fände.

Sie fand eine angebrochene Flasche Wein, setzte sich im Schneidersitz vor Daniel hin, die Weinflasche in der Beinschere, küsste ihn. Sah ihn an. Sagte:

»Elvis hat umgekehrt geschaltet, seine Stimme ausgebaut und die Gitarre weggelegt. Er spielte eine lausige Gitarre.

Dafür war seine Stimme einzig. Beides geht wohl nicht. Was Duane Eddy und Elvis verbindet? Sie haben gefunden, was zu ihnen passt. Dann kannst du loslegen. Im Gegensatz zu … Ich konnte nie … Verstehst du?«

Ihr Blick zitterte.

»Ich glaub schon. Wir sind behindert. Elvis ist die Stimme überhaupt. Magie in der Kehle. Einmalig im Universum. Für alle Zeiten. Keine Frage.«

»Einmalig, weil echt.«

»Was heißt echt? Das verfolgt mich, Evi. Dieses ›echt‹. Elvis' Stimme schwimmt auf einem Ölteppich größer als Texas. Wer sie hört, schmiert ab. Warum? Ich glaube, sie ist wie er selbst, sie hat von allem. Schotten und Schwaben reklamieren ihn für sich, Indianerblut fließt in seinen Adern, ein Tropfen Italien soll dabei sein, Afrika sowieso, immerhin klingt seine Stimme so schwarz, dass die Radiosender anfangs sein Foto an besorgte Zuhörer schickten. Er liefert Rock'n'Roll, Rockabilly, Hillbilly, Ballade, Country, Black Gospel, White Gospel, Rhythm&Blues, Weihnachtschoral, Walzer, Oper, Schnulze, Ostküste, Westküste, Blaues Hawaii, du nennst es, er singt es. Und alles gleich inbrünstig. Das ist unmöglich. Das ist er. Das ist ›echt‹. Der Grenzenverwischer. Singt jede Richtung und klingt in jeder wie niemand sonst. Der Kern seiner Stimme sind viele Stimmen. Es ist nicht Tenor oder Bariton oder Bass, es ist alles zugleich, und keiner weiß wie. Er kommt dir roh, wild, rücksichtslos, er kommt dir verführerisch, ausgelassen, unbedarft, er kommt dir sentimental, schmalzig, fromm, und es ist unmöglich zu sagen, wo er sich dabei am nächsten ist. Ich hab's lange nicht hinnehmen wollen. Der Schuft hat uns angestachelt, hab ich gedacht, hat's aber nie so gemeint. Seine Rebellenschnute endete unweigerlich in einem Lausbubenlächeln. Für mich war er immer nur Stimme, daraus bastelte ich mir eine Gewittergestalt aus Licht, Donner und schwarzem Leder zusammen ... Was ging's ihn an? Es war mein Tic. Ich hab ihn als Vorwand für die eigne Randale genommen. Also konnt ich mit *love me tender* nie meinen Frieden machen. Weil ich ihn nie wirklich verstand. Natürlich war er der wildeste Geselle, der je seine Stimmbänder zum Lob von Wildlederschuhen strapazierte, aber hauptsächlich blieb er eine Preiselbeerkuchenseele, blieb Mamis Darling, der einfach nur eine gute Show abliefern wollte. Das macht ihn echt und uns kümmerlich. Wir fielen nicht auf ihn, wir fielen auf uns herein. Er sang, wir imitierten. Er schlug harte Töne an, wir schlugen in seinem Namen Leuten die Fresse ein. Ein Missverständnis. Ziellos noch dazu. Es gab keine übergeordnete Absicht. Bei den verrockten Schlägereien auf dem Marktplatz ging's ums Verprügeln an und für sich. Die Draufgänger wären zu Tode erschrocken, wäre aus ihren Aufmischungen unversehens eine ideale Gesellschaft hervorgegangen.«

Seit dieser Aussprache beschäftigte sich Evi doppelt gern mit Daniel, verbrachte die Sommerabende mit ihm am Rhein, stellte sich auf jeden Mauersockel, damit er sie besser fassen konnte und vertraute darauf, dass sein Gehirn sie so gierig wie seine Hände zu begreifen versuchten. Was stimmte.

In einem besonders unbeschwerten Moment, auf dem Weg vom Alten Zoll zum Hofgarten, zuckte sie wie von einer Gürtelschnalle im Gesicht getroffen zusammen. Ein

Junge hatte sie im Vorübergehen gegrüßt. Der Junge. Ausgangspunkt ihres Dramas. Knapp gegrüßt und weiter.

Aus.

Stundenlange Niedergeschlagenheit.

Sie wollte Daniel jetzt einweihen, wenn auch vorsichtig, tagelange Pausen dazwischen, damit es für sie erträglich blieb. Er hieß Mark. Ihre große Liebe. Ihre ganz große dumme Liebe. Aus und vorbei! Wie große dumme Lieben nur aus und vorbei sein konnten.

Sie hatten sich getrennt. Nein, Mark hatte sie fallenlassen, um bei der Wahrheit zu bleiben. Hatte sie abgeschoben, da mochte sie jetzt von Daniel keine künstliche Empörung, Beschwichtigung oder Tröstung hören. Es hatte seine Gründe. Mark hatte ihr den Laufpass gegeben, weil …

»Na?«

»Weil … es ist so erniedrigend …«

»Raus damit.«

»Weil mein Englisch zu Deutsch klang.«

Sie hätte nie gewagt, es anzusprechen, hätte Daniel nicht so über Elvis geredet. Daniel kannte den Beigeschmack von schlechten Kopien – darum ging es auch bei ihr. Für Mark hieß das abschreckende Beispiel Peter Kraus, dieser bayerische Semmelknödel-Schnösel, dieses »wiehernde Pferd«, Tiefpunkt aller deutschen Rock'n'Roll Aufgüsse. Das galt es um jeden Preis zu vermeiden.

So schwor Mark seine Gruppe auf elektrische Gitarren, auf hartes Fingerpicken – und Englisch ein.

Mark nannte die Band Falling Dominoes, aus Verehrung für Fats Domino, dessen flüssigen Vortrag er liebte. Außerdem rockte sein Bruder das Piano wie Domino. Der

Rest der Gruppe bestand aus Leadgitarre, Bassgitarre und Schlagzeug. Auf Stromgitarren spielten die Jungs wie auf bloß gelegten Nerven.

Zunächst versuchten die Falling Dominoes, ihre amerikanischen Vorbilder möglichst unverfälscht wiederzugeben. Dann würde man sehen. Was fehlte, war eine geeignete Stimme.

Mark, erste Gitarre und Sänger, spürte schnell, dass ihm der letzte Schmiss – oder war es Schmalz? – beim Singen fehlte. Evi liebte Mark als Mensch und vergötterte ihn als Musiker. Bei den Proben brachte sie die Biere, sorgte für Laune, hauchte im Vorbeigehen ehrfürchtig »oh boys!« ins Mikro. Und der Schlagzeuger meinte, »Evi, mach das nochmal.« So ging es los. Probier mal hier. Sing mal das.

Sie schrillte besonders aufgedreht mit, wenn die Band zum Abspann die bewegenden Verse

Dreimol Null es Null bliev Null,
denn mer woren en d'r Kayjass en d'r Schu - u - ull
Dreimol Null es Null bliev Null
denn mer woren en d'r Kayjass en d'r Schull

schmetterte. Das beeindruckte. Die Bandmitglieder fanden, mit Evi auf der Bühne wäre mehr los. Es begannen Versuche, sie in die Auftritte einzubauen, natürlich nicht mit Dreimol Null, sondern mit *dream lover* …

»Schad drum«, warf Daniel ein.

Ein wenig hatte sie davon geträumt, immer wieder zum Mikro geschielt, wenn egal wer von den Jungen zu singen versuchte, weil's miserabel klang, und sobald sie im Chor sangen, war's noch paar Ecken schlimmer.

Bei Evi dagegen knisterte Seide, rieb Samt, klingelte

Eis im Whiskyglas, zog eine Klinge durchs Fleisch. Sie kam sinnlich rüber, landete stimmlich zwischen Eartha Kitt und Brenda Lee. Außerdem sah sie fantastisch aus. Da stimmte alles.

Die Band wollte schon an einen Lotteriegewinn glauben, als sich Probleme zeigten, die zunächst nebensächlich schienen: Ihre Aussprache! Im Übungsraum noch lustig, vor Publikum tödlich. Wollte sie zur Gartenzwerg-Tralaline werden? Das wollte sie nicht. Sie hörte BFBS, sang jeden Titel nach, übte vor dem Spiegel, ließ Platten laufen und imitierte den Zungenschlag, die Knödellaute, die Mischvokale, die zerkauten Konsonanten ...

Herr im Himmel, ihr kam's vor, als atmeten die Leute schon anders! Als holten sie die Töne aus Regionen ihres Körpers, die Evi gar nicht besaß! Das Repertoire der Falling Dominoes hatte sie auswendig gelernt, lautlich wieder und wieder zurechtgeschliffen, nachgebessert – es blieb dieser winzige teutonische Kratzer, fast nur ein schwacher klanglicher Achselgeruch, ein an ihrer Zunge klebender Fluch, so unterschwellig wie unauslöschbar.

Sie schrieb die Texte ins Reine, übersetzte sie, um überhaupt zu wissen, was sie sang. Sie nahm Englischunterricht. Der nächste Fehler. Korrekte Aussprache war schon falsch! Korrekt unkorrekt, korrekt unsauber, mit einer unverkennbaren lokalen slangy Lautverknödelung gesegnet, slangy, auch so ein Lieblingswort von Mark, neben offhand, was immer das besagte, jedenfalls unbedingt eingefärbt von pazifischen Stränden, texanischen Farmen, New Yorker Wolkenkratzern, von Raddampfern und Rinderherden, die sie nie gesehen hatte – das wär's gewesen.

Nie gesehen, nie zu Ohren bekommen, und genau deshalb, meinte Mark, bekam sie den letzten, mit der Muttermilch eingesogenen Sound nicht hin.

Ihre Stimme war gut, hauchwarm, konnte auch fauchen und kratzen. Mark schwebte Wanda Jackson vor, also schrie sie ein paar Stunden vor jeder Probe die Wände an, damit ihre Stimme schön wund klang. Nur: Die Stimme war nicht die Hürde, ihre Aussprache verdarb den Auftritt.

»My ears, Evi, watch my ears!«, rief Mark (das hatte er selber aus dem Radio, als sich ein native speaker der BBC über Johnny Hallydays Englisch lustig machte).

»Dann lieber gleich Schuhplattler!«

Evi stand am Mikro und heulte. Sie übte, sie imitierte. Mark tröstete. Er redete ihr das mit der Sängerin wieder aus, so behutsam, wie er es ihr eingeredet hatte. Er wollte die Sache sanft begraben, doch Evi hatte schon zu oft vom neuen Selbst geträumt. In ihr steckte mehr als die Büromaus. Es durfte nicht sein, dass sie – stimmlich auf einer Höhe mit der Konkurrenz aus den Vereinigten Staaten – Schiffbruch erlitt, nur weil sie in der unpassenden Sprache sang!

Genau so war's. Mark hatte ihr die Hoffnung auf eine Veränderung in den Kopf geträufelt, von wo aus das Gift abwärts sickerte und ihren Körper zerfraß, während ihm, dem die Geliebte und die Sängerin längst eins geworden waren, die Lust an beiden verging. Als er Evi wieder vom Mikro drängte, schob er sie auch aus seinem Bett.

Und Evi schleppte ihren Englischkomplex wie einen schwarzen Tagtraum durch ihren jetzt noch unerträglicheren Alltag.

Trotz aller Schwüre, es sei aus und vorbei, kein Thema mehr, kein Mark, kein Sprachfimmel, schreckte sie nachts neben Daniel hoch, hatte wieder auf der Bühne gestanden und Englisch mit Krauteinschlag gesungen. Hing verheult an seiner Schulter. Verzweifelt. Zum Kopf gegen die Wand rammen. Kriegte einfach ihre Zunge nicht sortiert. Nichtmal im Traum.

»Evi, vergiss die Vorbilder. Genieß sie, aber lass sie. Die tanzen auf ihrem eignen Mutterboden, schlucken einen andern Haferbrei, sehen andere Sonnenuntergänge, ich glaub sogar, deren Hunde bellen anders. Es ist ihre Zeit, da bleiben wir Zaungäste. Nur ihre Bewegungen stimmen, nur ihre Klamotten gleichen Offenbarungen, nur ihre Frisuren sitzen und bestimmt riecht ihr Harn, den sie unauffällig aufs Pflaster tröpfeln, auch tausendmal besser. Den Kampf kannst du nicht gewinnen. Was du fühlst, ist Bonn, Maargasse, Brückenlärm, Rhein in Flammen, auch wenn du's hasst. Deine Stimme ist klüger als du! Sie weigert sich, eine Tarnkappe aufzusetzen. Sie stößt dich in die wahre Richtung: Du schaffst es auf Rheinisch oder gar nicht. Ich meine, besser echte Vibrationen als internationaler Abklatsch. Rock'n'Roll ist eine Einstellung, kannst du aufnehmen, über den Rhein spucken, am Hofgarten vorbei zum Münsterplatz schleifen, dass Beethoven vom Sockel springt – Beethoven selber ein gestandener Rock'n'Roller, zu seiner Zeit, wenn du mich fragst. Und ist grad um die Ecke geboren. Sag keiner, dies Pflaster gäb nichts her! Ich bin der Erste, der Eddie Cochran für *Summertime Blues* einen Altar bastelt, aber er ist Zugabe. Ich brauch ihn nicht wirklich. Ich brauch dich. Du zählst. Du. Hier.«

»Muss trotzdem erlaubt sein, über solche Sachen schwermütig zu werden.«

»Sing, wonach dir ist, sing Platt, wenn deine Zunge es so will.«

»Als hätt meine Haut einen Webfehler! Ohne den Vergleich mit den transatlantischen Roll-mich-über, Rüttelmich-durch wär ich umwerfend. Was gilt das noch? Ich gehör nicht dazu.«

Das Gefühl, zweite Wahl zu sein, vergiftete sie bis zu dem Punkt, wo sie daran zweifelte, ob ihr die pochende Liebe, die der Rock'n'Roll besang, überhaupt zustand.

»Sing Dreimol Null, wenn's dir bis in die Sohlen fährt, ich lieb dich schon heut dafür!«

Sie nickte und schwor, zu ihrem Kaff im Kartoffelland zu stehen.

Kaum geschworen, lief ihr ein Engländer über den Weg, ein kreuzbraver Handwerker, der einige Zeit für die Armee gearbeitet hatte, unscheinbar, um das Wort mickrig zu vermeiden, nur eben mit der richtigen Sprache gesegnet! Der Glückliche, der nicht wusste, wie ihm geschah, nahm sie mit nach Sheffield, heiratete sie, trug sie auf Händen. Sie jubilierte auf den Postkarten, die sie Daniel schickte. Auf Englisch. Sie war angekommen. Sie würde es schaffen: Paar Jahre später würde sie Mark mit einem erdigen englischen Slang überraschen, das Mikro der Falling Dominoes zurückerobern und mit ihren beiden wahren Leidenschaften, Mark und dem Rock'n'Roll, für immer glücklich sein.

Ende des Märchens.

Ende der Postkarten.

Erträglich schienen auf Dauer nur die Kneipen. Besonders im Winter erwies sich die Stammkneipe von Franz als einziger Ort, wo man sich treffen konnte, ohne trübsinnig zu werden.

Im Frühjahr zog es sie wieder ins Freie. Nur Holger, der sonst schon in der ersten Aprilsonne an seinem Moped schraubte, um es für die kommende Saison flott zu machen, blieb friedlich in der Kneipe hocken. Welcher Dämon nagelte ihn an den Stuhl? Holger verstand die Aufregung nicht. Alles wie sonst. Nur dass die Kneipe, vorübergehend ihre zweite Heimat, Holgers erste geworden war.

Er blieb – Freundschaften hin, Liebschaften her – eisbergeinsam in der Pinte sitzen. Gerade die unaufgeregte Verneinung, dass sich bei ihm etwas geändert habe, schockte. Nora, Enno, Karo, Ulla, Daniel und die restlichen Stammtischler beschlossen, es zunächst gutherzig zu übersehen. Bloß nicht noch laut sagen, was jeder dachte.

Was genau unterschied sie, die Laienpichler, von ihm, dem angehenden Profisäufer? Es war die Art, wie er zur Zigarette und zum Glas griff, in einer Bewegung, die nur deshalb so vollkommen wirkte, weil sie zu oft geübt und auf die knappste Form zurückgeschliffen war. Es war darüber hinaus die gesammelte Andacht, mit der er Zigarettenschachtel, Feuerzeug und Bierglas auf dem Tisch arrangierte: so rückten nur noch die Priester Bibel, Monstranz und Kelch auf ihren Altären zurecht!

Vor allem aber lag der Unterschied im Trinken selbst. Sie tranken, Holger sog – sog den Saft ansatzlos aus dem Glas, dass Daniel danach nur einmal mehr ungläubig auf die dünne Schaumspur starrte, die vom frisch gezapften Bier einzig noch übrig war. Die Geschwindigkeit, nein, die Beiläufigkeit mit der Holger die Biere wegzauberte, die Andacht, mit der er das neue Glas deponierte … oft schien es, als passte er nur einen Moment ihrer Unaufmerksamkeit ab, um sich sein nächstes Pils einzusaugen, den Wirt durch einen knappen Wink mit dem leeren Glas an seine Zapf-Pflichten zu erinnern und sie in dem Glauben zu lassen, es handle sich immer noch um das gleiche leere Glas von vor zwei Stunden …

Kein Abstreiten mehr möglich: Holger hatte die feine Linie vom geselligen Süffel zum abhängigen Kneipengänger überschritten.

Je mehr er soff, desto weniger merkten sie es ihm an. Nur die Sprechgeschwindigkeit ließ nach; er artikulierte bemühter. Was war ihm wichtiger: ihre Freundschaft oder das Bier? Sie hatten die falsche Frage gestellt. Er freute sich, wenn sie sich zu ihm setzten, aber er vermisste sie nicht.

Nora wollte die Veränderung nicht hinnehmen, Daniel wusste nicht weiter. Enno wiegelte ab. »Ein so intelligenter Mensch«, meinte Nora, »ich könnte heulen!« Die Frauen nahmen Holger ins Gebet. Ihre Sorgen schmeichelten ihm, bewegten ihn jedoch nicht vor die Kneipentür. Darauf wandten sie sich an Enno und Daniel: »Tut doch was!«

Nur was? Handelte es sich um eine vorübergehende Willensschwäche? Um Krankheit? Einen genetischen Defekt? Eine sozial begründete Entgleisung? Suche nach Betäubung? Flucht ins Vergessen? Doch wovor sollte so ein Gewinner wie Holger fliehen? Die Deutungsmöglichkeiten überwarfen sich.

Jede Erklärung verlangte ein anderes Vorgehen. Dort galt es zu heilen, hier galt es durchzugreifen.

Sucht! Ja, Herrgott, wo beginnt die? Die ganze verdammte Bonner Gesellschaft soff. Überhaupt. Rausch. Entrückung. Der Mensch wäre nicht, der er ist, ohne das. Oder nicht? Und doch warf es nur die wenigsten für immer aus der Bahn.

Der Rest sagte »hoppalallala« und soff weiter.

In seiner Ratlosigkeit hing sich Daniel noch intensiver an Enno: Enno verband umfangreiches Wissen mit bedächtigem Vorgehen. Ennos Vater, während des Krieges Dozent an der Bonner Uniklinik, eröffnete nach seiner Entlassung eine Praxis als Kinderarzt, verfiel zunehmend in Depression und starb zwei Jahre später.

»Wir müssen Holger vor sich selber retten!«, platzte Daniel bei jeder Gelegenheit los.

»Bist du sein Vormund?«, forschte Enno, »bin ich mit ihm verheiratet?«

Sie standen im Park und stritten über das autonome Ich. Niemandem sollte sein freiheitliches Recht auf Selbstzerstörung genommen werden! Der kleinste gemeinsame Nenner jeder nihilistischen Ethik. Daniel sah sich im abendländischen Ideensalat untergewühlt.

Ennos These spitzte sich auf die Erkenntnis zu, dass einer, der so unbarmherzig soff, auf seine Art um Hilfe rief. Also halfen sie. Erledigten für Holger die Amtsgänge, korrespondierten mit den Behörden, verfluchten ihn zwischendurch. Zeigten sich gegenseitig die gerissenen Geduldsfäden. Machten dann weiter. An ihnen sollte es nicht liegen! Gleichzeitig blieben die Zweifel, ob sie Holger damit auf Dauer halfen oder nur sich selber besser fühlen wollten.

Ennos Umgang mit Holger entglitt immer mehr zur Patientenbehandlung. Hie und da wurde der Freund schon durch den Fall Holger ersetzt, wurde eine professionelle Einstellung an ihm geübt, die ihn, Enno, den künftigen Therapeuten auszeichnen sollte. Der Therapeut lebt von Einfühlung, belehrte er Daniel, aber er braucht auch Distanz – Enno liebte das Wort »Abstinenz« –, um nicht selber baden zu gehen. Gleich, was der Therapeut tagsüber an Fürchterlichkeiten von seinen Patienten höre, es dürfe ihn nie daran hindern, am Abend seinen Hummersalat zu genießen.

Daniel wieherte innerlich.

Enno blieb ernst: »Ich setz mich einen halben Tag mit Holger vor die Chemiebücher, aber wenn ich in der nächsten Woche wiederkomme, um ihn abzufragen, ungelogen, da liegen die Bücher noch exakt so aufgeschlagen, wie ich sie verlassen hab!«

Mit solchen Unverschämtheiten vor Augen überschauerte sie der Impuls, Holger einfach mal ganz untherapeutisch im Polizeigriff aus der Pinte zu schleifen.

Seinem Temperament gemäß blieb es für Enno dann doch bei tiefen Blicken und eindringlichen Mahnungen zur

Umkehr. Aber vor dem Hintergrund welcher überlegenen Sicht? Im Namen welcher höheren Werte?

Da schwammen ihnen die Felle weg.

Sie gaben vor, Gründe zu suchen, die Holger bewegen sollten, wieder »Tritt zu fassen«, und sahen dabei oft nur nach, ob sie selber noch festen Grund unter den Füßen hatten.

Manchmal verdächtigte Daniel sich selbst, Ulla, Siggi, Karo, Enno und Nora, die Bekehrungsversuche Holgers vor allem als Prüfsteine für die eigenen Überredungskünste zu nutzen. Wer hatte die umwerfendste Formulierung? Wem gelang es, durch unwiderstehlichen Scharfsinn zu glänzen? Nora, die in den Auseinandersetzungen mit Holger ihre Argumente körperlich bebend unterstrich, schien ab und an von der eigenen Darstellung derart berauscht, dass sie es fertig gebracht hätte zu sagen: »Eh du dich jetzt voreilig erlöst an meinen Hals wirfst, lass mich diesen Satz noch zu Ende bringen – ist ja reines Gold!«

Es gab auch Augenblicke, wo sie einander erreichten. Wo sie Holgers Selbstmord auf Raten weder ablehnten noch hinnahmen, sondern einfach wahrnahmen, als sei er auf sie übergesprungen. Holger spürte diese Umschwünge, ging darauf ein, verharmloste kein Detail, verleugnete keine Konsequenz. Diese Geständnisse klebten ihnen endgültig die Zungen am Gaumen fest.

Ernüchtert meinte Enno wieder, Holger müsse von der Wurzel her ausgehebelt werden. Schon ging die nächste Analyse-Runde los. Was war hier durch wen passiert …? Wann genau hatte sich der Weg in die Abhängigkeit gegabelt …?

Nach dem geglückten Tauchgang das Wühlen im Schlick.

In Wahrheit gab es etwas, das ihnen unerträglicher als jede noch so erschütternde Entdeckung gewesen wäre: dass es nichts zu entdecken gab. Dass hier einer weder aus inneren noch äußeren Nöten abrutschte, sondern einfach so, in einer Mischung aus Langeweile, Neugier, Gewohnheit, unterschwellig geleitet von einem allgemeinen Misstrauen gegenüber einem Leben, das die Leute selber stinknormal nannten.

Am Ende wandelten sie auf den Holzpfaden, die Holger gelassen mied!?

»Der braucht Druck«, fasste Enno seine Thesen zusammen, »Leidensdruck. Ohne Leidensdruck kein Ansatz für eine Therapie. Ich sag es ungern, Danny, der muss auf die Schnauze fallen. Der muss sich selbst hassen und winseln, erst dann ist er wieder für Hilfe von außen zugänglich. Was ist denn das untrüglichste Zeichen für einen Alki? Dass er leugnet. Dass er behauptet, alles im Griff zu haben. Dass er jederzeit aufhören könnte. Diese ganze Leier. Daran erkennst du ihn. Mit solchen Sprüchen hält er sich die Leute vom Hals, die ihm die Flasche verbieten wollen. Nur mit dieser Schutzbehauptung kann er unbehelligt weiterpicheln.«

»Anfangs, Enno, aber wenn er ehrlich raus will und nicht mehr raus kann, egal, wie bereitwillig er Hilfe sucht, beginnt die Ohnmacht, oder? Ich weiß nicht. Vielleicht liegt er richtig. Vielleicht erkaufe ich mir durch solche Unterstellungen aber auch nur Ruhe vor seinen Schwierigkeiten. Ich bin's manchmal einfach leid, mich mit ihm abzugeben. Lass ihn vor die Pumpe laufen. Oder mit dem Fusel alt werden. Auch das gibt's. Wer weiß. Darf ich mich überhaupt einmischen? Kaum zu Ende gedacht, erschrecke ich vor meiner eigenen, verlogenen Toleranz. Im nächsten Moment finde ich sie wieder angemessen. Ein wütender Hummelschwarm in meinem Kopf.«

»Trifft es genau, Danny. Hilf ihm durch Härte, sag ich mir morgens, hilf ihm durch Umarmung abends.«

»Und scheiß auf beides nachts.«

»Ihm fehlt der Leidensdruck«, wiederholte Enno, »das ist es! Therapien, Kuren, Reha, die ganze Maschinerie kann erst greifen, wenn er aus dem Mist raus will. Aber will er? Kein Gedanke. Ihn erschreckt ja nicht mal sein rasanter körperlicher Verfall.«

Jeder, der Holger verstehen, ihm helfen oder ihn umkrempeln wollte, besprach sich vorab mit Enno. Daniel traute Enno. Enno stand für Ausgewogenheit. Seine umsichtige, ausgleichende Art kam gut an. Wenn er amtlich unterwegs war, troff sein Gesicht vor Sendebewusstsein.

»Lasst mich machen.«

Das reichte.

Enno, sachlich mit den Nüchternen, gewieft mit den Schlaubergern, aber auch ein Gefühlsmensch, wenn er mit Kindsköpfen wie Daniel zu tun hatte. Er vermittelte bei allen Konflikten so geschickt, weil er selber eine gelungene Mitte darstellte, schon körperlich: weder klein noch groß, weder hübsch noch hässlich, weder sportlich noch linkisch, weder brillant noch begriffsstutzig ... wunderbar ausgependelt von der Natur, die mit der Apothekerwaage dagestanden haben musste: hier noch ein Gramm Schwung, da noch eine Prise Vorsicht, schon stand das Produkt »Enno« im perfekten Gleichgewicht und überzeugte, ohne die Stimme heben zu müssen.

Enno schien so angenehm unauffällig wie sein Leben frei von Erschütterungen. Er tat nichts, was dem wohltemperierten Gang der Dinge eine Unwucht hätte geben können. Im besten Wohnviertel geboren, geprägt von großbürgerlichen Häusern aus den Gründerjahren, als die neue Oberschicht ihren Wohlstand zur Schau stellen wollte, aber nicht wusste wie und daher an die Fassaden alles hinpappte, was die Architekturgeschichte hergab: Miniatursäulen, Karyatiden, Erker, Kuppeln, Balkone, Engelsköpfe, Dämonenmasken, Figurinen, Blumenmotive, Rahmendekore, Embleme, Simse, Ornamente, kurz, komplizierte Kuchensturzfassaden, umgeben von Eisenspeer bewehrten Vorgärten …

Wenn Daniel von der Poppelsdorfer Allee in die Argelanderstraße bog und an den Häuserzeilen entlangblickte, riss er sich regelmäßig die Augen an der Gebäudefront wund. Die Kastanienbäume vor den Häusern vervollständigten den Eindruck, ins Jahrhundert der Pferdekutschen zurückversetzt zu sein. Abgeschirmt vom städtischen Tumult, still, behäbig, solide, selbstgefällig, die einen sagen noch idyllisch, die anderen schon muffig …

Holger hasste die Ruhe, die ihn vor Ennos Haus umlullte. Jedem, klagte er, jedem, der in diesen Trutzburgen des Wohlstands aufwuchs, musste sich früher oder später – früher oder später, aber unabwendbar – eine gönnerhafte Herablassung aufs Gemüt legen.

»Wenn du den Albtraum begreifen willst, der Ausländer beim Betreten deutschen Bodens überfällt, lass dich vom Argelanderviertel beatmen!«

Holger unterstellte eine unbestreitbare Übereinstimmung zwischen Ennos Innenleben und Ennos elterlichem Haus. Von klein auf hätte Enno alles vorgefunden, was sein Herz wie sein Hirn fragen ließ, warum er sich aufregen sollte: Enno bewohnte ein geräumiges Zimmer, Klavier neben dem Bett, Perserteppich auf dem Boden, ausladender Balkon zum Garten, das eigene Bad durch eine zweite Tür erreichbar. Die Mutter und die älteren Schwestern sorgten für saubere Wäsche, servierten die Mahlzeiten, inklusive Kaffee und Kuchen am Nachmittag.

Innenstadt, Hofgarten, Schule – später die Uni – lagen keine zehn Minuten zu Fuß entfernt.

Enno wuchs im Geregelten auf. Es gab Jugendliche, denen das schon genügte, um auszuflippen. Sie wurden als wild gewordene Bürgerkinder verspottet. Enno gehörte nicht dazu. Er schmiegte sich ins Gegebene. Äußerlich. Darauf bestand Daniel. Was in Ennos Kopf vorging, blieb unentschieden.

Holger vertrat eine andere Meinung: Ennos schleichende Gemütsverfettung sei unabwendbar. Holger sah Enno auf klar vorgezeichneten, tausendfach abgesicherten Spuren wandeln, von keinerlei Selbstzweifeln geplagt. Wenn andere wankten, waren die schwach oder blöd oder beides.

»Sieh mal, Danny, Enno war noch keine fünfzehn, da hingen in seinem Schrank schon zwei Dutzend Hemden, sauber an Bügeln nebeneinander aufgereiht. Ich meine, wo leben wir? Zwei Dutzend weiße Hemden auf Bügeln im Schrank! Und dann sag mir noch eins: Hast du schon mal jemanden gesehn, der, egal wo er parkt, grundsätzlich ein Mal rund um seinen Wagen läuft um nachzuprüfen, ob auch bloß kein Rad am Bordstein auf Kante steht? Egal wo. Egal wann. Egal mit wem. Und wenn du je so einen gesehen hast – was hieltest du von dem?«

Wut schwang mit. Auch ehrliches Entsetzen.

»Jeden Mittag – von der ersten Klasse an! – ein Erholungsschläfchen, wo gab's das noch? Sag mir das. Oder kennst du sonst noch einen, der als Zehnjähriger statt einer Platten- eine Briefmarkensammlung aufbaute? Oder der dir als Zwölfjähriger seinen Beruf nennen konnte? Ich meine den Beruf, den er später auch tatsächlich wählte. Ich rede jetzt nicht von den Künstlern, die mit zwei Jahren ihre erste Oper komponieren, ich rede von normalen Menschen. Sag mir das. Oder sag mir, wie oft es vorkommt, dass dir einer in der elften Klasse seine künftige Frau vorstellen kann? Sag mir das, du! Von A bis Zett alles eingestielt, als ginge es darum, dem Leben ab dem Geburtsschrei nicht die kleinste Chance auf eine weitere Erschütterung zu geben.«

»Und was, wenn er das Geregelte als Krücke braucht, um überhaupt laufen zu können?« gab Daniel zu bedenken, »ich meine, sieh dir seine Augen an, ewig irgendwie doch auch traurig und jedenfalls sehr mit sich beschäftigt. Vermutlich bedrücken ihn mehr Dinge, als wir ahnen.«

»Versuch mir keine Doppelbödigkeiten unterzujubeln! Wenn er verunsichert ist, dann weiß er's gut zu verstecken. Nimm Nora. Eine Schönheit. Mach mir nichts vor. Deine Augen kullern in ihren Ausschnitt, wenn sie kommt und kleben an ihrem Hintern, wenn sie geht. Ich bin der erste, der dir zustimmt! Das ist nicht alles. Nora kann auf Geschäftsfrau machen, auf Küchenfee und Kumpel, doch vor allem ist sie das Geregelte, Danny. Ich sag dir, eine spiegelbildliche

Anziehungskraft muss mitgewirkt haben. Die beiden ticken synchron. Dienstag und Donnerstag ab acht Enno bei Nora, Liebe machen, Montag und Mittwoch Enno ab fünf Tischtennis im Verein, Samstag und Sonntag ab zehn Nora bei Enno, im Kreis der Familie, ansonsten täglich Enno und sein Mittagsschläfchen und so weiter – und wehe du brauchst ihn genau dann, sagen wir mal zwischen eins und drei, weil dein Haus brennt oder was immer. Fehlanzeige!

Komm zu einer seiner Sprechzeiten wieder.

Bisschen Beständigkeit im Leben, warum nicht? Aber wenn einer zum Sklaven seiner Tagesplanung wird, egal, wer mit welchen Sorgen vor der Tür steht, dann wird's armselig. Nee du, ist mir auch egal, ob das ein Stützkorsett für seine ansonsten auseinanderfließende Seele ist oder was. Der hat sein Schlafprogramm, der hat sein Studienprogramm, sein Tischtennisprogramm, sein Noraprogramm und sein Stuhlgangprogramm. Macht dir das keine Angst? Ein Gerüst aus einbetonierten Ritualen, bis hin zu so Einzelheiten, dass er nach jedem Mittagessen als erstes ins Bad muss, um ins Waschbecken zu rotzen. Unabhängig von allem, was er gegessen hat, sommers wie winters, ob's stürmt oder schneit.«

»Jetzt übertreibst du.«

»Da achte mal drauf! Er glaubt, mich durchleuchten zu müssen. Ich verzichte auf seine Durchleuchtung. Ich halte bloß fest. Samstag und Sonntag Nora im Kreis der Familie, Viertel vor eins bis Viertel vor zwei Mittagessen, ab ins Bad und ins Waschbecken rotzen, Schläfchen halten, fünf Uhr Kaffee und Kuchen … das hat sich alles so eingeschliffen, dass keiner mehr wagt, in dieses Räderwerk der Glücksabläufe einzugreifen.«

»Seine Zeiteinteilung macht dich wütend?«

»Was ich hasse ist, wenn einer nicht die Zeit, sondern die Zeit ihn aufteilt.«

»Und was ist mit denen, die jedes Zeitgefühl verlieren?«

»Ja, ich weiß, ich weiß, ich kenn kein Früher oder Später mehr, kein Nord oder Süd, Oben oder Unten, aber ich schwör dir, ich genieß es, selbst wenn's mir zum Hals raushängt.«

Daniel sträubte sich, von Ennos gleichförmigem Leben auf innere Schlafmützigkeit zu schließen. Abenteuer hingen von den Tumulten im Kopf ab.

»Mach deinen Frieden mit Enno.«

»Ich müsste mit so vielen Frieden machen, Mann! Dabei lieg ich mit keinem ernsthaft überkreuz. Nicht mal mit mir.«

Zwischen Enno und Holger stieg neben der Freundschaft ein Unmut auf, der sich eines Tages in einer denkwürdigen Szene – im Grunde in einem einzigen wuterfüllten Satz – entlud.

Enno hatte vieles als erster, so auch einen eigenen Wagen, einen blauen VW Käfer, unverkennbares Merkmal die knubbelige Grundfigur, die das Auto zum Metall gewordenen Liebling der Kartoffelländler machte: geduckt, sparsam, zuverlässig – Buckeldach, Buckelhaube, Buckelheck, Buckelradkappen und zu allem Überfluss die großen, runden, in die Buckelkotflügel hineingebuckelten Scheinwerfer. Das wollte nicht wie ein Ford Zodiac einschüchternde Haifischflossen aufstellen oder als hochnäsiger Benz 300 auf den Straßen schaulaufen, das wollte sich mit dreißig Pferdestärken durch Städte und Landschaften buckeln.

Enno schaffte es, Holger – bevor er unwiderruflich als

Schnapsleiche in seiner Matratzengruft versank – zur Jungfernfahrt zu überreden. Holger saß neben Enno auf dem Beifahrersitz, auf dem Ehrenplatz. Enno kurvte Richtung Koblenz, die Schieferfelsenstrecke unmittelbar am Rhein entlang, links der Fluss, rechts die Bahngleise, Häuser zwischen Wasser und Weinberghänge gedrückt.

Holger saß unstrittig auf dem besten Platz im Auto, kein Lenkrad vor der Brust, kein Pedalgedöns um die Füße, freie Sicht nach vorne und zur Seite, während sich Nora zwischen Ulla und Daniel auf den Rücksitz quetschte, ihre Frisur von der Dachkuppel geplättet, Knie in die Vordersitze gebohrt.

Aber nicht das zusammengefaltete Trio auf dem Rücksitz, nein, Holger litt! Holger stöhnte. Nora jauchzte. Holger litt noch mehr. Maulte was von wegen beräderter Brezel, »Knubbelbubbel« und so fort.

Enno machte den Kapitän der Landstraße. Er wollte hören, was sie von seinem flotten Käfer hielten. Holger schnaubte was von »Beulenpest«. Jetzt musste sogar Nora trotz der zerdellten Frisur lachen. Nora stieß Ulla in die Seite. Sie prusteten los. Holger litt noch mehr. Jede kleinste Unebenheit nahm er zum Anlass, dramatisch zu hopsen, den Kopf zwischen die Schultern zu ziehen, die rechte Faust gegen die Innentür, die linke gegen die Stirn zu drücken, auch hinter einer noch so harmlosen Bodenwelle minutenlang nachzurütteln, als sei bei ihm kein Knochen am anderen geblieben.

Holger litt. Die Sonne heizte den von fünf Personen vorgeglühten Innenraum noch weiter auf. Er litt. Es war stickig. Enno kurbelte die Scheibe runter. Die Hinterbänkler kreischten auf. Sie sahen ihre zweiten Wimpern von den

Augen, ihren Puder von der Nase, ihre Anhänger von den Ohren, ihre Blusen von den Oberkörpern fliegen.

Daniel hielt in solidarischer Verzückung seine Brille fest.

Nora lehnte sich vor, gab Enno Fahrunterricht. Ulla mahnte nach Erspähen eines Steinschlagschildes gedrosselte Geschwindigkeit an. Falsch, belehrte sie Enno, Steinschlagschilder forderten zu noch rasanterer Fahrt auf, damit man vorbei war, wenn die Brocken sich lösten.

Holger litt. Nora wollte Enno deutlich machen, ab welchem Fahrgeräusch er welchen Gang einzulegen hatte. Sie quietschte. Holger schüttelte sich. Nora piekte Holger vor Begeisterung ins linke Ohr. Holger lief rot an. Enno strahlte. Nora fand es wunderbar. Holger kniff die Augen zusammen. Nora fand ihn komisch. Holger kochte.

Plötzlich befahl er Enno, rechts ran zu fahren, wartete, bis der Wagen stand, öffnete die Tür und schrie gegen die Beulendecke des Wagens: »Du kannst in einem Käfer keinen Rumba tanzen!«

Schrie es, stieg aus, stand in der Bucht neben der Straße, irgendwo im Weinbergegewirr zwischen Bonn und Koblenz, knallte die Wagentür zu, stiefelte los, zurück, zu Fuß zurück, der blanke Wahnsinn. Enno fuhr beleidigt weiter. Nora hatte die Gunst des Augenblicks genutzt und sich neben Enno nach vorne gesetzt, von wo aus ihre Anweisungen noch gewichtiger klangen.

Die restliche Fahrt gab es für Daniel nur noch ein Rätsel: warum er nicht mit ausgestiegen war.

Nora und Enno lebten schon so aufeinander eingespielt, dass keiner mehr wusste, wo sie aufhörte und er begann. Es ging nicht darum, ob sie heirateten, es ging darum, wann.

Enno war stolz auf Nora, Nora konnte sich ein Leben ohne Enno nicht mehr vorstellen, musste es auch nicht, denn das gegenseitige Versprechen stand. Schon als er noch zur Schule ging.

Natürlich konnte ein Schüler nicht heiraten. Und nach der so genannten Reifeprüfung fühlte Enno sich fürs Heiraten so reif dann doch wieder nicht. Er musste erstmal, fand er, festen Boden unter die Füße kriegen, sein Medizinstudium hinter sich bringen.

Es lief ja auch perfekt für ihn, für Nora, für alle. Kein Problem. »Erstmal festen Boden unter die Füße kriegen« blieb Ennos Wahlspruch, auch nach dem Studium, da schien ihm der Boden immer noch nicht fest genug, während um ihn her jeder grübelte, wann der Boden unter ihm je gewackelt hätte. Fertiger Arzt, eigenes Auto, feste Frau, und immer noch am Schwimmen?

Irgendwie schon, fand er, da mussten noch flankierende Qualifikationen her, der Facharzt in Psychiatrie, er war eben ein gründlicher Mensch. Dann ergab sich ein zusätzliches Hindernis: Es gelang ihm nicht, seiner Einberufung zum Bund zu entkommen. Zunächst hatte er sich dem Militär durch einen schnellen Studienbeginn entzogen, im Nachhinein fast eine Staatslist, denn nun erhielt die Bundeswehr einen fertigen Doktor und ließ nicht mehr mit sich verhandeln.

Er versuchte, auf behindert zu machen – sie winkten nur ab: Bemühen Sie sich nicht, wir freuen uns, Sie mit egal welchem Tauglichkeitsgrad in der Kaserne begrüßen zu dürfen, schließlich brauchen Sie keinen Jagdflieger zu steuern.

Der Wehrdienst, fand Enno, sei nochmal eine Art Entmündigung, kein günstiger Zeitpunkt, vor den Altar zu treten.

Nur um ihm zu zeigen, was der gemeine Mann durchzustehen hatte, jagten sie Enno ein paar Tage durch den Schlamm, ließen ihn fünf Kniebeugen mit vorgehaltenem Gewehr machen und führten ihn dann seiner eigentlichen Bestimmung zu, dem Sanitätsbereich.

Fortan hieß es Amtsstubendasein, Langeweile. Die Einberufung, so wollte er es gesehen wissen, durchkreuzte seine Heirat ein weiteres Mal. Es war abgemacht, dass er Nora nach dem Bundeswehrdienst zum Altar führte, richtig mit Priester, Orgel, Goldschnittbibel, Ringtausch und allem Schnickschnack, obwohl er persönlich Atheist war, aber eben auch ein Junge vom Rhein, der zu Ostern und Weihnachten in die Kirche ging, um sich von der Stimmung anstecken zu lassen.

Achtzehn Monate Bundeswehr – da hatte Nora schon längere Wartezeiten durchgestanden – und doch geriet

Enno in Erklärungsnot, beschwichtigte nach allen Seiten, Freunde, Verwandte, besonders die eigene Mutter, die ihn förmlich zur Rede stellte, auch Noras Familie, soweit sie sich dafür interessierte, und natürlich Nora selbst, immer wieder Nora: aufgeschoben hieß nicht aufgehoben! Sie sollte es von der praktischen Seite sehen. Es gäbe keinen Grund zur Eile. Frisch verheiratet und er über die Woche in der Kaserne wäre kein guter Start.

Außerdem wüssten sie ja immer noch nicht, wo sie sich niederlassen sollten. Tübingen? Heidelberg? Das stand noch – je nach Arbeitsangebot – in den Sternen. Wenn es geklärt wäre, schmissen sie ihr Geld zusammen, kauften sich ein Haus, zögen gemeinsam ein und könnten heiraten. Das wäre vernünftig.

Nora, zunächst misstrauisch, beruhigte sich zu guter Letzt, weil sich alle, bei denen sie Rat holte – wozu Holger nicht zählte – entrüsteten: »Ein Charakter wie Enno taktiert nicht!« Ennos Mutter legte nochmal extra für ihren Sohn die Hand ins Feuer. Nora war ihr inzwischen wie eine natürliche Tochter. So kämpfte Nora ihre Zweifel nieder, schalt ihre schwankenden Gefühle ungezogen und lachte wie in alten Zeiten.

Ablenkung gab es genug. Holger verkam. Ein Anlass für endlose Debatten. Im Sommer mit Enno drei Wochen Urlaub an der Costa Brava, im Winter eine Woche Skilaufen am Tegernsee. Dazu jedes Ostern zwei Tage Paris.

Holger verwandelte sich zwischenzeitlich zu Rasputin, mit allen Kugeln seiner Mörder im Leib, aber irgendwie unfähig zu sterben. Und was war mit den Pärchen los? Evi hatte Daniel für einen Engländer aufgegeben. Siggi verlor Ulla. Weitere Gründe für erschöpfende Aussprachen. Während Nora und Enno immer fester zusammenwuchsen, schien um sie her alles verrückt zu spielen, aus dem Leim zu gehen. Da begriff Nora erst, was sie an Enno hatte.

Nach dem Wehrdienst schien Ennos Boden endgültig festgeklopft; viel fester, fand die Umwelt, ging nicht. Enno, der ansonsten so präzise plante, wurde an der Stelle verschwommen, zögerlich, mehrdeutig, als handle es sich um einen »wunden« Punkt. Was für eine Wunde? Welche Schmerzen? Es gab keine Schmerzen, beteuerte er. Keiner bezweifelte es, denn Enno würde, sobald er heiratete, mit Nora zusammen von einem gepolsterten Nest ins nächste wechseln, bruchlos: ein Glückskind.

Trotzdem gab er sich verstockt. Da wäre noch – nicht falsch verstehen! – die Ausbildung zum Psychoanalytiker, zwei, drei Jährchen Selbstanalyse ... Es festigte ihn auch von Innen. Klärte seine tiefsten Regionen. Dann wäre die Existenzgründung wirklich rund, ja?

Überhaupt: Warum die Eile?

Nora verlor über die neuerliche Vertröstung das erste Mal ihre Haltung, machte Enno nach all den Jahren eine handfeste Szene. Ein ungeheuerlicher Vorgang: Was sei das eigentlich für ein »Boden«, den er suche? Was brauche er denn noch an Sicherheit? Sie fand, sie hätte länger als zumutbar gewartet! Das von ihr. Ihm schwirrte der Kopf. Er sah sich von seinen Beteuerungen umzingelt, sah sich nicht nur bei Nora in Argumentationsnöten, sondern bei jedem, dem er seine Sicht der Dinge nahebringen wollte.

Die Ungeduld gegen ihn steigerte sich bis zu offenen Anklagen. Der Druck wuchs. Die eigene Familie, Freunde,

Bekannte zeigten sich plötzlich unwirsch bis angewidert von seinen Vernünfteleien.

Nora war drei Jahre älter als Enno. Sie hatte Kinderwünsche. Hier kam ihm die Einführung der Pille entgegen. Seit 1964 gab es »Anovlar« als Kalenderpackung. Sie stimmte zu, kämpfte mit Gewichtsproblemen. Doch was bedeutete die Zunahme der Brüste – nebenbei: er liebte große Brüste – gegen die neue Unbeschwertheit? Man wollte sich nicht erpressen. Freie Liebe, freiwillige Bindung, wunderbar, besonders wunderbar für ihn: es garantierte regelmäßigen Sex ohne Sorgen …

Jetzt mussten Entscheidungen her. Sie wollte die Pille nicht länger nehmen. Kinder konnte ihr Enno bislang wortgewaltig ausreden: Welt im Eimer, Grundübel Bevölkerungsexplosion, einfach unverantwortlich, da neues Leben hineinzusetzen … Sie nickte erschrocken. Kaum wieder allein, zerbröselte das Schreckensszenario und vor ihren Augen sprangen wieder eigene, unverantwortlich fröhliche Kinder umher.

Für sie blieb das Warten auf den großen Tag. Der Tag vor dem Altar. Der Tag ohne Pille. Erst als der große Tag, statt näherzukommen, auf einem festen Abstand einfror, argwöhnte sie, dass Enno nicht über den Sinn von Kindern überhaupt, sondern von Kindern mit ihr brütete: erst hieß es Schule beenden … dann hieß es Studium abschließen … dann Doktorarbeit nachreichen … danach Facharzt draufstocken … danach Kaserne hinter sich bringen … und schließlich eine Eigenanalyse dranhängen … Sie war erschöpft. Wutanfälle gegen Enno wechselten mit Selbstvorwürfen, Verkriechungswünschen.

Konnte er überhaupt noch ehrlich mit ihr sein?

Jeder schwor: Bestimmt!

Bloß Holger redete von Treppenwitz und abgeschmacktem Schurkenstück.

Holger hatte bei dem Thema nur ein Problem: Ihn nahm in seinem Zustand keiner mehr ernst.

Enno feierte seinen dreißigsten Geburtstag und lebte immer noch zu Hause. Ja und? Sollte ihm doch einer einen vernünftigen Grund nennen, sein Zimmer zu räumen, wo er alle Freiheiten genoss, alles in der Nähe hatte: »Man kann sich das Leben auch unnötig schwer machen.«

Das mit einem warnenden Seitenblick auf Daniel.

Auf Psychoanalytiker lief für Enno beruflich alles hinaus. So konnte er, gesellschaftliche Hilfe bietend, zugleich in sich aufräumen. Deswegen wollte er noch lange nicht vor der Hochzeit kneifen, wie man es ihm unterstellte, im Gegenteil, es ging um die Festigung seines Charakters, damit sie beide künftige Stürme noch besser überstanden, mögliche Konflikte noch souveräner meisterten …

Nora ließ sich nicht mehr vertrösten. Sie wollte ihre Kinder – jetzt.

Enno sah sich mit dem Rücken an der Wand; alle waren auf Noras Seite. Er konnte nur noch »Amen« sagen: »Amen, bestellt das Aufgebot, es sei.«

Oder bei Daniel klingeln.

Er klingelte bei Daniel. Daniel öffnete in Bademantel und Turnschuhen, acht Uhr abends, dem Verstörten schlägt keine Stunde. Daniel sah in Ennos Gesicht, mehr brauchte es nicht; augenblicklich zog er sich an und fuhr mit Enno über die Beueler Brücke zur Sieg, ihrer Lieblingsgegend, wenn's um Besinnung ging: Riedgrasufer, Pappelspaliere, Krähen auf den Baumkronen …

Enno parkte seinen Käfer. Die Dunkelheit brach an. Eine halbe Stunde kein Wort. Enno sortierte seine Gefühle. Zumindest den richtigen Einstieg für die Klärung seiner Gefühle.

Gespräche mit Enno: immer eindringlich, oft heilsam.

Nach einer halben Stunde hatte sich Enno so weit gesammelt, dass er beschreiben konnte, warum er nicht mehr weiterwusste. Nora stand vor einer Entscheidung, die keine Verzögerung mehr zuließ: Ihr Chef wurde nach Brüssel versetzt; er hatte Nora angeboten, mit an die Brüsseler Botschaft zu wechseln. Gute Stelle, beste Bezahlung. Sie fand, es sei ein Wink des Schicksals, zumindest eine »auf dem Silbertablett servierte Gelegenheit«, Liebe und Gegenliebe zu klären, um noch rechtzeitig auszusteigen – oder zusammenzubleiben, dann aber ohne weitere Vertröstungen.

Jetzt galt es, ehrlich zu sein. Ja, es fiel ihr schwer, trotzdem war sie so weit, sich von ihm zu trennen. Sie würde es hinkriegen, auch Dank des Angebots, von Bonn weg und beruflich weiterzukommen. Besser diese Trennung jetzt, als ein abflauendes Gefühl zwischen ihnen, bis nur noch eine Beziehungsruine übrig blieb.

Dann war sie doch noch ein wenig aufgebraust. Vom »ewigen Affentheater« hatte sie gesprochen, von »Faxen dicke« und dass er doch »einfach fühlen müsse«, wie es um seine Liebe stand. Ungewöhnlich. Sie klagte ein endgültiges Bekenntnis ein. Bereit für den Bruch.

Keine Vorwürfe. Keine nachtragende Verbitterung –

wenn es jetzt geschah. Wollte er aber, dass sie blieb, sei das für immer!

»Das heißt?«

»Heirat. Kein Zurück mehr. Kein Gefackel mehr. Im Übrigen auch keine Pille mehr. Ist nur recht und billig. Fast unanständig fair. Verstehst du? Nur, in einem irrt sie: Ich weiß nicht, ob ich die Trennung tatsächlich will, wie oft und wie tief ich auch in mir rumkrame. Jeder unterstellt mir heimliche Trennungswünsche, weil ich mich vor dem letzten Schritt drücke, das ist voreilig. In Wahrheit suche ich unentwegt eine ehrliche Antwort, aber die kann ich nicht so einfach fühlen, wie Nora glaubt. Ich meine, du kannst kein Thermometer in deine Seele halten und sehen, ob du genügend Fieber hast, um dich liebeskrank zu nennen. Ich frage mich, was ich tun soll. Ich frage dich, was ich tun soll.«

Sie schwiegen.

Enno begann zu weinen. Weinen löste. Das Beobachten von Weinen löste auch Daniel ... er fand behutsame Worte für das, was ihn an dem Freund beunruhigte. Das verführerisch Bequeme. Der Hang zum Geregelten. Sein trautes Heim, das andere nur noch auf Socken betreten durften. Im direkten und im übertragenen Sinn. Seine Ausgeglichenheit, die zur Unerschütterlichkeit, seine Gewohnheit, die zur Unbeweglichkeit zu verkommen drohte ... Und jetzt? War es der Zweifel eines Zerrissenen, der sich durch einen Gefühlsnebel kämpfte oder bloß die Beunruhigung eines Verwöhnten, dem etwas – vorläufig ersatzlos – genommen werden sollte?

»Du hältst mich für feige?«

»Ich frag mich, wie's in einem aussieht, der sich dauernd fragt, warum die andern so kopflos herumlaufen, zweifeln, weite Strecken ihres Lebens auf allen Vieren zurücklegen, Zunge im Rinnstein.«

»Ah, ich versteh sie – ich bin nur nicht sie!«

Starren in die Nacht.

»Wenn ich die Antwort wüsste, Danny! Wenn ich wüsste, auf was ich hören soll, um die Wahrheit zu finden!«

Die Wahrheit. Möglicherweise lag sie zu nah, um gesehen zu werden.

»Beweg dich und hör hin, ob irgendwelche Ketten rasseln, die du abstreifen möchtest – Ketten, die du nicht bemerkst, solange du stillhältst.«

»Ich versuch's ja! Es gibt keinen Zweifel, dass ich Nora liebe. Ich bezweifle was ganz anderes. Ich bezweifle, ob ich überhaupt weiß, was Liebe ist, Danny! Alle Leute wollen geliebt werden – ich will lieben. Ich will lieben. Dafür muss ich aber wissen, was das ist. Ich hab keine Vergleiche! Ich hab Nora als Schüler kennengelernt. Hatte immer nur sie.«

»Und die Engländerin? Wie hieß sie?«

»Shira?«

»Shira. Wie war das?«

»O Gott, in Paris, damals, mit Holger, Zugfahrt aus einer spontanen Laune raus, über Ostern, Nora beruflich verhindert, bisschen Geknutsche an der Hausmauer vor der Pension, in der wir mit anderen Oster-Touristen zusammentrafen, Paris eben, eigene Reize, nebenbei auch gute Unterhaltungen, aber doch eine Sondersituation.«

»Und die Freundin von Ulla, die Südafrikanerin, drei Wochen auf Besuch und davon zwanzig Tage in deinem Bett?«

»Ausrutscher, Danny, im Vergleich zu Nora der fehlgeschlagene Versuch, Suppe mit Reisstäbchen zu löffeln. Mit Nora hab ich zusammengelebt.«

»Zusammengelebt hast du mit deiner Mutter, deinem Bruder und deinen Schwestern. Nora hast du besucht.«

»Meinst du, das macht einen Unterschied? Ich hab das nie verstanden, ohne Not aus dem Haus, Danny. Ich hab mir immer gedacht, das Argument kommt nur von Leuten, die sich mit ihren Eltern verkracht haben. Irgendein Zerwürfnis, das sie wegtreibt. Ich bin kein Mutterhasser.«

»Man kann auch so das Weite suchen.«

»Du bist der geborene Mutterschreck, Danny, ehrlich. Wenn dir meine Mutter die Tür aufmacht und du an ihr vorbei zu mir hochtrottest, treibst du die Frau jedes Mal in eine Krise. Hab ich Tage zu tun, sie wieder davon zu überzeugen, dass du was Menschliches bist. Ich bewundere das. Ich mag das. So könnt ich nie sein. Ich bin kein Mutterschreck. Ich stoß auch keine Leute grundlos vor den Kopf – für mich grundlos, ja? Du hast deine Gründe. In Ordnung. Nur, ich hab sie nicht. Nein, Danny, ich glaub, die Gewissheit, ob ich Nora liebe oder nicht, hat nichts damit zu tun, ob ich mit ihr schon unter einem Dach lebe. Das geht tiefer. Das ist eine endgültige Weichenstellung. Ich hab das wichtigste Wort im Leben – Liebe – mit Nora belegt und weiß nicht, ob ich's richtig gebrauche. Das brennt mir ein Loch in den Kopf, Danny. Liebe. Die Bedeutung dieses Wortes lernst du doch nicht, indem du den Duden aufschlägst und nachliest. Das musst du erleben … erleben und vergleichen durch … durch …«

»… Beispiele?«

»Siehst du! Jetzt redet der Fachmann! Das ist genau, was mir fehlt! Beispiele, die mich bei diesem Gefühl sicher machen. Wo ich dann ein Gespür dafür kriege, das hier, was jetzt in mir aufkommt, ist Liebe – und das da ist Zuneigung oder Gier oder Gefallen oder Zerstreuung oder Gewohnheit, jedenfalls keine Liebe. Das muss doch jedem einleuchten.«

»Klingt einleuchtend.«

»Für dich nicht?«

»Nein, mir klingt's nach der Sorte Weinkenner, die einem erklären, tausende von Weinen schmecken zu müssen, um zu wissen, wovon sie reden. Aber wie viele haben eine Menge Frauen gekannt und sind in Sachen Liebe dumm gestorben!«

»Auch umgekehrt, Danny – wie viele Leute haben sich an eine Frau gehängt und den Rest ihrer Tage dumm gelebt!«

»Selbst wenn was dran wäre an diesem Weinkenner-Vorwand, um sich durch sämtliche Anbaugebiete der Welt zu schlürfen, dann frag dich, ob du ein Frauenkenner werden willst oder ein einfaches Gefühl suchst.«

»Ein Gefühl. Das Gefühl. Wie? Sag's mir! Du kennst Nora, du kennst mich, ich brauch eine Sicht von außen. Ich fühl mich betriebsblind.«

»Nora und du, von außen: nie eine Störung zwischen euch erlebt.«

»Passen wir zusammen?«

»Unbedingt.«

»Warum bin ich dann so unruhig?«

»Weil es nur noch passend ist?«

»Danny, wo denkst du hin? Es ist Liebe. Aber ich schlag alle andern Türen auf Dauer zu!«

»Die Panik der Käufer. Im Kaufhof ist der Kunde König, bis er sich entschieden hat; nach dem Gang durch die Kasse steht er wie entzaubert da. So viel zur Logik des Warenverkehrs. Soll das bei deiner Suche gelten? Stehst du nach einer Entscheidung für Nora etwa auch entzaubert da?«

»Du meinst, wenn ich es so empfände, wär's schon verdächtig? Es ist ein bisschen so. Anfangs hab ich mich bei Nora nie ums Morgen gekümmert. Ich weiß nicht, wann es begonnen hat, mich zu beschäftigen. Es ist schon was dran, an der Angst, mich festzulegen. Aber gilt das nur bei ihr – oder überhaupt?«

»Ich schwör dir, wenn mir eine wie Evi je die Wahl gelassen hätte, ich hätte die Entscheidung für sie nie als Eingrenzung empfunden. Da poltern doch auch Lasten von dir, sobald du zu jemandem bedingungslos Ja sagst.«

»Wenn's die Richtige ist!«

»Wenn's die Richtige ist. Und dann stell dir vor, was für ein Gewinn, wenn sie das Ja erwidert!«

»Gott, ich weiß nicht mehr, was ich fühle! Alle sehn mich immer so sicher und klar, die überschätzen mich. Das macht mir Nora deutlich. Sie glaubt mir nicht, dass ich vor mir selber ratlos stehe, mich prüfe, in allen Winkeln meines Inneren suche. Vergiss, was ich dir gesagt hab. Dass ich zögere, weil ich keine andere kenne. Dass ich möglicherweise was verpasse. Davon möcht ich mich nicht gängeln lassen. Ich möchte Ja sagen. Aber wenn ich mir das Ja dann anhöre, verstehst du, was ist das für ein Ja? Wie überzeugend klingt es? Wie voll und warm dringt es zu mir vor? Verstehst du? Ich vermisse Feuer in diesem Ja. Aber vielleicht hab ich gar nicht mehr Feuer in mir – für irgendein Ja. Vielleicht ist das mein Temperament. Vielleicht trample ich mit meinen Zweifeln ein Glück nieder, zu dem es keine Steigerung gibt. Vielleicht hab ich auch nur die falschen Romane gelesen und halte alles, was den Himmel nicht zum Einsturz bringt, für mangelnde Liebe. Es hilft alles nichts, ich misstraue dem Ja. Und dann sag ich Nein und es stimmt noch weniger.«

»Nein stimmt noch weniger?«

»Es klingt flach und trotzig. Die Jahre mit Nora … mit Nora hat sich was entwickelt …«

In dem Moment brach die Lawine los. Ja, da sei eine Erfüllung gewesen! Nora habe ihn nicht nur zum Mann gemacht, er sei an ihr gereift, klüger, wacher geworden. Nora habe ihn ernst genommen. Nora habe an ihn geglaubt. Er sei vor Stolz schier geplatzt. In den ersten Nächten hätten sie sich im Stundentakt geliebt. Er unersättlich, sie überglücklich. Durch ihn sei ein Ruck gegangen. Mit ihr sei er in die Erwachsenenwelt gesprungen. An ihrer Seite sei er ruhig geworden. Er habe sich täglich – und nur halb im Scherz – neben sich gestellt, um sich selber zu beneiden. Seine Familie habe Nora nicht nur akzeptiert, sondern ins Herz geschlossen. Er sei durch die Straßen gelaufen und habe Fremde gegrüßt. Im Sommer seien Nora und er zum ersten Mal gemeinsam in Urlaub gefahren, an die Costa Brava. Das sei unerhört gewesen. Einmalig. Zur Costa Brava seien sie noch jahrelang gefahren. Später nach Kreta. Sizilien. Unbeschreiblich. Da habe es Entwicklungen gegeben. Da seien sie zusammengewachsen. Wortlose Verständigung sei möglich geworden. Art Liebestelepathie habe sich eingespielt. Blindes Vertrauen. Unvergleichlich. Nora habe nie versucht, ihn zu ändern. Er habe nie versucht, sie zu gängeln. Von Tag zu

Tag habe es Entwicklungen gegeben. Kleine Dinge. Umso wirksamer. Immer in Richtung aufeinander zu. Immer in Richtung aufeinander zu. Da habe es Entwicklungen gegeben. Ja. Erfüllung! Das sei alles so gut gelaufen. Das sei alles so richtig, so ohne größeres Nachdenken gegangen. Wenn er sie liebte, habe er nie an andere Frauen denken müssen. Das sei Nora gewesen, Nora in seinem Kopf und Nora in seinen Sinnen und Nora im Wachen und Nora in seinen Träumen. Nora sei – in der Sprache der Tierforscher – seine Primärprägung gewesen: Augen aufgeschlagen, sein Ideal-Muster erkannt und ab dem Moment ausschließlich hinter ihr her gewackelt. Nora das Maß aller Befriedigung. Dazu über die Jahre eine stetige Entwicklung. Entwicklung in den verschiedensten Bereichen. Bis in die Pläne fürs Alter hinein. Alles hätte sich ohne Verbiegung ergeben. Gemeinsamkeiten seien entdeckt worden, die sie selber verblüfften. Das habe sich alles entwickelt. Da sei insofern immer was Neues passiert. Immer was Neues. Die Innigkeit immer weiter gewachsen …

Aus Enno sprudelte es heraus wie die Lebensbeichte eines Mannes mit dem Kopf in der Schlinge. Er brachte konkrete Belege für die gemeinsame Entwicklung. Die Belege ähnelten sich. Er merkte es und korrigierte es. Mit weiteren ähnlichen Belegen. Merkte es, regte sich auf und bemühte noch mehr ähnliche Belege. Die Beweislast begann, seinen Mund auszuschäumen. Er wippte auf dem Polster des Fahrersitzes. Seine Hände schlugen zu einigen, ihm besonders wichtigen Einzelheiten bestätigend auf den Lenker. Seine Arme begannen zu zittern.

Er hatte sich außer Kontrolle geredet. Seine Schultern vibrierten, zuckten dann unregelmäßig hoch, als imitiere er

Flugbewegungen. Er schrie, er rief nach der wunderbaren Entwicklung mit der Liebe seines Lebens und spürte die Lüge, spürte den längst eingetretenen Stillstand, zitterte vor der herandrängenden Wahrheit und wühlte gleichzeitig in den Erinnerungen dagegen an. Versuchte, die Wahrnehmung einer längst erkalteten, längst nur noch von Gewöhnung gehaltenen Bindung abzuwehren. Vergebens. Beschwor die Glut, Nora, beschwor jenes Feuer, und stocherte immer tiefer in die Asche hinein, unter der sie zugeschüttet lag.

Daniel fühlte sich in diesen Minuten dem Freund so nah wie nie. Er hörte nicht mehr auf die einzelnen Sätze – ohne sich zu bewegen schrie, litt und stampfte er mit. Es waren Momente, in denen nichts Falsches aufkommen konnte. Es glich einer Geburt. Was zur Welt kam, war die Antwort: Es gab keine Zukunft mit Nora.

Zwei Uhr morgens.

»Ich sag es ihr noch heute«, sagte Enno und ließ den Wagen an. Zwanzig Minuten schweigende Fahrt durch die Finsternis.

Sie parkten in der Argelanderstraße. Beim Blick zum Himmel fiel Enno eine Geschichte ein, die Kaiser Wilhelm der Erste gern erzählte: »Als er noch König von Preußen war, besuchte er einmal das Bonner Observatorium und fragte den Direktor gönnerhaft: ›Na, lieber Argelander, was gibt's Neues am Sternenhimmel?‹ Die Gegenfrage Argelanders kam postwendend: ›Kennen Eure Majestät das Alte schon?‹ Immer, wenn der Kaiser diese Geschichte erzählte, soll er sich vor Lachen geschüttelt haben.«

Enno brach in Tränen aus. Er redete weiter. Er sagte, was er Nora sagen wollte. Wie das ankäme? Ob es so oder so besser sei? Oder ob er sich viel zu viele Gedanken mache? Ob er einfach sein Herz auf der Zunge tragen solle? Er sortierte sich noch eine Stunde. Bis er vor Müdigkeit nur noch halbe Sätze herausbrachte. Sie waren kaputt und sie waren glücklich. Als Daniel ausstieg, stieg Enno an der Fahrerseite aus, lief um den Wagen herum, dankte Daniel. Daniel drückte ihre Köpfe zusammen und dachte, Himmel, dass es eine solche Freundschaft gibt! Ab heute stehst du nie mehr allein im Leben …

Am Wochenende trafen sie sich am Stehcafé Paulusstraße, ohne verabredet zu sein: Enno sah Daniel durch die Scheibe, winkte beglückt, du hier, kam herein, entspannt und aufgeräumt. Er musste nicht nur bei Nora die richtigen Worte gefunden, sondern die Trennung gut verkraftet haben.

»Und?«

»Sie ist geblieben.«

Es folgten ausführliche Erklärungen … Er habe fest geglaubt, alles sei klar, aber als er vor ihr stand, sei doch wieder alles verschwommen … Er habe nicht von Nora lassen können … Er habe den Gedanken an eine Zeit ohne Nora nicht ertragen können … Ihm sei eingefallen, was er aufgebe, ohne zu wissen, was nach ihr komme … ob überhaupt etwas Gleichwertiges nach ihr komme …

Enno beobachtete Daniel, sein Blick unsicher flackernd, um Verständnis flehend, schon vorsorglich ein wenig Abwehr beigemischt. Daniel sah sich zu keinem Kommentar berufen – er fühlte sich angewürgt, in den Magen getreten; er verwandelte sich in einen tauben Klumpen, der die Kaffeetasse nicht mehr zum Mund bekam.

Vier Monate später traf Enno zufällig in London Shira wieder. Was er zufällig in London zu tun hatte, blieb sein Geheimnis: »Die Tür ging auf und wir fielen uns in die Arme.« Alles umso verrückter, als Shira ihrerseits wenige Tage vor der Hochzeit mit einem Argentinier stand, dessen Familie die Festlichkeiten für zweihundert Verwandte und Freunde vorbereitete. Egal, da war sie, die zündende Liebe, die Sicherheit, bei beiden. Kein Grübeln, kein Zweifeln, vom ersten Moment an: »Eine Sache fürs Leben!«

Shira schickte ihren Argentinier heim, Enno trennte sich von Nora. Nora brach zusammen. Vier Monate nach der endgültigen Entscheidung für sie alles ein Irrtum? Das glaube wer will! Die Stelle in Brüssel war vergeben, ihre berufliche Zukunft verbaut, die versprochene Heirat geplatzt, sie lief herum wie auf Glassplittern.

Ennos Familie begnügte sich nicht damit, verständnislos den Kopf zu schütteln, sie stellte sich geschlossen auf Noras Seite, wusch Enno den Kopf. Es erreichte ihn nicht mehr. Sein einziger, immer wieder vorgebrachter Satz: »Jetzt weiß ich, was Liebe ist.«

Holger zu Daniel: »Als ob er nicht gewusst hätte, was längst keine Liebe mehr war! Aber da wird geklammert, bis ihm was Besseres in den Schoß fällt. Erkennst du das Muster? Bloß keinen Tag ohne Geregeltes!«

»Ich bin nicht gut im Muster erkennen.«

»Wach auf! Lieber sich und andern was vorflunkern, als einen Tag ohne Geregeltes! Das ist unser Enno. Ein Scheißspiel. Und sollte auch so genannt werden.«

Holger entwickelte sich zu Noras bester Hilfe. Sie trafen sich mehrmals am Tag, redeten nächtelang – der Gefährdete und die Betrogene. Eines Abends öffnete sie das Kleid für ihn, er schloss es wieder, und sie sah ihn an und bereute jeden einzelnen schlechten Gedanken, den sie ihm gegenüber je gehegt und leider auch herumposaunt hatte.

Nora verließ Bonn. Keiner von dort hat je wieder Kontakt zu ihr aufnehmen können.

Holger starb zwei Tage nach seinem fünfunddreißigsten Geburtstag.

Enno zog mit Shira ins sonnigere Schwaben.

Daniel erreicht die Grünflächen am Gronau-Gelände. Am Ufer legt er sich bäuchlings auf den Kies, drückt das Kinn in den schmalen Sandstreifen, die Augen nah am träge vorbeigurgelnden Wasser, streckt den Arm vor und senkt die Hand in die Strömung. Es geht alles mit rechten Dingen zu. Der Fluss steht still.

Zitierte Sänger/innen & Songs

Harry Belafonte	Banana Boat Song Coconut Woman Island in the Sun
Chuck Berry	Roll over Beethoven Johnny B. Goode Sweet Little Rock and Roller
Eddie Cochran	Summertime Blues C'mon Everybody Three Steps to Heaven
Buddy Holly	Peggy Sue Oh Boy! Rave on! Heartbeat Early in the Morning
Elvis Presley	Hound Dog Don't Be Cruel Heartbreak Hotel Blue Suede Shoes Jailhouse Rock Ready Teddy
Little Richard	Long Tall Sally Lucille Jenny, Jenny Good Golly, Miss Molly Rip It Up
Jerry Lee Lewis	Great Balls Of Fire Whole Lot Of Shakin' Goin' On Sweet Little Sixteen
Bill Haley	Skinny Minnie Shake, Rattle and Roll See You Later, Alligator Rock Around the Clock

Duane Eddy	Rebel Rouser Peter Gunn Ramrod
Fats Domino	I'm Walkin' Goin' Home Blueberry Hill I Want To Walk You Home
Brenda Lee	Dynamite Bill Bailey Won't You Please Come Home Let's Jump the Broomstick Sweet Nothin's
Wanda Jackson	Money, Honey Let's Have a Party
The Platters	Smoke Gets in Your Eyes The Great Pretender
Paul Anka	Diana Lonely Boy A Steel Guitar & a Glass of Wine
Bobby Darin	Splish Splash Dream Lover Multiplication
Connie Francis	Stupid Cupid Lipstick on Your Collar
The Everly Brothers	Wake Up Little Susie 'Til I Kissed You Bird Dog

… dies sind absolute »best known stars all time goldies« Klopper, womit nicht gesagt ist, dass es keine interessanteren Songs gab …

ISBN 978-3-86351-063-3

Lektorat: Petra Wägenbaur, Tübingen.
Umschlaggestaltung: Christiane Hemmerich
Konzeption und Gestaltung, Tübingen.
Herstellung: Horst Schmid, Mössingen.
Satz: Alexander Frank, Ammerbuch.
Druck und Einband: Pustet, Regensburg.

Mehr über das Verlagsprogramm von Klöpfer & Meyer
finden Sie unter: *www.kloepfer-meyer.de*